Twice The Temptation
by Suzanne Enoch

ダイヤモンドは恋をささやく

スーザン・イーノック
岡本三余[訳]

ライムブックス

ダイヤモンドは恋をささやく

この箱を見つけた人へ

きみは恐らく呪《のろ》いなど信じないだろう。わたしもそうだった。だが、今は違う。一度ダイヤモンドをその手に取ったら、すぐに箱に戻してくれ。これはアディソン家に二〇〇年の安泰をもたらしてきた。そしてきみが見つける瞬間まで、新たな繁栄をもたらしてくれるはずだ。ダイヤモンドを眠りにつかせれば、きみも幸運に恵まれるだろう。

ローリー公爵

1814年

主要登場人物

エヴァンジェリーン（ギリー）・マンロー……子爵の娘
コノール・スペンサー・アディソン……ローリー公爵
レイチェル・タンデイ……ギリーのおば
デイジー・アップルゲート……コノールの元恋人
エロイーズ・マンロー……ギリーの母
ジョン・マンロー……子爵。ギリーの父
ウィリアム・ダフニー……子爵。ギリーの夫候補
レドモンド……伯爵。ギリーの夫候補
リアンドラ・ハロウェイ……ギリーの友人
フランシス・ヘニング……コノールの友人
ルイス・ブランチャード……アイヴィー伯爵。コノールの友人

1

一八一四年、六月

「レイチェルおばさま、お墓の土をかぶるのはまだまだ先の話よ」エヴァンジェリーン・マンローは膝の上で手を組み合わせてきっぱりと告げた。「はっきり言って、次のダンスパーティーで、おばさまがあのすてきなギアリー卿《きょう》とダンスをしている姿のほうがよっぽど想像できるわ」

「そうとも言えないのよ、ギリー」レイチェル・タンディが大げさに咳《せ》き込んだ。「もう何日も体調がすぐれないの。最後にあなたの顔が見られてよかった」

「最後なんかじゃないわよ。次もその次もあるんだから」ギリーはかすかに眉根を寄せ、すぐもとに戻した。用心しないと顔がしわだらけになってしまう。「だからといって、心配していないわけではないけれど」

「ああ、ギリー、ギリー。なんて優しい子なんでしょう。そこのチョコレートビスケットを取ってくれる？　一枚くらいならなんとか食べられそうだわ」

銀のトングでビスケットを一枚挟みかけたギリーは、おばの咳払《せきばら》いを聞いて大きめのビスケットに狙《ねら》いを変えた。「そういえば、お母さまはまたガーデニングの大会に出場するんですって」

「当然ね。エロイーズは三回連続で入賞しているのだから」

「四回よ。三回なんて言ったら卒倒しちゃうから」

「わたしが入賞回数を間違えたことをエロイーズが知ったら、わたしのほうが卒倒させられるわよ。死の床でわたしがなにを話していたかと尋ねられたら、エロイーズの勝ち取った四つの勲章を残らず覚えていたと伝えてちょうだい」

ギリーにとってはガーデニングの賞などどうでもよかった。午前も早い時間にここへ着いてからずっと、おばの用件はなんだろうと好奇心をつのらせていた。ロンドン郊外にあるタンデイ・ハウスまで呼び出しておきながら、おばときたらもう何時間もとりとめのない話をしている。二週間もすれば黙っていても訪ねてくる姪《めい》を日の出とともに呼びつけたのだから、特別な理由がないはずがない。

レイチェルは姪をちらりと見やり、姿勢を直してあきれるほど高く積み上げた枕《まくら》にもたれた。「あなたは辛抱強いのね」

「おばさまは人を驚かせるのが好きですもの」

「そうよ。でも今回の件に首を突っ込んだときは、死の危険に直面するなんて思ってもみなかった」

「死の危険ですって?」ギリーはおうむ返しに言った。「またインドに行くつもりじゃないでしょうね?」

「まったく、あんな旅はもうこりごり! 違うの、今回の件はかなり前から考えていたのよ。あなたも知ってのとおり、えこひいきは好きじゃないけれど、姪のなかからひとりを選ばなければならなかった」そこでレイチェルは自分が死の床にいる事実を思い出したかのように咳き込んだ。「なぜあなたを選んだのか、聞きたくない?」

「なにに選ばれたのかがわからない以上、即答しかねるわ」

「ほら!」レイチェルが満足そうに言う。「それよ!」

ギリーは目をしばたたいた。「なんですって?」

「あなたときたら、どこまでも現実的で想像力のかけらもないでしょう? 神秘的な出来事にはうといから、そういう事態が起きても大丈夫だろうと思ったの」

どう解釈しても褒め言葉には聞こえない。「わたしはこの目で見たことと、経験と論理から導き出されることを信じているだけよ」ギリーは澄ました声で答えた。

「知っているわ。いつもならもっと柔軟に考えて心のままに行動しなさいとお説教するところだけれど、この状況ではその理屈っぽさが吉と出るかもしれない」

大げさなおばの話だ。まだ体をつかまれて揺さぶられていないだけ感謝すべきかもしれない。それに自分の性格がなんの役に立つのかも聞いてみたい。「おばさまの話に興味がわいてきたわ」

レイチェルはしわの寄ったシーツに手のひらを打ちつけた。「いいわ、その調子よ」枕の下に手を入れ、飾り彫りが施された、紅茶カップほどの大きさの木箱を取り出す。「これをあなたにあげるわ」彼女はギリーに箱を差し出した。

ギリーは木箱からおばへと探るような視線を投げ、それを受け取った。「前のときみたいにサイの爪じゃないでしょうね？」

「あれはクリスマスプレゼントでしょう。こちらは先祖代々受け継がれてきたものなの。ずっと昔からね。これを受け継ぐべき人は慎重に選ばれてきた。さあ、開けてごらんなさい」

ギリーはマホガニー材の美しい箱をもう少し眺めていたかったが、おばの機嫌を損ねてもしかたがない。彼女は真鍮《しんちゅう》の留め金を外してふたを開けた。

突然、寝室の窓が白く光り、雷鳴が耳をつんざいた。「まあ、大変！　不吉だわ！」レイチェルが胸元に手をやった。

「天気なら昨日の夜から悪かったじゃないの」ギリーは反射的に言った。「そのせいでここへ来るのに時間がかかったのよ」

ギリーはうわの空だった。それほど箱の中身に心を奪われていたのだ。ダイヤモンドがびっしりとちりばめられた純金のチェーンが、蛇のごとくしなやかな螺旋《らせん》を描いている。ペンダント・ヘッドは精巧な金の土台でできており、小さなダイヤモンドが一三個と、青みがかった大きなダイヤモンドがひとつ、星のようにきらめいていた。「これは……本物なの？」この輝きが偽物のはずがないと思いつつ、彼女は尋ねた。ダイヤモンドがこんなにたくさん……しかもこの青いダイヤモンドときたら……。

「本物よ。見せてしまった以上、おまけがあることも話しておかなければならないわね」

ギリーはベルベット張りの箱からそっとネックレスを持ち上げた。「おそろいのイヤリングでもついているの？」期待に満ちた声で尋ねる。ネックレスはずっしりと重いが、首にかけるのに支障があるほどではなかった。

「ついているのはイヤリングではないわ。〝呪い〟よ」

「呪いですって？　ばかばかしい」ギリーはネックレスを軽く揺らし、宝石が蠟燭《ろうそく》の光を反射する様子に息を詰めた。「先祖代々受け継がれてきたものと言っていたわよね？　中央の宝石だけでも一〇〇カラットはあるわ！」

「一六九カラットよ。相続したときに由来を教えてもらったの。ダイヤモンドは――」

「一六九カラット？　なぜこんなダイヤモンドがあることを今まで教えてくれなかったの？家宝にすべき品なのに」

「そのダイヤモンドは遠くアフリカからもたらされたのよ。喜望峰で一隻の船が難破して、たったふたりの船乗りが生き残った。ダイヤモンドを発見した人物は――」

「このダイヤモンドの名前は？」ギリーは口を挟んだ。「価値の高いダイヤモンドには名前がついているでしょう？」

「今から話すわ。ダイヤモンドを発見した人物は高熱に襲われたの。死の間際、男はせめて友人にいい思いをさせてやろうとダイヤモンドを譲った。ところがその夜のうちに熱が下がって快方に向かったわ。起き上がれるようになった男は、ダイヤモンドを返してくれと友人に頼んだけれど、相手は応じなかった。ふたりは何日も言い争い、いがみ合った。友情はずたずたよ。そんなとき、友人が荒れ狂う川の激流にのみ込まれたの。われに返った男は、流される友人を追いかけて浜に引き揚げようとした」

「〝浜に〟じゃなくて、〝岸に〟でしょう？」

「もう、細かいことはどうでもいいのよ！　死を悟った友人は、ダイヤモンドを岸にいる男に投げたわ。とたんに木の枝が折れて、川面《かわも》に垂れ下がったの。溺《おぼ》れかけていた友人は枝にしがみついて助かった。その出来事で彼らは宝石の恐ろしい力を悟ったの。そして町にたどり着くと、最初に宝石を見つけた男がそれを安全な場所に隠した。その船乗りがあなたのひいひいおじいさんのおじさんに当たるのよ。年月を重ねるうち、わたしの祖先が宝石をカットして今の状態にした。そして今、あなたがそれを受け継いだの」

ギリーはおばを横目で見た。「そんなくだらない話が本当にあったとして、なぜ呪いのネックレスをわたしにくれるの？」

「祖先の財産とそれを管理する責任をあなたに引き継ぎたいの。すぐに安全な場所にしまったほうがいいわ。そうすればダイヤモンドは幸運をもたらし、不運から守ってくれる。ああ、それからこれは〝ナイトシェイド・ダイヤモンド〟と呼ばれているの。ナイトシェイドというのは猛毒を持つ植物よ」

いかにも子供が喜びそうな話だ。一九歳にして夢見がちなところなどみじんもないギリーは、ネックレスを箱にしまい、立ち上がっておばの頬にキスをした。「〝ナイトシェイド・ダイヤモンド〟ね。たそがれどきの空の色に由来した名だとは思わない？」

「思わないわ。今の話を真剣に受け止めてね。いくら情熱や想像力に欠けるからといって、絶対に安全とは言えないのよ」

「わかったわ」ギリーは気のない返事をした。「すばらしい贈り物をありがとう。大切にするわね」

「ギリー……」

「それから安心して。すぐにいつもの元気なおばさまに戻るわよ」

　レイチェルは寝室を出る姪の姿を見送った。「恐らくそうなるでしょうね」突然いやな予感に襲われて身震いする。ああ、早くもよくなったみたいだわ。レイチェルは鼻にしわを寄せた。「ベス！　ここへ来てすぐに窓を開けてちょうだい！」


　馬車がロンドンの町に入るころ、ギリーは木の箱を開けた。ネックレスを取り出し、ペンダント・ヘッドの一四個とチェーンにちりばめられたダイヤモンドに日の光が躍る様子を眺める。なんてきれいなんだろう。こんなにすばらしいネックレスは見たことがない。

「まあ！」向かいに座った侍女が声を上げた。「よくできたおもちゃですね！」

「おもちゃなんかじゃないのよ、ドレッタ。一族に代々伝わる貴重な品なの。レイチェルおばさまは、わたしがこれを受け継ぐにふさわしいと判断されたのよ」正確に言うとちょっと違うが、想像力がないと言われたことや、呪いのことを教えるつもりはなかった。

うっとりとため息をついたあと、ギリーはネックレスを箱に戻してふたを閉めた。

次の瞬間、彼女は馬車の床に叩《たた》きつけられた。ドレッタと宝石箱と本と小さなハンドバッグ《レティキュール》が宙を舞う。馬車は片輪走行をして、激しい震動とともに再び四輪に戻った。

「なにかにぶつかったんですわ！」ドレッタがおろおろと叫んだ。

「そのようね」ギリーは座席の上でひっくり返っている侍女を見て目を細めた。「けがはない？」

「ええ、大丈夫だと思います」

「それなら手を貸してちょうだい」

男たちの言い争う声と、馬のいななきが聞こえた。外はひどい騒ぎになっているようだ。ギリーはドレッタの手を借りて起き上がった。ギリーが扉を押し開けると、それは不吉な音をたてた。

まさに大惨事だ。二台の馬車の前輪がぶつかり、冗談としか思えないほど車体が傾いている。前方では、もつれ合った馬たちがひっきりなしにいなないていた。「なんてこと！」ギリーは張り詰めた声で言った。

昇降用の階段は馬車の下に収められたままなので、ギリーは身を乗り出して五〇センチほど下の地面に飛び降りた。「メイウィング！」不快さもあらわに御者を呼ぶ。「そんな愚か者と議論していないで、馬を助けてやりなさい！」

メイウィングは女主人の声が聞こえないか、もしくは聞こえないふりをしようと決めたらしい。いずれにせよ、御者たちは怒鳴り合うのをやめなかった。ギリーは相手の馬車の反対側へまわった。扉は閉まったままだ。

「そこのあなた！」ギリーはもうひとりの御者を指さして再び声を上げた。「あなたの主人は大丈夫なの？」

なんの反応もない。侮辱の言葉はますますエスカレートし、今やメイウィングの生まれ故郷が取り沙汰《ざた》されていた。ギリーは腹立たしげに鼻を鳴らし、ぎこちない手つきで立派な馬車の階段を引き下ろしてその上にのった。カーテンは閉じられている。彼女は扉の取っ手をつかんで手前に引いた。

青い瞳と黒い髪が視界に入るや、大柄な男性が彼女に向かって倒れ込んできた。ギリーはどうすることもできないまま、彼もろとも激しい勢いで地面に落下した。青い瞳に気を取られるあまり、尻にできたであろうあざを心配する余裕すらなかった。

「どいてちょうだい！」ギリーは大声で叫んで相手の肩を押しやり、自由になろうともがいた。

「ああ、デイジー！」彼女の上にのっている男性が、どぎまぎするほど親しげな声を出した。彼は上体をずらしてギリーに顔を寄せ、あろうことか唇を奪った。優しく、深い、ブランデー味のキスだ。

ギリーは巧みなキスが呼び起こす感覚に驚いて体を硬直させた。経験がないなりにも、この男性がとんでもなくキスがうまいことだけはわかった。次の瞬間、ギリーは相手の顔をめがけてしゃにむに手を振り下ろした。

数センチしか離れていないところで青い瞳が見開かれる。男性は唇を離すと同時に目を細めた。「きみは……デイジーじゃない」

「ええ、違うわ。さっさと離れて」

男性は顔を上げ、周囲を見まわしてから抜け抜けと言った。「そしてここは寝室でもないようだ」

周囲にはすでに人だかりができていた。この不作法な男性のせいで、こちらの評判までがめちゃくちゃになってしまう。「ここは往来の真ん中よ。今すぐ離れないと、そのデイジーとやらが二度と会いたくないと思う顔にしてあげるから」

「これはこれは」男性はギリーの両脇《りょうわき》に手をついて体を持ち上げ、つかの間彼女と視線を合わせてから体をひねって地面に座った。「デイジーとは似ても似つかないな」

ギリーは男性を無視して、できるだけ上品に立ち上がった。「あなた、まだ朝の九時をまわったばかりなのよ」男性はこちらを見上げている。黒髪が片方の目にかかっていた。「よくもそんな不謹慎なふるまいができるわね」

「屋敷に戻る途中だった。たしか……」男性が眉をひそめる。ギリーの視線は彼の官能的な口元に吸い寄せられた。「つまりぼくにとってはまだ昨日の夜の続きなんだよ。それからぼくは公爵《ロード》だ。あなた《サー》呼ばわりしないでくれ」

「もちろんそうでしょうね。だから道端で女性の上に倒れかかってきたりするんだわ」

「それとこれとは関係ない」男性はうめき声を上げながら馬車の階段をつかんで立ち上がった。「ちくしょう！」

ギリーは腰に手を当て、自分より三〇センチ以上高くなった男性の顔を見上げた。「救いがたい人ね」そう言いつつも、彼のたくましさに感嘆していた。もちろん酔ってふらついていることは除いて。「馬車から離れていてもらえるかしら？」そう言うと男性に背を向け、メイウィングともうひとりの御者のもとへ戻った。「いいこと！」大声で言う。「そこのあなた、ブレーキを引きなさい。メイウィング、絡んだハーネスをほどいて車輪が外れるように馬車を起こすのよ」

「エピング」ギリーの背後で男らしい声が響いた。「寄り道をしろと言った覚えはないぞ。さっさと屋敷に連れて帰ってくれ」

御者はたちまち口論をやめた。「ですが旦那《だんな》さま、わたしが悪いのではありません。この男のせいで車輪がだめになるところでした。わたしとしては――」

「いちいち説明しろと言った覚えもない」男性は遮った。「帰るぞ。今すぐだ。連絡先を交換して出発しろ」

「はい、旦那さま」

ギリーは顔をしかめたいのをこらえた。いいわ、あの男性もまるで使い物にならないわけではないらしい。数を増す一方の野次馬から逃れられるのなら喜ばしい展開だ。夜更けまで遊び歩き、酒を飲んで泥酔する者は大勢いる。わたしに倒れかかってきたのだってわざとじゃない。

肩にふれられ、ギリーは振り返った。男性のきれいな瞳があった。充血していて、焦点が合っていないのがもったいない。「なにかしら?」

「けがはないだろうね?」

「ないわ」尻にあざができたなどと言うつもりはない。

「きみはキスが上手だ」

ギリーはまばたきをした。てっきり粗野な態度を詫《わ》びてくるものと思っていたので、とっさに反応できなかった。「おかしな夢でも見たんじゃないの?」口ごもりながら言い返す。頬が熱くなった。「お願いだから、いいかげんな記憶で……わたしを侮辱するのはやめてちょうだい」

男性が口元を緩めた。「すてきなキスを忘れたりしないよ。きみの名前は?」

ここまで酔っていては、名前を聞いたところでどうせ忘れてしまうだろう。ギリーは落ち着いて頭のなかを整理した。男性は夜会服を着ている。首巻き《クラヴァット》は結び直したらしく、不格好な結び目になっていた。ベストのボタンもかけ違えている。くしゃくしゃの髪は片側にかき上げられ、黒くて太い蜘蛛《くも》の巣のように目に垂れかかっていた。無精ひげはいただけないが、魅力的な男性であることは認めざるを得ない。ギリーは息を吸い込んだ。「デイジーじゃないわ」

「ああ、それはすぐにわかった。それできみの名前は？」

「ミス・マンローよ」ギリーは言った。「さあ、またわたしに倒れかかる前に馬車に戻ってちょうだい」

男性はしばらく彼女を見つめてからにやりとした。「ご親切にどうも、ミス・マンロー」

男性がそれ以上言う前にギリーはきびすを返し、ドレッタの手を借りて馬車に乗り込んだ。あの人、まさかわたしの気を引こうとしたわけじゃないでしょうね？　たしかにハンサムだけれど、わたしを下敷きにしたうえにあんな無礼な態度を取るなんて。向こうが忘れたとしても、わたしは忘れられない。「出して、メイウィング」ドアを閉めると同時に、彼女は頭のなかから酔っ払いの笑顔を締め出した。

席に座り、手に入れたばかりのネックレスが収められた箱を見る。ばかばかしい迷信を信じるなら、おばはまるで逆のことを言ったのだ。ネックレスを箱にしまうまではすべてがうまくいっていた。呪いのダイヤモンドですって？　おばの間違いを証明するために、今夜はネックレスをつけてみよう。ダイヤモンドになんらかの力があるとすれば――あくまでもあるとすればだけれど――それは幸運に違いない。

2

コノール・スペンサー・アディソンこと二日酔いのローリー公爵は、女性を乗せた馬車が誰かの葉巻（たぶん彼の）と分厚い本（たぶん彼のではない）を踏みつぶして走り去るのを見送った。車輪に手をかけてふらつく体を支え、しゃがみ込んで本を拾い上げる。

『女性の権利』か」彼はぱらぱらと本をめくった。「いかにも彼女が好みそうだ」

「旦那さま？」

「いいんだ。エピング」コノールは御者に向かって言った。「屋敷へ連れて帰ってくれ。頼むからもうどこにもぶつからないでくれよ。それでなくても厄介な夜だったんだ。これ以上眠りを邪魔されたくない」

「かしこまりました」エピングは御者台にのぼった。コノールは薄暗い馬車のなかに戻り、手に持った本を向かいの座席に投げて眠ろうとした。再婚を決意したある未亡人のことを頭から追い出そうとする。なんといっても再婚相手は彼ではないのだ。デイジー・アップルゲートめ！

コノールはがばっと身を起こした。そういえばあの娘とキスをしたんだった！　ミス・マン……たしか〝マ〟がついたと思ったのだが……。いずれにせよ、ぼくはミスなんとかにキスをしてしまった。キスの感触はすばらしかったものの、公衆の面前で未婚女性とそんなことをしたのはどう考えてもまずい。その手の行為に及ぶときは場所を選ぶようにしていたのに……。

そこまで考えてから、コノールはもう馬車が揺れていないことに気づいた。ロンドンの喧《けん》噪《そう》も聞こえてこない。頭が割れそうに痛んだ。「ちくしょう」彼は天井をこぶしで叩いた。「エピング！　道に迷ったなどと言ったら放《ほう》り出すぞ」

返事がない。

「エピング！」

コノールは苦々しい表情で立ち上がり、馬車の扉を押し開けた。間違いなく馬車は停《と》まっていた。そこは厩舎《きゆうしや》の前で、馬はすでにハーネスを外され、車輪のそばを二羽のガチョウが尻を振り振り歩いていた。

コノールは本をつかみ、ガチョウをよけて地面へ降りると、大股で正面玄関へ向かった。石段を上がると同時に勢いよくドアが開く。

「気持ちのいい昼下がりでございますね、旦那さま」

昼下がりだって？「ウィンターズ、ぼくはどのくらい馬車のなかで眠っていたんだ？」

「三時間ほどです。エピングは旦那さまから眠りを妨げないよう言われたそうですが……」

「ほかの馬車に衝突して眠りを妨害するな、とは言った。あの間抜けめ。箱詰めのまま放置しろとは言わなかったぞ」

「わたくしからよく言って聞かせます」

コノールは階段へ向かいながらコートを脱いだ。「ホッジスを部屋へよこしてくれ。湯を使いたい」

「かしこまりました」

体をきれいにしてひげを剃《そ》り、服を着替えなくては。コノールは手のなかの本に目を落として首を振った。夜のとばりが降りるまで書斎で仕事をしたい気持ちはあったが、ミスを犯したことは否定しようがないのだから、その影響を確かめる必要があった。未婚で、上等な馬車に乗り、進歩的な本を読む若い女性。彼女についてわかっているのはそれだけだ。驚くほど知的なはしばみ色の瞳としっとりした唇、カールした蜂蜜色《はちみついろ》の髪がかすかに記憶に残っている。

「ウィンターズ！」

「はい、旦那さま」玄関ホールから返事が返ってきた。

「エピングに話がある」張り詰めた沈黙が落ちた。「首にしたりはしない。絞め殺しはするかもしれないが」

「すぐに行かせます」

コノールは彼女がどこに住んでいるのか知りたかった。本を返し、馬車に損害を与えなかったかどうか確認するために。そしてなにより、あの娘が尊大な態度を取りながらも、裏でウェディングドレスを選んでいないかどうかを探り出すのだ。公爵夫人の座を狙う社交界の花は大勢いるが、そういう娘にやすやすとなびくコノールではなかった。それなのに今朝のキスが頭から離れない。

「レイチェルおばさまが屋根裏部屋にダイヤモンドを隠していたことを知っていたくせに、なぜなにも教えてくれなかったの?」ギリーは鏡越しに母親を見た。

エロイーズ・マンローは娘の脇に立った。「本当に屋根裏部屋に隠してあったわけじゃないでしょう?」

「そんなのは知らないわ。言葉の綾《あや》よ。でも、一六九カラットのダイヤモンドなのよ」

「〝ナイトシェイド・ダイヤモンド〟なんてばかげた噂《うわさ》だと思っていたわ。ベンジャミンおじさまが呪われたダイヤモンドの話をよくしていたけど、まじめに耳を傾ける人はひとりもいなかったもの。だって、ビリヤードで片足を失った人なのよ」

「ダイヤモンドのネックレスをつける趣味もあったの?」ギリーは混ぜっ返し、首元で光る宝石に目を落とした。

「やめてちょうだい。おじさまはろくでもないことばかりしていたわ。古いビリヤード台にのって階段を滑り下りるとかね」マンロー夫人は上体をかがめ、人さし指でギリーの宝石を撫《な》でた。「ほら、鏡を見てごらんなさい。ダイヤモンドが一四個もあるわ。あなたはもともときれいだけれど、こうなればどんな殿方も意のままね」

そのせりふは以前にも聞いた覚えがある。いつもなら目をくるりとまわして笑い飛ばすところだが、今回は体に震えが走った。今朝の男性もわたしに逆らえなかったじゃないの。あのキスときたら！　「だからといって、どんな殿方でもいいわけではないわ」ギリーは答えた。「及第点はダフニー卿とレドモンド卿だけ」

マンロー夫人は背筋を伸ばし、娘の顎に手を添えた。「ダフニーとレドモンド、どちらもいい選択肢だわ。お金も爵位も持っているし、評判もいい。ダフニーのほうがはるかに若いけれど。彼はいくつだったかしら？　二一歳？」

ギリーはうなずいた。「わたしとたったふたつしか違わないわ」

「それはいいわね。若い殿方は将来性があるもの。彼はあなたにぞっこんなの？」

「そう思うわ。レドモンド卿のほうが御しやすそうではあるけど」

「どちらを選ぶにせよ慎重にね。殿方というのは、女性に不利な誓いを立てさせるまでは本性を隠しているものよ」

ギリーはほほえんだ。「賢い女はだまされないわ」

「そのとおりよ。わかっているとは思うけれど、損得を計算して対策を講じれば女性は優位に立てるの」

誰かが寝室のドアをノックした。ドレッタがドアを開けると、ギリーの父親が入ってきた。

「ダイヤモンドのネックレスをもらったそうだな」子爵のジョン・マンローが笑顔で言った。

「わたしにも見せてくれないか」

ネックレスを見せようと椅子から立ち上がりかけた娘の肩をマンロー夫人が押さえた。「今はだめよ」彼女はしかめっ面をして、夫を追い払うかのように手を振った。「それにそのコートもだめ。ベージュではわたしのドレスが引き立たないでしょう。深緑色にしてちょうだい。そうすれば、黄色のシルクのドレスにぴったりだわ」

マンロー卿がうなずいた。「そうだな。すまない」

彼は寝室を出ていった。「いつもならあの人の服装をそこまで気にかけないのよ。だけど一度でもベージュを許したら、いつ着てもいいと勘違いするから」

「一度注意されたら、お父さまにもわかるでしょう」ギリーは父をかばってから、再びダイヤモンドに注意を戻した。

「そうだといいけれど」マンロー夫人は広い衣装部屋にドレッタを呼びつけた。「ギリーのドレスはネックレスに合わせて青か緑を用意してちょうだい」彼女は娘に向き直った。「とても似合っているわ。毎晩つけてほしいくらい。でも、そのネックレスしか見せるものがないと思われても困るし……」

ギリーは華奢《きゃしゃ》な留め金を外した。母は呪いの件をあっさり聞き流した。馬車の事故を疲れていた御者と酔っ払いのせいにして。キスについては……母には内緒だ。酔っ払いに抱き締められた程度のことは報告するまでもない。ギリーは慎重な手つきでネックレスを箱に戻した。

再びノックが聞こえた。「まったく、あなたのお父さまときたら」マンロー夫人はドアに歩み寄った。「ジョン、わたしの助言をウォリスに伝えてちょうだい。従者のほうが多少はファッションがわかるでしょうから」

しかしマンロー夫人がドアを開けると、そこに立っていたのはマンロー卿ではなく執事だった。「失礼いたします。お嬢さまにお客さまです」

「わかったわ、クリフォード」ギリーは宝石箱のふたを閉めた。「すぐに行くわ。どなたなの？」

「ローリー公爵でございます」執事は上品なカードがのった銀のトレイを差し出した。金のつたで縁取られたカードの中央に、太くて黒い文字が形よく並んでいる。

マンロー夫人が眉をひそめた。「ローリー公爵？」カードを手に取る。「あなたの夫候補からは何週間も前に外したはずなのに。どんな用件かしら？」

「わからないわ」ギリーは立ち上がった。「会ったこともないんだもの。遠くから見て、わたしに好意を抱いてくれたのかもしれないわね。リストから外されているとも知らずに」

マンロー夫人はくすくす笑った。「あり得るわね。お気の毒に。クリフォード、聞こえたでしょう？　ギリーはすぐに行くわ」

「かしこまりました」

ドレッタがギリーの髪を整えるあいだに、夫人は窓辺へ寄ってカーテンを引いた。「立派なアラビア種の黒馬だこと」娘を振り返る。「ローリー公爵は……」彼女は考え込んだ。「フランス絵画を買い占めているのではなかったかしら？」

「わたしも噂を聞いたわ」

「ナポレオンの支持者と親しいと思われるのは困るわよ」

「心配しなくてもそんなことにはならないわ。フランス語で話しかけてきたりしたら、すぐに出ていってもらうから」

ローリー公爵がどんな人物なのか、ギリーはほとんど覚えていなかった。夫候補のリストを作った当初は膨大な数の名前が並んでいたのだ。たしかフランス絵画を収集していて、貴族院でリベラル派と噂されていたためにリストから除外したはずだ。

ギリーはドレッタを従えて階段を下りた。居間のドアの外に控えていたクリフォードがタイミングよくドアを開けた。「ローリー公爵、ミス・マンローです」執事はそう告げて一歩下がった。

ギリーは笑顔で部屋に足を踏み入れた。背が高く、肩幅の広い人物が窓の前に立っている。「ローリー公爵……」彼女の言葉はそこで途切れた。急に鼓動が乱れる。あの人だわ！「あなただったの！」

コノール・アディソンは返事の代わりに会釈した。自分はこの女性に強烈な印象を与えたらしい。ブランデーの酔いが覚めても、ミス・マンローは美しかった。今朝は頭が朦朧《もうろう》としていたから、彼女の物言いがことさら辛辣《しんらつ》に感じられたのかもしれない。しかし、それ以外については正しく記憶していたようだ。「これはきみの本でしょう？」彼は脇に挟んだ本を取り出した。

ミス・マンローがふっくらした唇を引き結んだ。こちらの手にふれないよう細心の注意を払って本を受け取る。「ありがとう」

「どういたしまして。その本を読んだのですか？」

彼女は形のいい眉をつり上げた。「なぜそんなことをお尋ねになるの？　教養の低い人に進歩的な意見をひけらかすために持ち歩いているとでも思っていらっしゃるの？　それとも字も読めないくせに利口ぶっているとおっしゃりたいのかしら？」

コノールの唇が弧を描いた。攻撃的な口調も記憶どおりだ。「それどころか、暗記しているのではないかと思いましたよ」

「あら、届けていただいてありがとうございます。それではこれで」ミス・マンローはきびすを返した。侍女があとに続く。

女性にこんな態度を取られたら、男のなかには驚愕《きょうがく》のあまり失神する者もいるだろう。だが、コノールは逆に興味を引かれた。「ふと思ったのですが」半歩前に進み出る。「ファーストネームを教えてはいただけないかと」

彼女は立ち止まり、肩越しに振り返った。「なんのために？」

「キスまでした仲ですから」突然、もう一度キスをしたくなった。これまでのところ、第一印象は正しかった。唇の感触についても記憶どおりだと確かめたい。やわらかな唇に鋭い物言い。心惹《ひ》かれる組み合わせだ。率直な女性がどれほど新鮮な印象を与えるか、ミス・マンローは自覚しているのだろうか？

ギリーは居間のドアを閉めて、ダイヤモンドの呪いそのものかもしれない相手と向き合った。「キスなんかしていないわ！」はねつけるように言い返す。「あなたはわたしに倒れかかってきた挙げ句に、誰かと勘違いして無礼を働いた。わたしたちのあいだになんらかの感情が通っていたみたいな言い方をしないでもらいたいわ」

コノールは口元を緩めずにいられなかった。反射的にミス・マンローの視線が彼の口に落ちる。「きみはそう言うが、ぼくの記憶は曖昧《あいまい》なんだ」

「わたしははっきり覚えているもの。お互いのためにも、あなたの……その誤解については二度と口にしないで」

「誤解とは思わないが、まあよしとしよう。きみがファーストネームを教えてくれるなら」

コノールには相手の顔をよぎった感情を読み切れなかった。驚きだろうか？　ミス・マンローは男をひざまずかせ、ドレスの裾《すそ》をあがめさせるのに慣れているのだ。

「あきれた人ね！」彼女は口ごもったものの、結局告げた。「いいわ、エヴァンジェリーンよ」

「エヴァンジェリーン」コノールは繰り返した。「いい名前だ」

「ありがとう。名づけてくれた母に伝えておくわ」

コノールは眉をつり上げた。「辛辣だね」

「あなたが始めたんでしょう！」彼女は腰に手を当てた。「わたしはあなたにいい印象を与えたいなんて思っていないもの」

「ぼくとしてはそう思ってほしいが」

エヴァンジェリーンの頬が赤くなった。「そうでしょうとも。次はもっと軽薄な相手を探すのね」

コノールは彼女の服の袖《そで》に手を伸ばし、クリーム色の綿モスリンの生地を撫でた。「むしろ安心したよ」一歩間違えばとんだ醜態を演じかねないのに、全力で突撃したくなるのはなぜだろう？「ぼくの……過ちを逆手に取って、夫と爵位を手に入れようとする女性もいるからね。だがきみは、ひたすらぼくから逃れたいらしい」

エヴァンジェリーンが唇を引き結ぶのを見て、コノールは笑い出したいような、それでいて彼女をずっと見ていたいような複雑な気分になった。「あなたは朝の一〇時にもならないうちから泥酔していたのよ。正直言って感心できた態度ではないし、そんな男性と永遠におつき合いをするなんてごめんだわ」

「これは一本取られたな」そう言いながらも、コノールは大して気にしなかった。「朝は弱いんだ。エヴァンジェリーン、今夜、ガヴィストン家の夜会でダンスをしよう。きみも行くんだろう？」

「気はたしかなの？」エヴァンジェリーンが一歩前進して、挑みかかるかのごとく爪先立ちになった。「あなたを見た瞬間から帰ってほしいと意思表示しているのよ。どうしてわたしがダンスをしたがると思うの？　だいいち、ファーストネームで呼んでもいいと言った覚えはないわ。あなたに脅されたから教えただけよ」

「きみが踊ってくれると言えば、ぼくは帰るよ。そうでなければこの場でもう一度キスをする。きみに選ばせてあげよう」

エヴァンジェリーンが早口で言った。「わたしが男だったら怒鳴りつけるところだわ」

「ぼくが女だったら、もう一度キスをするほうを選ぶね」

彼女が言い返す前に、居間のドアが開いた。「エヴァンジェリーン?」媚《こ》びるような声が響く。「あら、お客さまだったのね。紹介してちょうだい」

エヴァンジェリーンが再び一歩前へ出た。コノールは一拍置いてから半歩下がった。「もちろんよ。彼はローリー公爵。ローリー卿、こちらは母のマンロー子爵夫人です」

マンロー夫人は娘よりも数センチ背が高かったが、蜂蜜色の髪とはしばみ色の瞳は同じだった。姉妹に見えるとおせじを言う男もいるだろう。若作りしたヘアスタイルや露出度の高いドレスから察するに、夫人自身もそういう効果を狙っているらしい。コノールは会釈した。

「今朝、お嬢さんの馬車と衝突事故を起こしたので、おけがはなかったかどうか確かめにまいりました」

「ああ、ギリー、さっきの話はローリー公爵のことだったのね」

〝ギリー〟か。気に入った。性格のきつい小娘にしては親しみやすい愛称ではあるが……。

彼女に関するこの新たな情報をコノールは頭のなかで反芻《はんすう》した。

「なんでもなかったの」ギリーが言った。「さっきも話したとおりよ。ローリー公爵が馬車の修理代を負担すると申し出てくださったの」

「寛大なお心遣いですこと」夫人が前へ進み、手を差し出した。「たとえあなたに非があるとしても、なかなか言い出せることではありませんわ」

コノールは夫人の手をほんの少し握った。二八年も生きてきたのだから、娘の夫候補を物色する母親なら、通りの向こう側からでも見分けられる。同じ部屋にいるとなればなおさらだ。ところがこのマンロー夫人はぼくが気に入らないらしい。「もちろんぼくが悪いのですから、修理代をお支払いしようと思ったのです」

「ご親切に。お茶でもいかが？」

マンロー夫人が自分をどう思っていようが、コノールはギリーのことをもっと知りたかった。「ぼくは――」

「残念だけれど、ローリー公爵は別のお約束があるんですって」ギリーが口を挟んだ。

コノールは身震いした。下準備もなくこの母と娘を相手にするのは無謀だ。「そうなんです。ミス・マンロー、玄関まで送ってはくださいませんか？」

ギリーが表情をこわばらせた。「喜んで」

コノールが差し出した腕に手をまわしたギリーは、彼を引きずるようにして玄関ホールへ向かった。居間を出たところで、コノールは彼女を引き止めた。「これで互いの気持ちが確認できたわけだ」ランプの光に照らされて、ギリーの瞳が緑色に見える。「きみはぼくが好きじゃないんだね」

「ええ、嫌いよ」

「ぼくは資産家だ」コノールはかすかに笑った。「いやになるほどね。見た目もそう悪くない」

「そうでしょうね」ギリーは彼の魅力を無視して玄関へ引っ張っていこうとした。「たしかにあなたはとてもハンサムだわ」

ようやくきっかけがつかめた、とコノールは思った。「合意点が見つかってうれしいよ。ぼくと踊ってくれるかい？」

「酔っ払いと過ごす趣味はないの」彼女は小声で言って手を離した。執事がドアを開ける。「酔っ払いは退屈だし、うぬぼれていてまともな話ができないもの」

コノールは表へ足を踏み出し、高飛車な小娘の印象について言い返してやろうと振り返ったが、鼻先でドアを閉められてしまった。

しばしドアを見つめてから階段を下り、待機していた馬丁から馬のファロの手綱を受け取った。ギリーはぼくが敗北を認め、尻尾《しっぽ》を巻いて逃げ出すのを望んでいる。ぼくという人間をまったくわかっていない。賢いわりに単純で決定的な過ちだ。ぼくは負けず嫌いだ。弾みとはいえあれほど巧みなキスを返してきた女性が、こんな対応をしていいわけがない。高慢な鼻のひとつやふたつ、へし折ってやらないと。

コノールはにやりと笑い、グローヴナー・ストリートの屋敷へ向けてファロを出発させた。今夜、ガヴィストン家の夜会で、ギリーはとんでもない相手にけんかを売ってしまったと思い知るだろう。

3

「ローリー卿に会ったの？」リアンドラ・ハロウェイが扇子で口元を覆ってささやいた。「わたしは彼がロンドンに戻っていたことすら知らなかったわ」

「どこかへ行っていたという意味？」ギリーは好奇心を抑えられずに尋ねた。

「その答えは誰に尋ねるかで違うのよ」友人は低い声を保ったまま、もったいぶって言った。「恋人と一緒にスコットランドの屋敷にいたという説もあるわ」

その恋人とやらがデイジーなのだろう。ギリーはうなずいた。「彼、スコットランドに屋敷を持っているの？」

「もちろんよ。あちこちにあるわ。わたしの従姉《いとこ》は、スコットランドなんかに行っていないって言うの。それどころかフランスにいたって」リアンドラが扇子で顔をあおいだ。「わたしとしては、どこに行っていようがかまわないけど。もしわたしの上に倒れかかってきてくれたら、今ごろわたしはローリー公爵夫人だわ」

「まあ！　ローリー卿もあなたなら歓迎するでしょうよ」ギリーは広間に入ってきた別の友人に手を振った。幸いローリー卿はまだ姿を現さない。たぶんまた酔っ払って、わたしをダンスに誘ったことなど忘れてしまったのだろう。

「でも、彼のお母上はスペンサー家の一員なのよ。ローリー卿はデヴォンシア州の半分を所有しているうえに、スコットランドに少なくとも四つの地所を持っているわ」

「資産家なのはいいけれど、あの態度はいただけないわ。礼儀知らずよ」ギリーはレモネードに口をつけた。生ぬるいとはいえ、ごった返した蒸し暑い舞踏室ではありがたい。

たしかにローリー卿の笑顔はすてきだし、ハンサムで、キスも上手だ。だが、ギリーが求愛者に求める要素はそのどれでもなかった。彼は自分の魅力を知っている。自分に自信のある人はこちらの思いどおりにならない。それにローリー卿にはほかにもたくさん欠点がある。でも……。「じゃあ、彼の姓はスペンサーというのね」

「名前も知らないなんて！　あなたの口ぶりからして強力な競争相手が現れたのかと思ったのに」

「冗談はやめてよ」あまりに早く夫候補から除外したため、ギリーはローリー卿についてごくわずかしか知らなかった。

友人はえくぼを見せて笑い、大げさに咳払いをした。「わかったわ。コノール・スペンサー・アディソン。ハルフォード子爵であり、ウェルドン伯爵であり、ローリー公爵でもあるの。あなたが彼を好きでなくてうれしいわ。わたしは好き。もちろんダンスに誘われたことはないけれど」

「あなた、ロンドンに来てまだ日が浅いのに、どうして彼についてそんなによく知っているの?」

リアンドラが肩をすくめた。「社交界のシーズンが始まる前に母とリストを作ったの」いっそう声を落とす。「わかるでしょう? 気を引きたい男性のリストよ。ローリー卿の名前はいちばん上にあったわ。ロンドンにいないとわかって、とてもがっかりしたんだから」

ハロウェイ家の基準はマンロー家のものとはずいぶん違うらしい、とギリーは思った。まあ、当然と言えばそれまでだが……。リアンドラの一族が財産を必要としているのに対し、わたしが求めているのは……お母さまはなんと表現していたかしら? そうそう、権力と世間体のよさを兼ね備えつつ、こちらの思いどおりになる人だ。ローリー卿はその対極にいる。いずれにせよ、飲んだくれは嫌いだ。

「ローリー卿のことはもういいわ」この話題はこれまでとばかりにギリーは首を振った。「ところで、わたしの新しい宝物を見てくれた?」胸元に手をやる。

「あなたが現れた瞬間から、じっと見つめないように我慢していたの」リアンドラが笑みを浮かべた。「とってもすてき!」

「〝ナイトシェイド・ダイヤモンド〟と呼ばれているの。一族に伝わるもので、レイチェルおばさまから受け継いだのよ」そしておばがなんと言おうと、ギリーはダイヤモンドの不思議な力について異論があった。今夜はなにひとつ悪い出来事は起きていない。ローリー卿が現れないのだから、ついていると言ってもいいくらいだ。

「ほかにもあなたを眺めている人がいるわ」リアンドラが小声で言うと、扇子でギリーの背後を指した。

振り向いたギリーは、こちらへやってくる人物を見てほほえんだ。「レドモンド卿、今夜はお会いできないのかと思っていましたわ」

御年五一歳のレドモンド卿はギリーの父親よりもふたつ年上になるが、彼女にとっては好ましい求婚者のひとりだ。まあ、いくぶん恰幅《かっぷく》がいいのは否めない。レドモンド卿がうやうやしくお辞儀をした。「あなたがいらっしゃると知っていたら、もっと早く参上しましたのに」

「お優しいのね」ギリーはレドモンドに手を差し伸べた。

「そんなことはありません。わたしがあなたを崇拝しているのはご存じのはず」

たしかに知っている。何度も聞いた。「それでしたら、ダンスに誘ってくださらないと」

レドモンドはにっこりして腹を引っ込め、腕を差し出した。「喜んで」

「ギリー、ほら、待たなくていいの？　その……従兄《いとこ》を？」リアンドラが不服そうな顔で言う。

「もちろんよ。彼は会場に来てもいないんだもの」

レドモンド卿のエスコートでカントリーダンスの列に入りつつも、ギリーは混《こ》み合った室内に視線を走らせた。ガヴィストン家の夜会はいつも盛況だ。男爵夫妻はロンドンの西半分に住むすべての人を招待すると決めているらしい。それなのに、ローリー卿が現れそうな気配はなかった。

ダンスに誘っておいて姿も見せないなんて、失礼な人だ。わたしがじっと待っていると思ったら大間違いだわ。あの人の居場所が気になるのは、ここにいないことを確認して安心したいからよ。

部屋の向こうから母親が励ますようにうなずいている。父は母に言われて飲み物を取りに行ったのだろう。ギリーは物心ついたころから、さりげなく人を使う方法や、波風を立てずに自分の思いどおりに事を運ぶすべ、命じていると気取られない命令口調など、女主人としての立ち居ふるまいを徹底的に学んできた。マンロー家を実質的に取り仕切っているのが母であるのは否定しようのない事実だ。

ギリーは母から教えられた基準に従って多くの求愛者をふるいにかけた。母の言葉を借りれば、雑草と薔薇《ばら》を選《え》り分けたのだ。その結果、富と権力と将来性を兼ね備え、なおかつ女性の舵《かじ》取りを必要としている求愛者ふたりが残った。レドモンドとダフニーだ。どちらも条件は似通っているが、強いて言えばレドモンドのほうが扱いやすそうだった。自分の年の半分もいかない若い娘に熱を上げるあたりに、結婚への必死な思いが感じられる。二一歳のダフニーにはない熱心さだ。

ダンスをしている人はみな、ギリーの首元に羨望《せんぼう》のまなざしを注いでいた。これが不運ですって？　こんな称賛を集めるのは初めてだ。それでなくてもレドモンドの視線はギリーに釘《くぎ》づけで、つまずいて転ばないかと心配になるほどだった。このままいけば、二週間以内に求婚してくるかもしれない。そうなればローリー卿も、わたしが彼のキスを楽しんだとか、もう一度キスをしたがっているとかいった妄想にふけったりしなくなるだろう。

「ぼくをここに呼び出した理由をもう一度説明してくれ」コノールは懐中時計のふたを開けて時刻を確認した。今夜すでに三度目だ。「先約があると言ったのに」

「きみがいてくれないと困るんだよ」友人が言った。「美術に関するぼくの知識はかぎ煙草《たばこ》入れも満たせやしない。今度、祖母が訪ねてくるんだが、相続財産を手にしたいなら精神的に成長したところを見せろと言うんだ。少なくともこのあいだの手紙にはそう書いてあった。教養のあるところを示さなければならない。助けてくれると言っただろう？　約束したじゃないか」

「フランシス、きみってやつは……成長しようにもいささか手遅れだと思わないか？　オックスフォード時代だっていっこうに進歩しなかったくせに」だいいち、彼のせいでギリーとの約束が危うい。口の減らない小娘のことだから、すっぽかしたりしたら、それ見たことかと言われるに違いない。

フランシス・ヘニングはしかめっ面をした。肉づきのいい頰がいっそう丸みを帯びる。

「成長したとも。きみと寝食をともにしていたんだから」

コノールは鼻を鳴らした。「それならぼくたちはそろって失敗したんだ。今朝ちょうど、自分の無礼を指摘されたばかりだからね。ぼくの品格は特大のグラスでブランデー漬けになったらしい」

「ばかばかしい。きみの屋敷の廊下は絵画で埋め尽くされているじゃないか。きみはちゃんと自己を確立している。まあ、大事な芸術のためにパリくんだりまで出かけるのはどうかと思うが」

「それはここだけの秘密だぞ」コノールは低い声で忠告した。「どんな理由であれ、フランスへ旅していることが広まればひどい不興を買うからな」

「今夜、手を貸してくれるなら、ねずみのように口をつぐんでいるさ」

くそっ！「わかったよ」コノールはクラレットを頼もうと手を上げた。赤ワインは好みではないが、万が一オークションが終わってガヴィストン家の夜会に間に合った場合、あの娘に酔っ払い呼ばわりされる危険は冒せない。

「これはどうだい？」フランシスがささやき、コノールの脇腹を肘でつついた。

コノールは首を振った。「ホーガースだ」オークションのためにイーゼルにのせられている絵をしげしげと見つめる。これを買って終わりにしたい気もするが、約束は約束だ。「いい絵だが値が張る」コノールはオークションの出品リストに目を落とした。「この作品まで待て」彼はある絵を指さした。

「ウィリアム・エティ？　有名なのか？」

「いいや、まだ若い画家だ。しかし手ごろな値でいい投資になる。色彩感覚がすばらしいんだ」

「さすがだな。その作品について一筆書いてくれよ。暗記するから」

「わかった、明日だ。もう行くぞ」今ならまだあの娘のダンスカードに名を連ねられるかもしれない。

「だめだよ」フランシスは柔和な顔を青くして不平を漏らした。「どのくらいの値をつければいいのか知らないし、引き際もわからない。それに――」

「落ち着け」コノールは顔をしかめたいのをこらえて懐中時計を押しやった。

「頼むからここでぼくを見捨てないでくれ。卒倒して死んだら相続財産が手に入らないじゃないか」

コノールは座り心地の悪い椅子に沈み込んだ。「わかったよ。だが、この借りはでかいからな」

友人がうれしそうに笑った。「もういくつ借りがあるのかわからないよ」

「ちゃんと帳簿につけているから心配するな」

「そんな！」


翌朝、九時を少しまわったころにコノールがマンロー家を訪れると、執事はあからさまに不快な顔をした。「お嬢さまが起きていらっしゃるかどうか、確認してこなければなりません」一本調子で答える。

コノールはうなずいた。「待つよ。お茶をもらえるとありがたいね」

「かしこまりました」

執事は昨日と同じ部屋にコノールを案内した。たしかにまだ早い時間だ。だがギリーに与えてしまった第一印象を考えると、いつも朝まで飲んでいるわけではないと印象づけておきたかった。

エヴァンジェリーン・マンロー。普段なら口の達者な女性は敬遠するところだ。女性と話すたびに口論しなくても、ほかに問題は山ほどある。だが昨日の事故で彼女が涙を流して卒倒していたとしたら、今日再びここを訪ねてきたかどうか……それどころか昨日も来なかったかもしれない。

これをどう解釈すればいいのだろう？　答えはギリーが握っている。ぼくは問題の内容すら把握できないまま、再び彼女のもとを訪れている。この二四時間で二度目だ。近ごろ旅ばかりしていたので、馬車の揺れで脳みそがずれたのかもしれない。

「〝おはようございます〟と言うべき？　それとも〝おやすみなさい〟かしら？」背後から魅惑的な声がした。

コノールは振り向いてほほえんだ。ギリーはきちんとした緑色の外出着を着込み、ボンネットまでかぶっていた。「今日は〝おはよう〟だ」彼はそう返事をして浅くお辞儀をした。「謝罪に来たんだよ」

「あなたが酔っていたことはわかっているから、謝ってもらう必要はないわ」

またそれか。「ゆうべのダンスの件を謝りに来たんだ。夜会に参加するつもりだったが、思いがけず友人から連絡が入って、緊急の用件で手を貸してほしいと言われたので……」フランシスはいつも緊急と言うが、昨日は見るからに困っていた。

ギリーのはしばみ色の瞳になにかがよぎった。驚きだろうか？「あら」彼女はつぶやいて半歩下がった。「それについても謝ってもらわなくて結構よ。あなたが約束を覚えているとも、会場に現れるとも思っていなかったから」

コノールは脇に控えている侍女の舌打ちを無視して一歩踏み出した。「ぼくは約束を覚えていたし、本当に行くつもりだった。だから謝るよ」

「そこまで言うなら謝罪を受け入れるわ」ギリーは咳払いをした。「それでは失礼。朝の散歩に遅れてしまうから」

「一緒に行こう」

ギリーはドアのほうへ後退した。「その必要はないわ。昨日のことはもういいの」

「もう少し話がしたいだけだ。これでなかなか評判のいい散歩相手なんだよ、さあ」コノールは玄関ホールのほうを指し示した。

ギリーは瞬間的に眉をひそめたが、すぐに感情を覆い隠した。「わかったわ。わたしはかなり早足だけど」

「知っている」

彼女の機嫌を損ねないよう笑いを嚙《か》み殺しながら、コノールはコートと手袋と帽子を持って玄関を出た。ギリーと侍女に追いついて腕を差し出す。

「両手は自由なほうが好きなの」ギリーはそう言ってハイド・パークの方角へ歩き始めた。

コノールもあとに続いた。「ぼくは両手がふさがっているほうが好きなんだ」

「酩酊《めいてい》していればなおいいんでしょう？」

彼はため息をついた。「きみは信じないだろうが、公の場で昨日のように酔っ払うのは珍しいんだ」

「あなたが言うとおり、信じないわ。あなたは道路に寝そべって、なにも着ていないかのごときふるまいでキスを交わすのが日課みたいだから。それとも、あなたとミス・デイジーは、と言うべきかしら」

コノールはひるんだ。「今後は彼女の名前を出さないでもらえるとありがたい」泥酔してもなんの役にも立たないことを思い出させてもらう必要はない。

ギリーは彼をちらりと見た。「なぜ？　評判を気にしているの？」

「ミス・デイジーの評判をね」コノールは息を吸った。「趣味の悪いことに、ミス・デイジーはある男と恋に落ちたんだ。彼女に夢中になっている男とね。ぼくはといえば、帰国したというのに恋人の出迎えも受けられず、いかがわしい〈イザベルズ〉という酒場で憂さを晴らしたわけだ。ぼくたちが……ぼくときみが衝突したのは、御者に酒場から引っ張り出された直後だった」

「そうだったの……」しばらく沈黙が続いた。「彼女を愛していたの？」

現実主義者の娘らしからぬ質問だ。「愛しているとまではいかなくても、好きだった。今もね。だから彼女とは距離を置くことにした」

「それならわたしのことも好きになってほしいわ。好きになったら近寄らないでいてくれるんでしょう?」

コノールは声を上げて笑った。機転のきく女性だ。「残念ながら、ぼくはきみのそばにいなければならない」

公園に到着するとギリーはさらに早足になった。「どうして?」

「キスをしたからだ。きみに夢中なんだよ」

ギリーは不満の声を漏らした。「わたしに夢中だというなら、わたしの気持ちを尊重して放っておいて」

「いつもそんなふうに男の求愛を足蹴《あしげ》にするのか?」コノールは朝の乗馬を楽しむモンマス卿に向かって軽く帽子を上げた。「奇妙な習慣だね、ギリー」

コノールの発言はギリーの耳に届いていないようだった。彼女の視線は遠ざかる公爵を追っていた。「今、あなたが挨拶《あいさつ》した人は誰?」

コノールはかすかないらだちを感じた。たいていの女性は自分に魅了されるのに。これまで多くの例を見てきたのだから、うぬぼれなどではない。デイジーには袖にされたが、いつもなら女性につれない態度を取るのはコノールのほうなのだ。「あれはモンマス公爵だよ。高慢で不愉快なやつだ」

「そう。品のいい風貌《ふうぼう》だったわ。結婚されているの?」

「もちろんだ」コノールはギリーの肩に手を置いて歩みを止め、彼女をこちらに向き直らせた。「きみはぼくと散歩しているんだよ」

「いいえ、あなたが勝手についてきたのよ」そう言いながらも、ギリーの注意は周囲を通り過ぎる人々に向けられていた。それも身なりのいい人物……とくに男性に。

コノールは彼女をまじまじと見つめ、しばらく間を置いてから尋ねた。「きみは散歩をしながら獲物を物色しているのか?」こんな娘に興味を持たなければよかったと後悔し始めていた。

「獲物ですって?」

「狩猟家みたいな顔つきをしている」そう言いつつも、コノールは上品な青いボンネットの下からのぞくはしばみ色の瞳や蜂蜜色の髪に見とれていた。この物言いでは、どんなに甘い顔立ちをしていても天使と間違えたりしないだろうが……。「舞踏室のほうがいい狩り場だろう?」

ギリーの滑らかな肌が赤みを帯びる。「わたしは慎重なの。ほかのことはあなたのブランデー漬けの脳みそが生み出した妄想だわ」

「もう一度だけ言うが、ぼくはアルコール中毒じゃない」

ギリーはコノールの手を振り切って、ハイド・パークの南端を歩き始めた。「どちらでもいいわ」

「だいいちきみは慎重なんじゃなくて、計算高いんだ」

「違うわ!　散歩は毎朝の習慣よ。わたしは他人の家の玄関に現れて、その人の日課を邪魔したりしないわ」

モンマス卿の外見に過敏に反応したのは事実だが、ローリー卿だってわざわざ指摘しなくてもいいのに、とギリーは思った。モンマス公爵が既婚者であるかどうかは尋ねるまでもなかった。彼の名前はリストにかすりもしなかったのだから。ギリーはサーペンタイン池にかかる橋を凝視した。ローリー卿がいなければ、少なくとも彼がこれほど……わたしの心を乱したりしなければ、モンマス公爵がすでに結婚していることにちゃんと気づいたのに。

いずれにせよ、わたしは母の助言に従っているだけだ。まだ誰からも求婚されていないのだから、適当と思われる男性のすべてに目を配らなくてはならない。たとえばコノール・アディソンみたいな、要求ばかりしてくる自己中心的な男性と結婚するはめに陥らないように。

「いいかい……」涼やかで男らしい声にギリーは物思いから覚めた。「お上品な男を探すなら、散歩道を駆けまわっても無駄だよ」

「なんですって？」

「いわゆる品のいい男ってやつは、活発で若さにあふれた女性を見ると二の足を踏むんだ。きみなんか結婚初夜にして新郎を殺しかねないふうに見える。まあ、きみにしてみればそのほうが好都合かもしれないが……相手にしてみればそうはいかない。長生きするために、もっとおとなしい女性を探すだろう」

「ひどいわ！」ギリーは歩調を緩めて彼をにらみつけた。「女郎蜘蛛でもあるまいし、わたしは男性を食い物にしたりしない。ただ一定の条件を満たしてくれる人を探しているだけよ。

年齢は関係ないわ」

「それはどんな条件だい？」

「なぜそんなことを？」

「好奇心だよ。ぼくも作戦を練らないと」

「そんな考えは今すぐ捨てたほうがいいわ。わたしに言えるのは、あなたはなにひとつ条件を満たしていないってことよ」

ローリー卿が眉をつり上げた。あくまでもハンサムで、冷静で、息も乱れていない。「ひとつもかい？」

「ひとつもよ！」

もちろん本当は違った。彼は裕福で爵位もある。実際、ギリーがそれまで考慮してこなかったある種の条件はじゅうぶんに満たしていた。たとえばローリー卿は彼女が会話についてこられるよう配慮して話しかけてくれる。ギリーを〝愛《いと》しい人〟だの〝ぼくのアフロディーテ〟だのと呼んで彼女の尻に敷かれているナルシストと比べ、格段に楽しい話し相手だし新鮮だ。

「その条件は検討し直したほうがいい」ローリー卿があっさり言った。「たしかな筋によると、ぼくは目玉商品だ」

〝デイジーはあなたをほしがらなかったのに？〟というせりふが喉元まで出かかったが、口にはできなかった。「これがあなたの求愛方法だとしたら、効果のほどは疑問だわ。なんの魅力も感じないもの」

「まだ始まったばかりだ」

　あまりにも確信に満ちた口調に、ギリーはどぎまぎした。まさか本気でわたしに求愛するつもり？　なんのために？　彼の関心を引かないようにできるだけ無礼な態度を取ったのに。この人がそばにいると混乱してしまう。そしてわたしは混乱するのが好きではない。

　結婚は女にとって不利なことばかりだ。お金を始め、あらゆる権利や財産は夫のものになってしまう。そういう不利な点を補って、さらにこちらの言うことを聞いてくれる男性を選びたかった。そうでなければ、どんなに魅力的な相手であろうと受け入れられない。絶対に。

4

「さっき一緒に歩いていたのはどなた？」図書室に滑り込んできたマンロー夫人がせかせかと尋ね、暖炉を囲むように配された椅子に向かう途中で立ち止まった。「あら、いやだわ、まだいらしたのね」彼女は笑みを浮かべて膝を曲げた。「お会いできて光栄ですわ」

「お帰りになってくださらないの」ギリーは腕組みをして椅子の背もたれに寄りかかった。

「もうそろそろとお伝えしたのだけれど。しかも再三」

「図書室を拝見しているのです」コノールは弁明して、立派な書棚に並ぶ本の背に指を走らせた。「ウルストンクラフトはないのですか？」マンロー夫人をちらりと見る。「スウィフトは？　アイルランド人で男性ですが、進歩的ですよ」

「わたしどもは無政府主義者ではありませんわ」マンロー夫人は胸に片手を当てた。「どうしてそんな印象を持たれたのでしょう？」

もう！　ギリーは眉をひそめ、コノールにしかめっ面をしてみせた。女性の権利についての知識を活用するどころか、それを材料に脅迫されるなんて。「だんだんわかってきましたわ」彼女は注意深く言った。「あなたはひねくれた物言いをなさる方みたい」

「そうなんです」コノールが本を書棚に戻してギリーに向き直った。「まったくもってそのとおりです。それにしてもあなたはお優しい。ぼくはひねくれているどころではありませんから」彼はマンロー夫人に向かって頭を下げた。「非難するつもりなどありませんでした」

「気にしておりませんわ。お茶でもいかが？」

「お心遣いはありがたくちょうだいいたします。しかし、結構です」コノールの官能的な唇が弧を描く。ギリーはキスのことを思い出した。「せっかくミス・マンローが引き止めてくださっているところを申し訳ないのですが、用事がありまして」

「わたしは引き止めてなんて――」

「今夜、オールマックス社交場の夜会に参加されますか？」コノールがギリーの発言にかぶせて言った。

「もちろんですわ」黙り込んだ娘の代わりに母親が答えた。

「それでしたら、ぼくも参加します」コノールは部屋を横切ってギリーの手を取った。ゆっくりと持ち上げ、指の付け根にさっと唇を当てる。「それでは今夜」

「あなたとダンスしたりしませんからね」ギリーはかすれた声で言い返し、彼がキスに言及しなかったことに感謝するべきだと思った。

「まだ申し込んではいませんよ。まだね」コノールはかすかな笑みを残して部屋を出ていった。

キスをされたときのまま、手が宙に浮いているのに気づいたギリーは、その手を固く握り締めて脇に下ろした。あの男性には我慢がならない。傲慢《ごうまん》で人の心をかき乱す。帰ってくれてせいせいしたわ。

「予想外だったわね」閉じられたドアを見て、マンロー夫人が言った。「ローリー公爵はリストから外したのに」

「どうでもいいわ」ギリーは感情もあらわに言った。「あの人は人を怒らせて楽しんでいるだけよ。わたしは単なる獲物なの。それもこれも、すべて馬車が衝突したせいよ。まったく思いどおりにならないんだから」

マンロー夫人が唇を引き結んだ。「残念だこと。目の保養になるのに」そう言ってスカートの前を払う。「まあ、それは欠点でもあるけれど。知ってのとおり、賢い女はハンサムな殿方を選ばないものよ。異性にもてはやされるのに慣れた男性は節操がないから。うぬぼれ屋はいやでしょう？」

うぬぼれたコノールを想像するのは難しい。いろいろ短所はあるものの、彼はうぬぼれ屋ではない。「屋敷や財産の管理をわたしに任せてくれて、それ以外もわたしの意見に従ってくれる男性がいいわ」コノール・アディソンについてわかったことがあるとすれば、他人の指図を受け入れる人ではないということだ。

「そのとおりよ。さあ、いらっしゃい。リアンドラ・ハロウェイとメアリー夫人がお買い物に誘ってくれたのよ。あなたはもう少し大胆になってもいいと思うわ」マンロー夫人はほほえんだ。「男性を敬う必要なんてないのよ。彼らがわたしたちを敬うの」

コノールがアディソン・ハウスの居間に入ると、アイヴィー伯爵ルイス・ブランチャードが立ち上がった。「やっと戻ってきたな、この不良め」ルイスは迫力のある声で言った。「またロンドンから消えたのかと思い始めていたところだ」

内心で顔をしかめながら、コノールは乗馬用手袋を外してルイスと握手をした。「すまなかった」ゆっくりと答える。「だが、昼食の約束だったのでは？」

「そうだ。その前に例の絵を見たくてね。どうしても伝えたいニュースもあったから」

ニュースの内容は察しがついたが、コノールは興味のあるふりをした。「どんなニュースだい？」

「まずは絵だ。ニュースのほうはちょっともったいぶらせてくれ」

もったいぶるというより、切り出す度胸がないいんじゃないのか？「わかった。絵は階上《うえ》の廊下と図書室にあるんだ」

コノールはルイスを伴って階段を上がった。二階にたどり着くと一歩下がり、友人の好きに鑑賞させた。背が高く締まった体つきをしており、ふるまいも堅実で驚くほど鋭い審美眼を持つルイス・ブランチャード。唯一の欠点は人を外見で判断することと、一度決めたら意見を変えないことだ。

「これはすばらしい。かなり値が張っただろう？」

コノールは首を振った。「かなりどころじゃない。大変だったのは、ナポレオンが絵を叩き売る前に国外へ持ち出すことだった」

「ウェリントンがパリ市街もろとも絵を焼き払う前にだな。大胆なふるまいに及んだものだ。しかし勇気ある行為でもある。きみは非常に貴重な絵を守ったんだから」

「厄介なことに、こうなってはギャラリーでも開かなければならないだろうな。ローリー・パークにもいくらか絵を飾る場所はあるが、このままではあんまりだ。こんな傑作を廊下に飾るとは。今朝なんて、ウィンターズが落ちてきたレンブラントの絵で首の骨を折るところだった」

「大英博物館に貸し出したらどうだ？　もちろん匿名で。このご時世だから、どんな理由があるにせよ、フランスをうろついたことがばれたら不興を買うだろう」

博物館への貸し出しか……。たしかにそれも一案だ。友人に指摘されると、そうしたほうがいいと思えてきた。「ああ、そうするかもしれない」コノールは咳払いをした。ルイスのニュースについてはとくに聞きたくないものの、知らないふりもできないだろう。「期待はじゅうぶん高められたんじゃないか？　実は少し腹が減ってきたんだ。さっさと話したほうが身のためだ。腹が減っているときのぼくは気が短くなるからな」

「わかったよ」ルイスは息を吸った。「きみがロンドンを発《た》ったあと、ある女性に出会った。ここ数週間は頻繁に会っていたんだ。夫が亡くなってまだ一年なので、これまで彼女の素性は明かさないようにしてきた。彼女の評判にかかわるからな」

「たしかに。それで？」コノールは促した。

「数日前に結婚を申し込んだ。彼女は承知してくれたよ」

コノールは笑顔を作った。「よくやったじゃないか。おめでとう」彼は眉をつり上げた。「相手の名前を教えてくれるんだろうな？　黙っていてもいずれはわかる」

ルイスが笑った。「もう言ってもいいだろう。デイジー・アップルゲートだ。レディ・アップルゲートだよ」

「じきにレディ・アイヴィーになるわけか」コノールは右手を差し出した。「ぼくも面識がある。美しい人だ。きみとなら似合いだよ。いい組み合わせだ」

「ありがとう。彼女はぼくをとても幸せな気持ちにしてくれるんだ」

「見ればわかる」

「ああ、今度はきみの相手を探さないとな」

コノールは鼻を鳴らして階段を下りた。「幸せな結婚を目前にした男はもっとも厄介なキューピッドになるらしい。ぼくのことは放っておいてくれ」

「今日のところはあきらめるとしよう」

コノールの脳裏に自然とある女性が浮かんでいた。ありがたいことに、それはデイジー・アップルゲートではなかった。はしばみ色の目をした自信満々の小娘だ。今夜、オールマックス社交場でダンスをするはずの相手。もちろん一度断られたくらいであきらめる気はなかった。

オールマックス社交場の大広間に足を踏み入れたとたん、むせ返るような空気が押し寄せてきた。いつものコノールなら、メイフェアの退屈な夜会に参加するくらいなら蟻《あり》を食べるほうがましと思うところだが、ギリーとの約束がある。いや、約束というよりも一方的な脅しに近かったが……。

コノールは社交界にデビューしたばかりの娘たちをぐるりと迂回《うかい》して、父親らしき長身の男性と母親と一緒にいるギリーを見つけた。鼓動が乱れる。衝突事故でどんな魔が差したにせよ、ギリー・マンローが彼の心を捉《とら》えて放さないのはたしかだ。

「ジョンったら」マンロー夫人がいらだった声で言った。「あなたがうろうろしていたら、誰もギリーのそばに寄ってこないわ。どこかよそで楽しんでいるふりをしていらして」

「わかったよ、エロイーズ。レモネードを取ってこようか？」マンロー卿が穏やかに尋ねた。

「結構よ。考えてもごらんなさい、あなたが飲み物を運んできたら、男性たちがギリーに声をかける口実を減らしてしまうでしょう？」

なるほど。母親の物言いを聞いて、娘の態度に多少は合点がいった。コノールは歩調を速め、子爵が立ち去る前にマンロー一家に接近した。「こんばんは」鋭い光を放つギリーのはしばみ色の瞳をのぞき込みたい気持ちをこらえ、家長と目を合わせる。

「これはこれは」ギリーが口を開かないので、マンロー夫人が答えた。「約束を守る方なのね」

「そうするよう努力しています」コノールはそこで言葉を切ったが、紹介してくれそうな気配がないので自ら手を差し出した。「コノール・アディソンです。マンロー卿ですね？」

子爵が手を握った。「そのとおりだ」温かな声で答える。「わたしはちょうど……よそへ行くところで」

「ここは息苦しいですからね」コノールは同意した。「避難したくなるのも当然ですよ。お嬢さんのダンスカードに名前を書いたらご一緒させてください」

ようやくギリーに注意を向けると、彼女の表情にはいらだちと驚きが混在していた。「あなたとは踊らないと申し上げたはずですけど」

コノールはにっこりして、ふたりきりならいいのにと思った。「では、気持ちを変えていただかないといけませんね、エヴァンジェリーン」

「変えたくありません」

「わかりました。それではひと晩じゅう、あなたのそばについているとしましょう」澄ました顔で続ける。「好ましい男性を遠ざけてしまわないといいのですが」

「遠ざけるに決まっているでしょう！　黙ってよそへ行ってちょうだい」

「ギリー！　殿方に向かってなんて口のきき方なの！」

「でも、この人ったらまるで話を聞いてくれないんだもの。どうしろというの？　決闘を申し込むわけにもいかないし」

「ただ一度踊ってくれさえすれば、つきまとったりしませんよ」

ギリーがコノールをにらみつけた。「わかったわ」顔をこわばらせて、レティキュールからダンスカードを取り出す。

すでに何曲かは先約が入っていた。レドモンド卿が一曲しかないワルツを予約している。あの老いぼれめ！　ワルツという年でもないだろうに。コノールは穏やかな表情を保ったまま終盤のカントリーダンスを選び、カードを返した。

ギリーはコノールがなにを選んだかを確認して顔を上げた。「それではあと二時間後に。わたしの近くにいないでくださるかしら」

「わかりました。失礼、マンロー卿、外で葉巻でも吸いませんか？」

マンロー卿が目を見開いた。「これはご親切に。喜んで」

ギリーは男性全般に対して一風変わった、しかも好意的とは言えない感情を抱いているらしい。とくにこのぼくに対して。マンロー卿は、娘がこうした考えを抱くに至った鍵《かぎ》を握っているのではないだろうか？　コノールはそれを探り出したかった。母と娘に軽く会釈して、子爵を外へと導く。腹立たしいことに、オールマックス社交場では屋内での喫煙が禁じられているのだ。酒も給仕されない夜会にどうしてこれほど人が集まるのか、コノールには理解不能だった。

「ギリーとけんかでもしたのかね？」玄関の階段下で立ち止まったとき、子爵が切り出した。

コノールは彼に葉巻を手渡した。「ぼくたちは出会った瞬間からいがみ合っていますよ」正直に認める。

マンロー卿は葉巻の香りを吸い込んで深くため息をついた。「とてもいい香りだ。エロイーズは吸わせてくれないのでね。臭いし、体に悪いと言うんだ。きみが誘ってくれてありがたい」

「吸いたいときに葉巻を吸えないなんて、ぼくならこめかみにピストルを突きつけるところです」コノールはにやりとして、停車中の馬車の脇についているランプを掲げ、葉巻に火をつけた。マンロー卿もそれに倣う。

「そこまで悲惨じゃない。まあ、葉巻に代わるものはほとんどないが」

コノールは反論しかけたが、このあとマンロー卿の娘と踊ることを考えて口をつぐんだ。

「これまでロンドンであなたをお見かけしなかったのはなぜですか?」彼は話題を変えた。

「妻はわたしだけがシュロップシア州を出るのを望まなかったのでね。今は娘が成長したから、家族でロンドンへ旅行できる。それでここにいるというわけだ」

「寛大ですね。ぼくなら社交界のシーズン中はなにがあってもロンドンを離れません。なんといっても議会がありますから」

「ああ、議会か。うまくいけば来年の議会には参加したいと思っている。国から課された務めを果たしたいからね」マンロー卿がため息をついて、再び葉巻を吸った。「あくまで家族が優先だが」

「もちろんです。こんなことを言うのはおこがましいですが、あなたはすばらしいお嬢さんをお持ちですね」

子爵が顔を陰らせる。「ああ、ありがとう。あの子は母親に瓜《うり》ふたつだ」彼は咳払いをした。「きみはうちの娘が従順だと思うかね?」

コノールは鼻を鳴らした。そうせずにいられなかったのだ。「従順? いいえ。しかし、率直で機知に富んでいらっしゃると思います。口調はきついですが、新鮮ですね。ぼくのまわりにいるのは……おべっか使いばかりなので」

「なるほど、それはおもしろい」

「どこがです?」

「いや、別に。独り言だ」子爵は懐中時計を取り出してふたを開けた。「妻の様子を見に行かないと」

コノールが見た限りでは、夫人は夫と離れていたいようだった。マンロー卿には自分なりの考えがありそうだが、初対面の相手にそれを打ち明けるたぐいの人物にも見えない。マンロー卿と親しくなるのがギリーを理解する早道なのだとしたら、距離を縮めるべく努力するしかないだろう。冷遇されたくらいで彼女に対する興味は薄れそうにない。

「ぼくも一緒に行きます」コノールは馬車の車輪で葉巻の火を揉《も》み消した。「競争相手を見ておいたほうがよさそうだ」

「では、娘に対する思いは本心からなのか?」マンロー卿が尋ねる。「将来を考えてのことだろうね?」

「そうでなければあなたとお話ししていませんよ」数日前の自分なら、こんなせりふを口にするなど想像もしなかっただろう。ギリーは魔法使いかもしれない。だが、彼女が魔法をかけたのだとしたら妙な話だ。恋の魔法は好きな相手にかけるはずなのに。ところがギリーときたら、ぼくを手近な窓から放り出したそうな目つきをしていた。コノールは一瞬口元を緩めた。単にぼくの頭がどうかしたと考えるほうが筋が通っている。「もちろんあなたのおっしゃるとおり、ぼくは真剣です」

「それならジョンと呼んでくれ」

「コノールと呼んでいただけるなら」

「決まりだ、コノール。話のできる紳士が近くにいるのはいいものだな。女ばかりの家というのはある種の抑圧があるから」

マンロー家の場合は特別だろうと思ったが、発言は控えた。

レドモンド卿と向き合っているギリーの姿に目を移して、コノールは驚いた。扇子の陰で楽しげに笑い、象牙《ぞうげ》の部分で年上の男をからかうように叩いている。なんてことだ。どちらが本当の彼女なのだろう？　向き合っているのがぼくだったら、あの扇子で首を切りつけるのではないだろうか？

「ご婦人方、なにか必要なものはないかな？」子爵は抑揚をつけて言うと、妻に笑いかけた。

「なにもないわ」マンロー夫人が顔をこわばらせた。「レドモンド卿、ローリー卿はご存じかしら？」

レドモンドがコノールに向き直った。「もちろん。帰っていたのかね。長い旅かなにかに出ていたとか？」

余計なことを。「ご存じでしたか」コノールは平然と答えた。「ぼくは放浪するのが好きなんです。わずらわしいことから逃れられますからね。ほとんどの場合」

レドモンドは楽しげに笑ったかと思いきや、苦しそうに息をついた。「ほとんどの……場合ね。なるほど」

ギリーがコノールをひとにらみして、レドモンドに腕をまわした。「まあ、大変。飲み物でも持ってこさせましょうか？」

「ジョンが行くわ」マンロー夫人が口を挟んだ。「伯爵にレモネードを持ってきてちょうだい」

マンロー卿は軽く一礼して消えた。レドモンドはまだ咳き込んでいる。

「座ったほうがいいのでは？」コノールは声をかけつつも、この男が死にそうなのは自分のせいだろうかといぶかった。ちょっとした冗談は言ったかもしれないが、卒中を起こすほどではないだろう。

「ああ、たぶん……そうしたほうがよさそうだ」レドモンドは苦しげに息をつき、ギリーの手を放してコノールの差し出した腕につかまった。「少々張り切りすぎたらしい。夜会が始まってすぐにミス・アレンソープと踊ったのでね」

「彼女は活力の塊ですからね」コノールはレドモンドを抱えるようにして近くの椅子へ運び、座らせた。「しばらく休んだほうがいいですよ」

「だが、ミス・マンローとワルツを踊るんだ」レドモンドが声を上げる。「それだけはあきらめられない」

「ミス・マンローもあなたが疲れ切っていることくらいわかってくれます」コノールは顔を上げ、怒りをたたえたギリーのはしばみ色の瞳を見た。扇子がピストルだったなら、ぼくは今ごろ床に倒れているだろう。「ダンスを逃すのがおいやなら、終盤にぼくの番があります。取り替えれば互いに失うものはありません」

ギリーの目がすごみを増した。「でも――」

「ローリー卿、あなたは本当に親切だ。ありがたい」レドモンドはそう答えて、レモネードを運んできたマンロー卿に会釈した。「少し呼吸を整えれば大丈夫です」

ワルツの演奏が始まったので、コノールは立ち上がった。「では、まいりましょうか、ミス・マンロー？」いかにも親切そうに言う。

ギリーは硬い表情で彼の手を取った。「卑怯者《ひきょう》！」コノールがギリーをフロアに導いて腰に腕をまわしたところで、彼女が息巻いた。

「あとで彼とも踊れるように取り計らったじゃないか」コノールはギリーをさらに引き寄せ、ワルツのステップを踏み始めた。「ぼくが現れなければ、きみはいまだにあの年寄りにつきっきりだぞ。あいつの肥満体を哀れみながらね。こうすればワルツも踊れるし、あとでレドモンド卿と踊ることもできる。それまでに彼が回復すればの話だが」

「あなたが毒を盛ったんじゃないの？」

コノールは眉をつり上げた。「きみがいかに魅力的でも、きみのために人を殺すほどよく知っているわけじゃない。この調子で魅力を振りまいてくれたら、来週の火曜あたりにそうするかもしれないけれどね」

「あんなダイヤモンド、受け取るんじゃなかったわ」ギリーがつぶやいた。

「レドモンドにダイヤモンドをもらったのか？」予期せぬ嫉妬《しっと》が体を貫き、コノールは息を吸った。ぼくは筋の通らないことばかりしている。この娘がぼくの人生に現れたのはほんの昨日で、しかもレドモンドはどう見ても彼女に求愛している真っ最中だ。ギリーがなぜあんな男を相手にしているのかは謎《なぞ》だが、それだけの理由で年老いた伯爵を叩きのめしたくなるなんて尋常じゃない。

「違うわ、レドモンド卿じゃないの」ギリーははしばみ色の瞳をコノールに向けた。「おばから相続したのよ」

「そうか。おば上の冥福《めいふく》を祈るよ」さっきよりはましな受け答えだ。文明人らしい。

「あら、おばは亡くなったわけじゃないわ」ギリーの顔に一瞬おもしろがるような表情が浮かんだ。「言いかけたら最後まで説明しないといけないわね」

「ああ、そうしてくれるとありがたい」

「おばのレイチェルはもう何年もあるものを所有していたの。ダイヤモンドのネックレスよ。そしてそれが呪われているという一族の言い伝えを信じてきた。おばは自分がもう長くないと思い込み、滑稽《こっけい》でばかばかしい忠告とともにネックレスをわたしに譲ってくれたわ。ともかく昨日来た手紙によると、ずいぶん気分がよくなったみたい。〝呪いの石〟を……おばはダイヤモンドをそう呼んでいるみたいだけど、賢く使いなさいって」

「さっき受け取らなければよかったと言ったじゃないか。それは呪いを信じているということじゃないのかい？」

「まさか！　呪いなんてあるわけがないでしょう。根拠のない戯言《たわごと》よ」ギリーは顔をしかめた。「でもあれを受け取ったすぐあと、あなたの馬車がぶつかってきて危うく死にかけたわ。それに今はこうしてあなたにつきまとわれている」

「なるほど。そのダイヤモンドは呪われていて、ぼくは呪いの化身というわけか」

「そのとおりよ」ギリーはあっさり同意した。

「だが、ぼくはそれを見たことすらない。ぼくとダイヤモンドが結託して悪事を働いているなら、ぼくに対してなんらかの働きかけがあってもよさそうなものじゃないか？」

ギリーの瞳が再び楽しげに光った。

「待った。なにか聞こえてきたぞ」コノールは室内を見渡した。「なんだ、レドモンドの息切れだった」

「まあ、やめてよ」彼女は吹き出しかけた。

「ぼくが言いたいのは、そのダイヤモンドとぼくが呪われているとしたら、なぜぼくたちはダイヤモンドのないときに出くわすのかということだよ」

「わたしもまさにそれを考えていたの。おばは勘違いしていたんじゃないかって。あれは幸運のダイヤモンドなのよ。だからこそ、身につけていないときに限ってあなたが現れるんだわ」

「きみはぼくの心を傷つけるのが上手だな」コノールはギリーをわずかに引き寄せ、声を低めた。「ぼくのことは二度と見たくないと心から言えるかい？　きみがそうすれば、ぼくはきみの前から消えるよ。でも、正直にならないとだめだ。ぼくはきみの意志に従う」

「あなたの顔なんて二度と見たくないわ」

「嘘《うそ》だ。信じないね」

ギリーはいらだって息を吐いたが、期待どおりの効果はなかった。心のどこかで彼のことが気になっているからだ。それはどうしようもない。「ローリー卿、なぜわたしの言葉を信じてくれないの？」

「コノールと呼んでくれ」

「いやよ」

「だめだ、質問に答えてほしいんだろう？」

「あくまでいやがらせをするつもり？」

「きみが始めたんじゃないか。ぼくはやり返しているだけだ。コノールと呼んでごらん」

「じゃあ、コノール、なぜわたしの言うことを素直に信じないの？」

腹立たしげに発せられた自分の名前を呼ぶ声を、コノールは心地よいと感じた。ギリーに対して抱き始めた感情と同じように。拒絶されて腹立たしいのに、あきらめる気になれない。今はまだ。「ぼくが信じないのは、きみがキスを返したからだ」

「それは――」

「きみが始めたわけじゃない。そうだろう？　だが、ぼくは気づいたんだ……きみが意志の強い女性だと。ぼくが目障りなら一緒に散歩などしないだろうし、今もこうして踊ってはくれないだろう。きみの抵抗は見せかけだと思うね。お母上を喜ばせるためかな……まだ確信はないが。きみはぼくと一緒にいることを楽しんでいるし、ぼくもきみといることを楽しんでいる。ぼくたちが離れる必要などない。明日の昼はピクニックへ行こう」

「ごめんだわ」

「行くんだ。ネックレスの力を試したければ身につけてくればいい。ポケットに入れてきてもかまわない。ダイヤモンドの力を発揮させるために香料を燃やして、鶏を生贄《いけにえ》にしてもいい。いずれにせよ、ぼくはきっかり正午に迎えに行く。そしてきみと楽しい時間を過ごすんだ。絶対にね」

「絶対に？」

「ああ」

「それなら受けて立つわ、コノール・アディソン」

5

ギリーは飾り彫りが施された木箱からベルベットの袋を取り出し、さらにそのなかからダイヤモンドのネックレスを出して窓にかざした。このダイヤモンドがもたらすのは幸運なの？　それとも不運なのかしら？　そんな問いかけ自体がばかげている。ピクニックにこんなネックレスをつけていったらひどく場違いだ。

コノールは身につけないまでも持ってこいと言った。わたし自身は呪いなど本気にしていない。これ以上コノールにつきまとわれたくないだけだ。ピクニックのあいだじゅう素っ気ない態度を取って、最後にポケットからダイヤモンドを取り出せば、彼も今後はわたしにかまわないでいてくれるだろう。少なくともそうなる可能性は高い。

たしかにあの人はハンサムで、頭の回転が速く、知的で裕福だが、すべてが思いどおりにならないと気がすまないたぐいの男性だ。あんなに腹の立つ人と一生をともにするなんてあり得ない。

「それをつけていかれるのですか？」磨いた靴を手に、ドレッタが部屋に入ってきた。

「いいえ、ポケットに入れておくつもり」ギリーは深く息を吸ってネックレスを袋に戻し、コートのポケットに収めて、確認するように上から叩いた。どこかでなくしたりしたら大変だ。呪いがかかっていようがいまいが、高価なものには違いないのだから。

「ポケットにですか？」侍女が繰り返した。「いったいなんのために？」

「テストよ」ギリーが答えた。

「すりのですか？」

「違うわ。込み入った話なの。いいから靴を履かせてちょうだい」

「ただ今。だけど、まだ一一時半ですよ。王子さまのお迎えは正午じゃなかったですか？」

「王子さまじゃないわ。頭痛の種よ」

「ハンサムな種ですね。あの青い瞳ときたら――」

ギリーは鼻を鳴らした。「ドレッタ！」

侍女は赤くなった。「申し訳ございません」

「いいのよ。あの人はもてるから」

窓の向こうから、がらがらという車輪の音が響いてきた。ギリーは胸が高鳴った。もう来たのかしら？　それにしても彼のことを考えただけで震えが走るのはなぜだろう？　あんな人、好きでもなんでもないのに。

椅子に手をついてバランスを取りながら、ギリーは緑色のモスリンのドレスによく合う真珠色の靴に足を滑り込ませた。上体を起こしたところで、執事がドアをノックした。

「お客さまです」

ギリーは思わずにやけそうになった。コノールの気の置けない物腰や笑みは危険だ。あの魅力に屈してはいけない。彼は自分の快楽しか気にかけない人だわ。「すぐに行くと公爵に伝えてちょうだい」

「公爵ではなく伯爵さまですが、そうお伝えします」執事が部屋から出ていこうとした。

ギリーは手を上げて制した。「待って、クリフォード。どなたがいらしたの？」

「レドモンド卿です。待っていただいてよろしいですか？」

「ええ、ありがとう」ギリーは別の意味でどきどきしてきた。今度は期待というよりも……わずらわしさから。そして、そんな考えを打ち消すように首を振った。違う。レドモンドをわずらわしいなどと思ったりはしない。ただ訪問の約束をしていなかったし、別の人に会う心の準備をしていたからよ……。

「ついてきて、ドレッタ。伯爵がなにをご所望なのか確かめないと」

侍女がくすくす笑った。「お嬢さまと結婚したいのですわ。わかりきったことです」

「わたしが言いたいのは、今朝の用件はなにかってことよ」オールマックス社交場の夜会で息切れしていたのだから、今日はベッドでやすんでいるくらいの良識があってもよさそうなものだ。ここで死んでしまったら、結婚することもできないじゃないの。

ギリーが居間に入ると、伯爵が立ち上がってうやうやしくお辞儀をした。「ミス・マンロー、お約束もないのに参上して申し訳ありません。昼食をご一緒できないかと思いまして」

「まあ、残念だわ」ギリーはいらだった声で答えた。「ごめんなさい、もう予定を立ててしまったんです。昨日の晩に言ってくだされぱよかったのに。あなたのお誘いにノーと言うのはわたしの本意でないとご存じのはずよ」

「これは身に余るお言葉です。申し訳ありませんでした」レドモンドはギリーに近寄り、彼女の両手を包み込んだ。「お心を乱すつもりはなかったのです」

「たいしたことはありませんわ。よろしかったらここへお座りになって。なにか心が弾むことを言ってくださらない？　わざわざいらしてくださったのですもの」

伯爵は楽しげに笑って彼女の片手を放すと、ギリーを長椅子へ導いた。「お安いご用です。あなたの申し出を断るなど、できるはずがありません」

続く一〇分間、レドモンドはギリーの顔や髪、ドレス、すぐれたファッションセンス、声など、うわべの美しさを褒めまくった。ギリーはほほえみを浮かべ、彼女の意図したとおり、事前の約束もなく押しかけたことに罪悪感を覚えている愚かな男を眺めた。母の言うことは正しい。男性には女のリードが必要なのだ。彼ら自身のために。

ギリーは暖炉の上の時計に目をやった。コノールはすでに一〇分の遅刻だ。また別の友人に助けを求められたのかもしれない。この前と同じく。

「それに……」レドモンドが言った。「あなたの指は実に見事だ」

「指？　一〇本あって、至って平凡ですわ」

「いいえ、違います。そんなことはありません。わが一族の紋章がついた指輪がさぞかし似合うはずです」

なんてこと！　これは求婚だわ。予測していたより一週間も早かった。もちろん彼女はレドモンドとの結婚を望んでいた。苔《こけ》と馬用塗布剤のにおいくらい我慢できる。それなのに、心のどこかでコノールが姿を見せないことに落胆していた。

もしかしてダイヤモンドのせいだろうか？　そんなはずはないと思いつつ、ギリーは宝石をポケットから取り出して、いちばん近くにあったクッションの下に押し込んだ。それから笑みを浮かべた。さあ実験だわ。「こんなに褒めてもらったのは初めてですわ、レドモンド卿。わたしは――」

居間のドアが開いた。「失礼」深く物憂げな声がして、まるでこの家の主《あるじ》であるかのようにコノールが部屋へ入ってきた。「遅れてしまったみたいだな」

「そのとおりよ」ギリーはできるだけ素っ気なく答えた。内心はダイヤモンドをポケットから出した瞬間に彼が現れたのに仰天していた。もしあの宝石が運を変えるのなら、わたしの運勢はいいほうに変わったの？　それとも悪いほうに変わったのかしら？　「またお友達が困っていらしたの？」

「いまいましいことに、牛乳配達の馬車が目の前で横転したんだ。二次被害を防ぐために、馬丁と一緒になって、わんぱく坊主や猫や、腰を抜かしているおばあさんを道から追い出していたら、二〇分もかかってしまった」コノールはそこで初めて訪問者に目を向けた。「これはレドモンド卿、気づきませんでした」

「ローリー卿、もう少し時間をもらえるかな。ミス・マンローと話している最中なので」

コノールはなんとも言いがたい表情を浮かべてちらりとギリーを見た。「もちろんです。玄関ホールで待っているよ、ギリー」

彼はわざと彼女の愛称を使った。一カ月以上も求愛してくれているレドモンドがいまだに〝ミス・マンロー〟と呼んでいるのに、出会って一週間にもならないコノールが愛称で呼ぶとはとんでもない話だ。なんて無礼で傲慢な人だろう。

コノールが部屋を出ていくと、レドモンドがギリーの手を握った。「指輪を受け取るとおっしゃってください。ミス・マンロー」

「なんてことかしら」ギリーは答えた。「あまりにも急なお話で。できれば……」言葉を切り、相手の邪気のない茶色の瞳を見た。「お願いをしてもいいかしら？」

「なんでもおっしゃってください。あなたが望むなら月さえ手に入れてみせます」

「まあ、月などほしくはありません。だけど……あの、わたしにキスをしていただけませんか？」

ばかげた要求だった。異性として魅力を感じるかどうかは結婚生活とはなんの関係もない、と母は口を酸っぱくして言っていた。しかしいくら弱気な夫だろうと、ときには妻とベッドをともにしたいはずだ。うまくはぐらかさない限り、男女の営みは避けられない。

「光栄です」レドモンドは息を吸い込み、ギリーの肩をつかんで引き寄せると、硬く結んだ唇を彼女に押しつけた。

まるで豚の鼻を押し当てられたみたいだった。もちろん実際に豚とキスをした経験はないが、ともかくそれは湿っていて、ちくちくして、かすかな嫌悪感を呼び覚ましただけだった。ギリーは椅子に座り直してまばたきをした。「ありがとう」彼女は弱々しい声で言い、手の甲で口をこすりたくなるのを懸命にこらえた。

「イエスと言ってくだされば、いつでもキスをしてさしあげますよ」レドモンドが熱っぽい口調で言った。

急にドレッタが叫び声を上げて椅子から跳び上がったかと思うと、頭がどうかしたかのように踊りながら、スカートをばたばたさせた。「ドレッタ！　いったい――」

ドアがばたんと開き、コノールがつかつかと入ってくる。「なにごとだ？」彼はギリーから侍女に目を移した。

「ものすごく大きな……蜘蛛がいたんです！　わたしのスカートに！」

「動かないで」コノールはドレッタの腕をつかみ、彼女の体を注意深く点検していった。足首まで達したとき、なにかを指ではじき、床に落ちたそれを踏みつぶした。「もう大丈夫だ。なんでもない。蜘蛛にとっては災難だったけれどね」

「ありがとうございます。這《は》いまわる生き物は恐ろしくて」

「わかるよ。ぼくも自分よりも多くの方向に動けるものに好感は持てない」安心させるようにドレッタの腕を叩き、彼はギリーに向き直った。「無礼を働くつもりはないんだが、午前中ずっと通りを駆けまわっていたせいで飢え死にしそうなんだ。ピクニックの準備はできたかな？」

「ええ」ギリーはレドモンドをちらりと見た。「失礼します。こちらが先約でしたので。お話の続きは後日また」

「もちろん、あなたのためなら待ちますよ」レドモンドが茶色い瞳をコノールに向けた。

「お父上と話でもしてきますよ」まるで結婚の許しを与えるのがマンロー卿であるかのごとき口ぶりだ。

「そうしてください」ギリーは答えた。この問題に関して、最終決定権を握っているのが母であるのは屋敷じゅうの者が承知している。

ネックレスを隠した場所を確かめてから、ギリーはドレッタの肩にふれてささやいた。

「ダイヤモンドを箱に戻しておいてちょうだい」侍女がうなずく。

ドレッタが二階へ急ぐのを見届けてから、ギリーは玄関ホールで待っているコノールのそばへ行った。コノールはダイヤモンドを身につけていないときだけ現れる。今日こそ彼が自分になにをもたらす相手なのかを見極めよう。どうやらそれは〝ナイトシェイド・ダイヤモンド〟を持っていてはわからないみたいだ。

ギリーと侍女を連れて屋敷を出るあいだも、コノールはレドモンド卿から目を離さなかった。一方のレドモンドは屋敷のなかにとどまったまま、とくに不満そうなそぶりも見せなかった。自分の年の半分にも満たない娘に言い寄っているのだから、嫉妬をむき出しにしないほうが賢明だと判断したのかもしれない。

しかし、愚かなふるまいをしているのはレドモンドだけではなかった。どうやらギリーも積極的にご老体の気を引こうとしているらしい。コノールには理由がわからなかった。金か？　それとも爵位？　それならどちらもぼくのほうが有利だ。だいいち、ぼくの体はあんなにたるんでいない。

コノールは首を振り、二頭立ての二輪馬車に歩み寄った。「あれはどうした？」馬丁に尋ねる。

馬丁は手にした包みから目を上げた。もう一方の手で馬を押さえている。「旦那さま、まだここにいます」

「なにがいるの？」ギリーが尋ねた。

「気がすむまでコートを使わせてやればいい」コノールは振り返ってギリーに手を差し出し、彼女が席に座るのを手伝った。「子供や猫を道から追い立てたとき、そのうちの一匹がぼくのコートにしがみついたんだ。子供じゃなくて子猫だよ。そうでないと厄介なことになるからね」

ギリーはくすくす笑った。「見せてくれる？」

「もちろんでございます」馬丁はコノールが手綱をつかんだところで馬を放し、うしろへまわってギリーのほうへ包みを掲げた。

「まあ、かわいい」ギリーはコートの布地をめくって小さな灰色の毛玉をのぞき込んだ。

「まだ本当に小さいじゃないの。かわいそうに」

「ああ、牛乳配達の男はこぼれた牛乳を守ろうと息巻くあまり、この猫を蹴飛《けと》ばしたんだ。けがはしていないと思うが、それ以来、こいつは地面に下りようとしない。ぼくは猫をくっつけたまま五分も歩いたんだ」

「雄かしら？　それとも雌？」ギリーはあやすような声を出して子猫の背中を撫でてやった。

「わたしは雌だと思うわ」

「ちゃんと調べるまではきみの好きでいいよ。急いで性別を確かめて目玉を引っかかれるのはごめんだからね」

「この子をどうするつもり？」

「子猫ごとコートを着るしかない。こいつがコートから離れない限り」

「道端に放り出したりはしないのね？」

コノールは振り返ってギリーを見つめた。「猫にボウル一杯の牛乳をやる程度ならたいした出費じゃない」ゆっくりと言う。「そのくらいなんとかなるだろう」

「よかった」ギリーはにっこりした。

「きみがほしいと言うなら話は別だけれど」

「あら、だめよ。母は動物なんて置いてくれないもの。物を倒されるのが嫌いなの」

彼女の母親には我慢できないことが山ほどあるらしい。「それならぼくのところに置くよ。名前をつけてくれるとありがたいね。ぼくに思いつくのは〝爪《クロウ》〟とか〝引っかき魔《スクラッチー》〟ぐらいだ。もちろん彼女が雄だったらの話だが」

ギリーはくすくす笑って子猫の爪をコートから外し、抱き上げて目を合わせた。「〝エレクトラ〟がいいわ」少し考えて言う。

「ああ、父親を殺したギリシャ神話のヒロインか」いかにもギリーらしい命名だ。彼女自身もある意味では男殺しなのだから。

「いやなら別の名前をつけて」

「エレクトラでいいよ」

「本気？」

「もちろん。いい名前だ。エレクトラ。とてもいい。勇敢な子猫にぴったりだ。ほかの猫は逃げたのに、こいつは残って牛乳を舐《な》めていた」

ギリーの口元が緩んだ。コノールはほっとした。今日は少なくとも怒ってはいないようだ。薄く開いた唇を見ていると、彼女にキスをしたくなった。ここ三日間というもの、再びキスをする瞬間を夢見ていた。記憶どおり心地よくて刺激的なものなのか、それとも特別なことはなにも起こらなかったのに記憶をでっち上げるほど泥酔していたのか、どちらだろう？

「あなたは変わっているのね」ギリーがエレクトラを胸に抱き寄せ、静かに言った。「迷い猫を助けたり、自分を叩いた女をピクニックに誘ったり」

つまり、彼女もキスのことを思い返していたのだろうか。少なくともキスのあとどうなったかを。「ぼくは許しも得ずにきみにキスをした。叩かれて当然だ」

「今日は完璧《かんぺき》な紳士というわけ？」

「いいや。だが、次にキスをするときはちゃんと断るよ」

ギリーの頬が赤く染まった。「次の機会があるなんてどうして思うの?」

「次がないなんて想像できないからだ」

ギリーが黙り込んだ。心ここにあらずといった様子でエレクトラを撫でながら、ロンドンの雑踏を眺める。コノールを叩いたり、猫を投げつけたりしなかったところを見ると、彼の発言がまんざらでもなかったらしい。もう一度ギリーにキスをしたいというのはコノールの本心だったし、彼女がどれほど自分を避けようとしても再びキスをすることになるのはわかっていた。そう、わかっていたのだ。

「わたしたちはどこへ向かっているの?」ようやくギリーが口を開いた。こちらを見ようとはしない。

「セント・ジェームズ・パークだ。池のまわりでピクニックをしようと思っている」

「すてきだわ」

コノールはうなずいて笑みをこらえた。「呪いの宝石を持ってきたかい?」強気なギリーを復活させようと挑発する。

「いいえ、そんなのはばかげていると言ったでしょう? 幸運やら不運やらをもたらすダイヤモンドなんて存在しないのよ」

「そう思わない人もいる。現にこうしてきみといられるのだから、ダイヤモンドなどないほうが幸せだ」

「たぶんあなたにとってはね」

「ぼくの仮説が間違っていることを証明したければ、ダイヤモンドを身につければいいんだ。とたんにぼくは馬車から落ちて首の骨を折るかもしれない」

ギリーがコノールのほうを向いた。彼女の表情は真剣だが、はしばみ色の瞳にいたずらっぽい光が浮かんでいる。「確実にそうなるなら、試してみてもいいかもしれないわね」

「おもしろいね。ぼくが思うに、あれを身につけてこなかったということは、きみはぼくを気に入っていて、ぼくに五体満足でいてほしいと願っているんだ」

「なんとでもおっしゃって。わたしはただ、ピクニックにダイヤモンドのネックレスは似つかわしくないと思っただけよ」

コノールはにやりとした。「そうか。現状に感謝して平和を乱さないようにするよ」馬車が公園のなかへ入ると、コノールは栗毛《くりげ》の馬の速度を緩めた。「ぼくはレドモンド卿との話を邪魔したのかな？」彼は何気ない口調で尋ねた。伯爵に対してギリーにどんな思惑があろうと、年老いたおしゃべり男に嫉妬するのはごめんだ。それでもふたりのあいだがどうなっているのかが気になった。結婚を阻止するためならなんでもするつもりだ。

「伯爵はわたしを昼食に誘おうとしたの」彼女が通りすがりの馬車に手を振った。

「彼は本気で求婚しているのか？　かなり年のいった家族の友人というわけではなく？」

「レドモンド卿は五一歳よ。そんなに年じゃないわ」

「特別なワインならね」コノールは言い返した。「二〇歳にもなっていない若い娘の相手としてはひどい年寄りだ。しかも間抜けだし」

「あなた、嫉妬しているの？」ギリーは形のいい眉をつり上げ、高い声を出した。

「好奇心だよ」コノールがやり返した。「きみの考えるいい獲物っていうのは彼なのか？それともきみのお母上がそう思っているのかい？」

「レドモンド伯爵が結婚相手としてふさわしいかどうかをあなたと議論するつもりはないわ。少なくとも、彼はわたしの不意をついたりしない」

「ぼくはきみに倒れかかっただけで、不意をついたわけじゃない。だが、これまできみを驚かせた男はいなかっただろう？　きみに必要なのはそういう男だ」

ギリーは子猫を撫で続けた。「ご立派な推論だけど、あなたは間違っているわ」

「じゃあ、不意をつかれた経験があるんだな。そんな――」

「そうではなくて、わたしはそんなものを必要としていないということよ。わたしは震え上がって気を失うたぐいの女じゃないの。自分の人生に求めるものを把握しているし、ほしいものを誰が与えてくれるのかもわかっている」

「それがレドモンドというわけか？」コノールは疑《うたぐ》るようにきいた。

「ええ」

「それなら求めるものが間違っている」

ギリーは顔をそむけ、ぶつぶつ文句を言った。コノールにかろうじて聞き取れたのは〝ダイヤモンド〟という部分だけだった。

「なんだって？」

「ダイヤモンドを身につけてくればよかったと言ったのよ。食事をして、さっさと帰りましょう」

コノールは適当な木の下に二輪馬車を停めた。馬丁が地面に飛び降りて馬を木につなぐ。コノールも馬車から降りた。ギリーは謎だ。賢く、美しく、財産もある若い女性がレドモンドのような輩《やから》との結婚を望むなんて。それも年老いた伯爵と同じ熱心さで。なぜだ？

「馬車から降ろしてくれないの？」ギリーはエレクトラを侍女に手渡し、座席の上で上体をひねってコノールを見下ろした。

コノールは首を振って彼女の席のほうへまわると、ウエストに手を添えて抱き降ろした。馬車が公園を行き交う人々の視線を遮ってくれた。コノールはゆっくりと息を吸ってギリーの顎を持ち上げ、ボンネットの縁をよけながらキスをした。

小さな驚きの声を発しかけたギリーの唇に彼の唇が覆いかぶさる。コノールは抵抗されるのを覚悟して一瞬身構えたが、彼女は軽いため息を漏らしただけだった。滑らかで温かな感触に、コノールはブーツ越しの地面の感覚もおぼつかなくなった。

ギリーが彼の肩を押しのける。激しく息をつきながら、コノールはしぶしぶうしろへ下がった。「あんな年寄り――」

ギリーが自ら彼に体を押しつけてきた。蜂蜜色の髪からボンネットが滑り落ちる。彼女はコノールにしがみつき、背中に指を食い込ませた。コノールはギリーのすべてを味わおうとした。誘いかけるように舌を動かすと、彼女は震えながら唇を開いた。

コノールは馬車の車輪にギリーの背中を押しつけて顔を上げさせ、キスを深めた。ああ、日だまりみたいに温かく、熟れきったいちごの味がする。彼女の存在はコノールの生きる糧になりつつあった。

「ミス・マンロー！」侍女が声を押し殺して叫んだ。「ローリー卿も！　今すぐやめてください！」

だめだ！　コノールはギリーのウエストにまわした腕をヒップのほうへ移動させ、彼女をさらにきつく引き寄せた。絶対に放すものか！

「誰かがこちらへ来ます。お願いですから！」

コノールははっとした。「ちくしょう」ギリーの唇に向かって悪態をつく。いまだに服を着ているのを不思議に思いながら、彼は意識をはっきりさせるために目をしばたたいて唇を離した。ギリーのボンネットを直し、自分の唇を手でぬぐって振り返ったところで、すぐ脇に二頭立ての四輪馬車が停まった。

「やっぱりきみの馬車だったな」ルイス・ブランチャードの威勢のいい声がした。「ぼくの婚約者は知っているだろう」

コノールは歯を食いしばり、ルイスの隣に腰かけているすらりとした黒髪の女性に顔を向けた。ふたりは腕を絡めている。「もちろんだ。ごきげんよう、デイジー」

6

デイジーですって？　ギリーは若く美しい女性からコノールに視線を移した。彼はごく穏やかな表情を保っているが、握り締めた手の関節が白くなっている。

ギリーは咳払いをして無理にほほえんだ。「紹介してくださらないの？」なぜ彼らのあいだに割り込みたくなるのかは考えたくない。

デイジーの黒い瞳がギリーに注がれる。好奇心と……嫉妬も混じっているのだろうか？感動的な再会を盛り上げる役なんてまっぴらだ。今はただ、もう一度コノールにキスをしてほしい。

コノールが動いた。「すまなかった、ギリー」気安い調子で言い、彼女の手を優しく握って自分の腕に置いた。「ギリー、こちらはルイス・ブランチャード、アイヴィー伯爵だ。そしてその婚約者であるデイジー、レディ・アップルゲートだよ。ルイス、デイジー、彼女はミス・マンロー」

「こんにちは」デイジーはうなずいてにっこりした。

「ミス・マンロー」大柄な伯爵がにやりとした。「どうりでコノールがキューピッドを必要としないわけだ。教えてくれればよかったのに」

「噂話はしない主義なんだ。たとえそれが自分のことであってもね」コノールが言い返す。

「レディ・アップルゲート、婚約おめでとう」

「ありがとう、ローリー卿。ミス・マンローと一緒に婚約パーティーにいらしてね」

「ギリーはともかく、ぼくは喜んで」

「わたしも伺いますわ」ギリーは即答した自分に驚いていた。コノールとのキスはすばらしかった。一度目よりもさらに。一方、レドモンドとのキスには嫌悪感を覚えただけだ。結婚生活においてキスなど重要でないのはわかっているけれど……。

「それはよかった」アイヴィー卿が笑った。「それならば、もうピクニックの邪魔はしないでおきましょう」彼は帽子を上げた。「ごきげんよう」

「ごきげんよう」

ギリーは遠ざかっていくふたりを見送った。「なるほど、あれがかの有名なデイジーね」彼女はコノールに向き直った。

コノールがギリーの肩をつかんで唇を押しつける。「ありがとう」彼はつぶやき、ギリーの唇を指でたどってから上体を起こした。

この人ときたらまったく手に負えないわ！「心配しないで。たいしたことじゃないわよ」ギリーは理性を保とうと何度かまばたきをした。「あの人にもこんなふうにキスをするの？」

「なんて質問をするんだ」コノールはあきれた顔で馬車に戻り、ドレッタを降ろしてからバスケットを取り出した。

「あら、的を射た質問だと思うわ」ギリーは言い返し、コノールから毛布を受け取って草の上に広げた。「最初にキスをしたとき、あなたはわたしを彼女と勘違いしたんだもの。デイジー……レディ・アップルゲートとね。それなのに、今はわたしに気があるみたいにふるまっている。未練がないことをあの人に見せつけたいだけじゃないの？」

ギリーは決めつけるように言って毛布の上に腰を下ろし、相手の下心を暴いた自分を褒めたたえた。

「ひどい誤解だな」コノールがギリーの隣にバスケットを置いて向かい合わせに座る。

「そうかしら？」

「デイジーには幸せになってほしいと思っている。そりゃあ、まったく無関心なわけではないよ」彼はしかめっ面をして、手についた草を払った。「彼女は愛想がいいし、一緒にいて楽しい女性だ。だが正直に言って、男に対して深い気持ちを抱けない人だと思っていた。今は違うとわかっているけれどね。ぼくがふさわしい相手じゃなかっただけだ。それはぼくにも責任があるのかもしれない。当時は女性と深い関係を築きたいと思っていなかったから」

それを聞いてギリーの胸は高鳴った。つまり、今は違うということだ。デイジーがなびかなかったからわたしに乗り換えたのだろうか？　ギリーは首を振った。コノールがどういうつもりでいるにせよ、わたしが彼を花婿候補から外したのには理由がある。コノールはわたしの理想の人じゃない。「そこで振り向いたらわたしがいて、この人だと思ったわけね？」

「そうだ」

「疑り深くてごめんなさい。でも、今後はわたしにかまわないでもらえる？」

「わからず屋だな」コノールはマディラワインのボトルを取り出して、ギリーにワイングラスを持たせた。「ぼくにとって、デイジーは初めての女性じゃない。それにぼくは、彼女のことを愛しているわけでもなかった。デイジーに……ちょっとばかり自尊心を傷つけられたんだ。だが、立ち直りは早いんだよ」

「それで、わたしを愛していると？」

軽い調子で言ったものの、答えを聞くのが怖かった。わたしはどうしてしまったの？ 急に脈が速くなったことを隠すため、ギリーは彼のほうへグラスを差し出した。

「年寄りの求愛を煽《あお》っている乙女が愛情の有無を気にかけるのかい？」

コノールの言うとおりだ。「わたしはあなたの気持ちが知りたいの。それと結婚に対するわたし自身の考えとはなんの関係もないわ」

「つまり？」

「これ以上、時間を無駄にしたくないということ。あなたはたまたま目に入った光を追いかけているだけではないの？」

驚いたことに、コノールはうっすらと笑ってワインをひと口飲んだ。「レドモンドとこんな話はしないだろう？」

「必要ないもの。出会ったときから、彼の愛情は変わらないわ」

「ぼくもだ」

ギリーは作り笑いを浮かべた。「やめてよ。わたしを誰かさんと間違えたくせに。あなたはわたしに愛情など抱いていない」

「きみのことは尊敬しているよ」コノールが言い返した。

「どうして？」ギリーは好奇心に抗《あらが》えなかった自分を心のなかでののしった。

コノールがギリーをまっすぐに見つめる。青い瞳は真剣な光をたたえていた。「ぼくの前だと、きみは腹立たしいほど率直な物言いをする。並外れて……頭の回転が速い」彼はギリーとグラスを合わせた。「だから尊敬しているんだよ、ギリー」

ギリーはマデイラワインを飲んだ。コノールの言葉に社交辞令はみじんも感じられなかった。これほど飾らない言葉で褒められたことがあっただろうか？　いいえ、これこそ母の言っていた罠《わな》なのでは？　どんな男性も最初のうちは感じよく従順なものだ。わたしはそれだけでは満足できない。生涯、相手にとってかけがえのない存在になりたい。

「教えてちょうだい。今週の金曜に催されるハウレット家のダンスパーティーにそろって参加したとして、わたしが濃い青のドレスを着たら、それが引き立つような水色の上着を着てくれる？」

「いやだね」

ギリーは眉根を寄せた。「なぜ？」少しくらい答えをためらってもよさそうなものなのに。

「第一に水色の服など持っていないし、第二にぼくはきみの気まぐれを満足させる着せ替え人形じゃない。もしきみがなにも身につけないなら、ぼくもそうする。例外はそれだけだ」

「レドモンド卿なら水色を着てくれるわ」

「猿まわしの猿もね」

誰かが鼻を鳴らした気がして、ギリーは周囲を見まわした。しかしドレッタは近くの木の下で膝に子猫をのせて刺繡《ししゅう》に没頭しているし、馬丁のいる位置は遠すぎて盗み聞きなどできないだろう。

「相手を侮辱するなんて奇妙な口説き方ね」ギリーは硬い口調で答えてバスケットに手を入れた。コノールはマデイラワインを飲みながらこちらを見つめている。

「ぼくはきみに求愛している男を侮辱しているのであって、きみを侮辱しているわけじゃない。ああ、猿も侮辱したかもしれないが」

「そう。あなたに言っておきたいことがあるの。わたしに求愛してくれているのはレドモンド卿だけじゃないのよ」

「全部でふたりだっていうんだろう?」コノールは桃を手に取ると、ブーツから鋭いナイフを取り出した。「ぼくを含めればふたりだ」

ギリーの頰が熱くなった。「あなたには関係ないけれど、ダフニー卿はもう二度も求婚してくださったのよ」

「ダフニー……」コノールはつぶやいてかすかに顔をしかめた。「ダフニーって? あのダフニー子爵か?」

「そうよ」

「レドモンド卿より年上じゃないか。まったく！　墓場で結婚式を挙げる気か？」

「孫のほうに決まっているでしょう！」ギリーは声を上げた。「おじいさまは一年以上も前に亡くなったわ」

コノールはギリーに桃をひと切れ差し出した。「少しは安心したよ。その孫とやらが、ドーヴァー海峡で買ったヨットでテムズ川を渡ろうとして、たちまち沈没させたやつじゃないことを祈るが」

「ダフニーからそんな話は聞いていないわ。きっと従兄弟《いとこ》のうちの誰かよ」

「ほかにもきみを追いかけている輩がいるのか？　競争相手がいるなら知っておきたいね」

「彼らは真剣なの。あなたみたいなおふざけとは違うわ」

「きみがどんなに魅力的だとしても、ぼくたちは出会ってまだ三日目なんだからしかたがない。ダフニーは二度求婚したんだろう？　つまりきみはやつを相手にしていないわけだ。そんなやつなんてぼくは競争相手として認めない。レドモンドは厄介だが、その主たる理由は、きみがなぜやつの求婚に耐えられるのか、一生かけても理解できそうにないからだ。ましてご老体を煽るなんて」

レドモンドは厄介なのね……。年老いた伯爵が別の女性を口説いたり、誰かから言い寄られたりしたら、わたしはどんな気持ちになるだろう？　考えるまでもないわ。さっさと見切りをつけて、ほかに条件を満たしている男性を探す。レドモンドにしろダフニーにしろ、他人と争ってまで手に入れたいとは思わない。そんな不愉快な思いをするのはごめんだ。

「なにを考えているんだい？」楢《なら》の木に背中を預けているコノールはいかにもくつろいだ様子だ。どこから見てもハンサムで、男らしくて、家柄のいい独身男性だった。なんて美しい瞳の色だろう。

「あなたがなぜここにいるのか考えていたの」ギリーは率直に答えた。

「ぼくがきみに興味を持ったらおかしいかい？」コノールが彼女に桃をもうひと切れ差し出した。

「そういうことじゃないわ」

「じゃあ、きみに興味を引かれて当然ということかな？」

ギリーは肩をすくめた。「わたしは美人だもの」相手が笑ったのでどんぐりを投げつける。

「外見はわたしが選んだわけじゃないわ。自分でできるのは、せいぜい身なりを整えることくらい」彼女は弁解するように言った。「顔の造作は神のご意志だもの。あなただって自分が整った顔立ちなのは自覚しているでしょう？　そんな明白な事実を否定するなんてばかげているわ」

「興味深い意見だ。よろしい、ぼくたちはふたりとも神から授けられた美貌の持ち主だ。それできみの疑問はなんだい？」

ギリーはためらった。数日前ならこんなあけすけな話を、しかも男性相手にするなど想像もしなかった。しかもわたしは彼との会話を楽しんでいる。言い争っているときでさえ。いいえ、むしろ言い争っているときはとくに、と言うべきかもしれない。ギリーは両親がけんかしているところを見たことがなかった。母が主張して父が従う。どんな問題であっても、どちらが正しくても、それがマンロー家の常だった。

「あなたがわたしの上に降ってきたときから、わたしはあなたに無礼な態度ばかり取ってきたでしょう。それなのに、なぜわたしを誘うの？　さっきわたしを褒めてくれたけれど、出会ったときはわたしの人間性なんてわからなかったはずよ」

コノールの笑い声が心地よく響いた。開けっぴろげな笑い声は彼の内面を表しているように思えた。「ぼくがキスをしたとき、きみはぼくをひっぱたいたじゃないか」

「それは――」

「しかもひっぱたく前に、きみはキスを返してきた。気絶したり、取り乱したりしなかった。みっともなく叫んで互いの評判を落としたりもしなかった」コノールの笑顔がやわらかくなった。「きみはぼくのキスに応《こた》えたんだ。あれはとてつもなくすてきなキスだった。もう一度味わいたい。正直に言うと何度も」

ギリーは地面にぺたんと尻をついた。わたしはどうしてしまったのだろう？　この人はわたしの言動にいちいち疑問を投げかけてくる。わたしを勝たせるために自分の意見を曲げたりはしない。それなのにわたしはコノールの腕に身を投げ出して、キスをされたいと思っている。彼とのキスはすばらしかった。二度目のキスはさらに……。

「途方に暮れたりしないでくれよ」コノールが桃を皿に置き、サンドイッチに手を伸ばした。

「ここでキスについて議論するつもりはないわ」ギリーは素っ気なく答え、頬が赤くなっていないよう願った。レドモンドがもう少しましなキスをしてくれて、コノールがもう少しキスが下手だったら、これほど悩まずにすむのに。

「言葉よりも行動だな」コノールが皿を置いて彼女に上体を寄せた。

「だめよ」ギリーはワイングラスで彼の唇を遮った。「そっちへ戻って」

「はい、はい」コノールが楽しげに笑う。「きみのそばのほうがいいけれどね」

話題を変えなさい、とギリーは自分に命じた。なにか別の質問をするのよ。「噂は本当なの？」相手の不意をつこうとする。「あなたがパリから戻ったばかりという話は」

「その質問はワルツのあいだしか答えない。もちろんきみと踊る。代役を立てようなんて考えないでくれ」

「でも――」

「金曜の夜、ハウレット家で開かれるダンスパーティーにエスコートさせてくれるね？　きみは青のドレスを着る。ぼくは着ない。そしてぼくたちはダンスをするんだ」

「あれはたとえ話よ」

「質問に答えてほしいなら、たとえ話ではなくなる」

ギリーは早口で答えた。「わかったわ」

「よろしい」コノールがにっこりと笑った。「チーズをどうぞ」

「ここにいたのか」ルイス・ブランチャードは椰子《やし》の鉢植えに歩み寄った。「そんなところに隠れてなにをやっているんだ？」

コノールは友人の肩をつかんで葉陰に引っ張り込んだ。「注目を集めたくないんだ。きみがそこに立って木に話しかけていたら、きみの頭がどうかしたと思われるか、ぼくが見つかるかしてしまう。きみがどう思われようとかまわないが、ぼくとしてはここで見つかると決まりが悪い」

「誰に見られたくないんだ？」ルイスが心持ち声を落とした。

「声が大きいったら！　まったく灯台並に目立つやつだな！」

ルイスは四苦八苦して椰子の陰に身を隠した。「こんな体勢じゃ背骨が折れちまう。で、なにを見ているんだ？」

「なにをじゃなくて、誰を、だ。ミス・マンローだよ」

「きみのミス・マンローか？」

コノールはその言い方が気に入った。ギリーが聞きつけたら、間髪を入れず言い直しを命じられるだろう。「そうだ。ぼくのミス・マンローだ。しいっ」

「だけど——」

「声が聞こえないだろう」若い時分にはいろいろ愚かなまねをした。しかし、シェークスピアの隠喩《いんゆ》を論じる会の招待状を確保し、集まった人々に愛嬌《あいきょう》を振りまくなんて、どう考えてもやりすぎだ。いつもならとっくに投げ出しているだろうに。とどのつまりは、ギリーのことをもっと知りたいという欲求、ただそれだけなのだから。

彼女は今夜の相手に、年の近いダフニー卿を選んだらしい。ふたりの会話をすべて聞くことはできなかったが、ダフニーがレドモンドと同じたぐいの男であるのはすぐにわかった。ギリーに首ったけの間抜けだ。ちょうどそのダフニーが、飲み物を山のように抱えてギリーたちのもとへ戻ってきた。

「ああ、ありがとう」ギリーは笑った。「マデイラワインはなかったの？　わたしはあれが好きなのに」

「す、すまない、ミス・マンロー」ダフニーが口ごもった。「給仕に尋ねてみればよかった。すぐに行ってくるよ」彼は慌てて戻っていった。

「きみのミス・マンローに言い寄っているやつがいるのか？」ルイスが言った。

「それも複数だ」コノールは心ここにあらずといった声で答えた。

ギリーが向きを変えたので、喉元で輝く宝石が見えた。あれが例のダイヤモンドか。たくさんの人がやってきて宝石を称賛していくが、急に倒れたり、目がつぶれたりする者はおらず、彼女自身も呪われているふうには見えない。実際、やわらかな緑の絹のドレスがはしばみ色の瞳を引き立てていて、コノールはギリーの姿を見ているだけで胸が締めつけられる思いだった。

呪いはぼくに向けられたものなのかもしれない。寝ても覚めても頭のなかに居座っている女性がほかの男との結婚を望んでいることを思い知らされ、しまいに精神に異常をきたすのだ。自分を取り立てて虚栄心が強い人間だとは思わないが、レドモンドやダフニーが競争相手とはあんまりだ。どう考えてもぼくのほうが知的なのに。

「あれはダフニーじゃないか？」ギリーの所望する飲み物を運んできた青年を見て、ルイスがささやいた。「ヨットを買って一時間後に橋げたにぶつけた男だろう？」

「そうだ」

コノールはルイスの視線を感じた。「きみも災難だな」

「うるさい！」

ギリーはグラスを受け取り、上品に口をつけた。「ここの薔薇園は美しいのですって」

「ぼくに案内させてくれるかい？」ダフニーの言葉に、コノールは主人を喜ばせようとする子犬を連想した。「そうさせてもらえたら光栄だな」

「新鮮な空気を吸うのもいいわね。みなさま、ちょっと失礼」

ふたりがテラスへと歩いていく。コノールは悪態をついてルイスを押しのけた。日が落ちてから男女が庭へ出る理由はひとつしかないし、それは景色を眺めるためではない。

「コノール、まさか！」

「失礼する。別の場所でこそこそしないといけないんでね」

コノールは大柄な友人の脇をすり抜け、一階と庭を仕切る大きな窓のほうへと壁伝いに移動した。ルイスがデイジーと一緒なら、ギリーの行動を見張っていると告白したりしなかっただろう。ギリーはダフニーとあからさまにいちゃついている。まったくもって気に入らない展開だ。

窓までもう少しというところで、コノールは誰かに腕をつかまれた。彼は顔をしかめて振り返った。「フランシス！　ここできみに会うとは思わなかった」

「デザートが最高だと聞いたからさ」フランシス・ヘニングが答える。「でも、だまされたみたいだ。デザートなんてどこにもない」

緑色のドレスの裾が窓の外へ消える。ちくしょう！「暖炉のそばでケーキを見た気がするが……」コノールが嘘をついて脇へよけると、友人は一目散に駆けていった。

天気の話で引き止められないうちに、コノールは急いで会場を脱出し、生け垣の陰に身を隠してギリーと間抜けなエスコート役の声に耳を澄ました。半月の下でも夜目がきくとか、大の薔薇好きだとかいうのでもない限り、ギリーはなにか企《たくら》んでいるはずだ。それが色事ならば見逃すわけにいかない。ギリーが自分よりもダフニーを選ぶ理由が知りたかった。

コノールは足音を忍ばせて、ガンデン卿といちばん新しい恋人の横を通り過ぎ、小さな池の縁をまわって庭の奥へ進んだ。ギリーの声と、それに答える低い声を頼りに距離を詰める。薔薇の茂みのうしろを通ったとき、鋭い刺《とげ》に袖が引っかかった。

「くそっ！」コノールは袖をぐいと引っ張った。刺は長く、肉食獣の牙《きば》のごとく湾曲しており、先端は服の下の肉まで達していた。

「ぼくはきみを喜ばせるために生きているんだ」生け垣の向こうからダフニーの媚びるような声が聞こえた。

コノールが上体をひねると、草陰からギリーの横顔と、彼女よりひとまわり大きな男の体が見えた。ギリーがなにを考えているにせよ、石のベンチに相手と密着して腰かけるのもその一部らしい。

「わかっているわ」ギリーが艶《つや》めいた声で答えた。「ご存じのとおり、わたしには一生守ってくれる男性が必要なの」

守ってくれる男性だって？　これまで何度も、自分の身は自分で守れることを証明したくせに。コノールは再び刺を外そうと試みたが、上着の裾が枝に絡まってさらに身動きが取れなくなった。

「きみのためなら命も惜しくない」

そうだろうとも！　だが実際に血を流しているのはこっちだ。コノールは心のなかで毒づいた。上着のほつれを見たらホッジスが泣くだろう。しかし、ギリーの戯言に食いつくダフニーの様子を見張るほうが大事だ。

次の瞬間、コノールは心底ぞっとした。唇と唇がふれ合う音が聞こえたのだ。彼の立っている位置からは、ダフニーが彼女に体を押しつけていることしか確認できなかった。人の獲物によくも！　それにギリーもギリーだ！　怒鳴りたいのをこらえてあとずさりすると、それにつられて薔薇の枝がかしいだ。

「なんの音だろう？」ダフニーが言った。「誰か来るのかな？」

「まあ、大変」ギリーが答えた。「先に戻っていて。すぐに追いかけるから。急いで」

地面を蹴るブーツの音が遠ざかっていく。コノールは手に引っかき傷を作りながら薔薇を振り払った。「ヒーローは暗がりにきみを置いていってしまったんだな」生け垣をまわって、彼はギリーの前に姿を現した。

ギリーは手にしたダイヤモンドのネックレスをレティキュールのなかへ落としたところで一瞬動きを止め、レティキュールの口を閉めるのも忘れて調子外れな声を出した。「あなただったの！」大きく息を吸う。

「そう、ぼくだ。あんな場面を見たあとでなぜ姿を現す気になったのか、自分でもわからないよ」

ギリーはつかつかとコノールに歩み寄ったかと思うと、彼の肩をつかんで唇を押し当てた。コノールはバランスを崩しそうになって楡《にれ》の枝をつかみ、太い幹にギリーを押しつけてキスに応えた。

彼女はうめき声を上げてしがみついてくる。「いったいどういうつもりなんだ？」唇をむさぼりながら、コノールは絞り出すように言った。

「あなたのキスが好きなの」ギリーがささやく。

「さっきのことは？」

ギリーが顔を上げ、荒い息をして眉根を寄せた。「なんの話？　こそこそしていたのはわたしじゃないわ」

「していたじゃないか！」

彼女は頰を染めた。「あら、そうね。忘れていたわ。だけど、少なくともわたしは藪《やぶ》に身をひそめたりはしなかった」

コノールはしばしばみ色の瞳をのぞき込んだ。「ぼくはきみという人間を誤解しているのだろうか？」

「どういう意味？　あなたは……その、思いがけないところに現れたのよ」

「言い逃れできない場面にね」

「そんな——」

「なぜダフニーやレドモンドなんだ？」コノールはギリーの言葉を遮った。「きみがやつらとキスをしているのを、指をくわえて見ていろというのか？」

ギリーがコノールから手を離して一歩下がった。「わたしがあなたに対して自分の行動を釈明する必要はないわ」

「そういえば、ダフニー卿は緑色の服を着ていたな。察するにきみが要求したんだろう。自分のドレスを引き立たせるために」

「もしそうだとしたらどうなの？　あなたがわたしのささやかな願いを叶えてくれなかったからといって、ほかの男性まで横柄で頑固だということにはならないのよ」

コノールにはなにかがわかりかけてきた。手の引っかき傷がうずいたが、彼はギリーから目をそらさなかった。「そうか！　きみは母親みたいになろうとしているんだな」

「くだらないことを言わないで——」

「きみがほしいのは恋人でも夫でもない。召し使いだ。きみを引き立てる装いをして、荷物を運んでくれて、用のないときはじっと控えている男だろう」

ギリーが腰に手を当てた。「あっちへ行って！」

コノールは嘲《あざけ》るように笑って首を振った。「間違っているなら教えてくれ」

「あなたが行かないなら、わたしが行くわ」ギリーはきびすを返し、足音も荒く屋敷へ戻っていった。

ギリーがシャンデリアの光の下へ入るのを見届けてから、コノールはベンチに腰を下ろした。まったく、どうしてあんなに気が強くて頭の回転の速い女性が腰抜けを望んだりするのだろう？　収入と爵位と……あとはなんだ？　ぶら下がるための腕か？

ぼくは逆立ちしてもギリーの求めているたぐいの男にはなれないらしい。つまりおとなしく身を引くか、しゃしゃり出ていって彼女の目を覚まさせるしかない。

コノールは唇を手の甲でぬぐった。闘いもせずに引き下がるなんて自分らしくない。エヴァンジェリーン・マンローがなにを望んでいようと、まだあきらめるつもりはなかった。

7

「今日はそれをつけたい気分じゃないのよ」ギリーは化粧台の上の小箱を見てしかめっ面をした。

「でも、多くの人たちが来るのに」マンロー夫人が反論する。「ネックレスを披露する絶好の機会じゃないの。そうでなくても、その瑠璃色《るりいろ》のドレスには青いダイヤモンドのネックレスがとてもよく映えるわ」

「真珠をつけることに決めたの」ギリーは指先を神経質にすり合わせて宝石箱を遠くへ押しやった。

まだ、すべてが偶然である可能性もあった。実際、そうに決まっている。だが、〝ナイトシェイド・ダイヤモンド〟を身につけているときに、ひどく不快なキス二回とまったくときめかない求婚を経験した。しかもどちらの場合も、ネックレスを外したとたんにコノール・アディソンが登場した。わたしが彼の存在をどう考えているにせよ、宝石に人生を操られるのは気に入らない。

「でも、ハウレット家の夜会は盛大なのよ」

ギリーは母親に向き直った。「それならお母さまがつければいいじゃない」

「なんですって？　だめよ、レイチェルはあなたに譲ったんですもの」

「そのわたしが、今夜はお母さまが身につければと言っているの。おまけを気にしないならね」

マンロー夫人は宝石箱を見つめた。「すてきなネックレスだわ」

ギリーは不安な気持ちを抑え、箱を母親のほうへ押し出した。「正直に言って、わたしは呪いが本物かどうか判断がつかないの。だから、どうするかはお母さまに任せるわ」

「それならつけてみようかしら」マンロー夫人は珍しくにっこりして宝石箱を受け取り、ふたを開けてベルベットの袋を取り出した。「呪いなんてただの迷信よ。そうでしょう？　くだらない。あなた、そんなことを気にして身につけたくないなんて言い出したわけじゃないでしょうね？」

「もちろん違うわ」

「もしこれが不幸をもたらすなら……」マンロー夫人が続けた。「たぶんローリー卿の馬車の車輪が外れて、わたしたちはエスコートなしで会場に向かうはめになるのよ」

ギリーは身を震わせた。一昨日の夜、コノールはわたしを嘲笑《あざわら》った。当然、エスコートの話は白紙になったものと思っていたので、八時に迎えに行くと連絡があったときは驚いた。母親には辞退するよう勧められたが、ギリーとしてはコノールからの評価など意に介していないことを示すいい機会に思えた。

もちろん召し使いと結婚したいなどとは思っていなかった。それでは子爵夫人にも伯爵夫人にもなれない。爵位はほしいが、誰かに指図されるのはごめんだ。コノールがそれを貪欲《どんよく》だと言うなら、勝手に言わせておけばいい。レドモンドかダフニーの求婚を受ければコノールに興味がないことを証明できるけれど、そうなったらあのすてきなキスも味わえなくなってしまう。

ギリーは顔をしかめた。いずれにせよ、あんなけんかをしたあとでロマンティックな雰囲気になるはずがない。彼女はドレッタの手を借りて真珠のネックレスをつけ、椅子から立ち上がった。「呪いのことはともかく、コノールが遅刻してもわたしは驚かないわ」ひとり言のようにつぶやく。

「そもそもなぜローリー卿のエスコートを受け入れたの？」マンロー夫人はドレッタに向かって手を貸してくれるよう合図した。「レドモンド卿も立派な馬車をお持ちじゃないの」

どうしてこうなったのかわからないなどと言ったら、説教をされるのがおちだ。「適当な断りの文句が思い浮かばなかったのよ」ギリーは言い繕った。

「たぶんローリー卿は馬だの煙草だのについてあなたのお父さまと話し込んで、わたしたちにはかまわないでくれるでしょう。わかっていると思うけれど、今夜はレドモンド卿もダフニー卿もいらっしゃるのよ」

「ダフニー卿が来るというのは聞いたわ」

「どちらにするか決めたの？　それぞれ長所があるけれど」マンロー夫人は寝室のドアノブ

に手をかけたところで動きを止めた。「ダフニーはいつもそばにいてくれるでしょう。あなたはダフニーの資産を運用して、彼の社会的、政治的な立場を管理できるわ。レドモンドは年だから体力はないけれど、その分あなたは気に入った相手と好きなパーティーに参加できる。しかも裕福な未亡人になれるのよ」

ここまでくると貪欲と言われてもしかたがない。安定した人生設計の一部にレドモンドの死を組み込んでいるのだから。「急いで結論を出すつもりはないの」ギリーはゆっくりと言った。「後悔したくないもの」

「とても賢い考えね。それじゃあ下で待っているわ」

「ミス・マンロー?」マンロー夫人が部屋を出るとすぐ、ドレッタが口を開いた。「差し出がましいことを申しますが、あのダイヤモンドは呪われているのでしょうか?」

「そんなわけがないわ。そういう噂を流すのは、貴重品を泥棒に狙われないようにするためよ」

「それでしたら、なぜこの前の夜はネックレスを外されたのですか?」

なぜですって? ダフニーとキスをするのはあれが初めてではなかった。前回は胸が高鳴りはしなかったが、嫌悪感はなかった。それなのにシェークスピアについての討論があった夜、彼の唇は魚みたいだった。湿っていて、おずおずしていて、ひどく不快だった。あのダイヤモンドがダフニーを求婚に駆り立てているのではないかと思ったら吐き気がしたのだ。そしてネックレスを外したとたん、コノールが現れた。

「そうね、外したわ」ドレッタの視線を感じたギリーはしぶしぶ認めた。「どうなるのか確かめたかったの。当然、なにも起こらなかった。そのあとは外したことを忘れていたの」

「そうですか。わたしに言わせれば、あれは呪われています。ダイヤモンドを手にするまで、お嬢さまはレドモンド卿の求婚を待っていらっしゃいました。ところが今、お嬢さまの頭を占めているのはレドモンド卿ではなくなっています。奥さまはそれを喜んでおられません」

「言いすぎよ、ドレッタ」ギリーはぴしゃりと言って、長手袋をはめた。「なにも変わっていないわ。わたしはレドモンド卿と結婚するつもりだもの。その前に、洗練された殿方とキスをしたいと思ったとしても、それはわたしの自由よ」

「申し訳ありません」侍女は膝を曲げてお辞儀をした。

「いいのよ。あのダイヤモンドが人の運勢を左右するかどうかは、今夜はっきりするわ。お母さまの望みはよく知っているから」

ドレッタがこっそりと指を交差させる。ギリーはそのしぐさに気づかないふりをした。存在しない呪いを封じるためにまじないをかけるくらい、なんということはない。

ギリーとドレッタが階段を下りかけたとき、一階の大時計は八時五分前を示していた。コノールはなぜ、エスコートの申し出を撤回しなかったのだろう？　記憶が正しければ、わたしが最後に投げつけた言葉は〝あっち へ行って〟か、それに似た言葉だった。

もしまたコノールがわたしの将来設計をからかったりしたら、ひっぱたいてやろう。そうでなければ、わたしたちが出会ったのは彼が酔っ払って倒れかかってきたからだと指摘するのだ。恥じ入るべきはコノールのほうだと。

ギリーが玄関ホールへ下りると同時に、誰かがドアをノックした。自然と心が浮き立ち、そんな自分がいやになった。たしかにコノールのキスは強烈な陶酔を引き起こす。でも、それだけだ。

執事のクリフォードがドアを開け、お辞儀をして脇へよけた。「ようこそおいでくださいました」

「やあ」低く物憂げな声とともにコノールが玄関ホールへ入ってきた。

「ごきげんよう……」コノールの姿を見たギリーは呆然《ぼうぜん》とした。

「見とれて声も出ないのかな？」コノールは水色の上着の袖を払った。「きみが望んだとおりにしたまでだ」

「でも……でも、いやだと言っていたでしょう？」ギリーはつかえながら言った。淡い灰色のズボンと磨き込まれたヘシアンブーツ、そしてクリーム色と青のペイズリー柄のベストを着たコノールは洗練されていて男らしく、どこか危険な雰囲気を醸し出していた。服の色は真昼の青空のような瞳によく合っている。ギリーはしばらく彼から目を離せなかった。

「きみの希望を叶えるほうが、議論するよりも賢明だと思ってね」コノールが軽い調子で言った。

そのときマンロー夫人が居間から出てきた。「まあ！」彼女は一瞬、間を置いて続けた。

「そうして並ぶとぴったりね」

らっしゃる」

「ギリーの思いつきなんです」コノールが答える。「ドレスを引き立てる上着を着てくれと頼まれまして」彼はにっこりして続けた。「そういうあなたも見事なネックレスをつけていらっしゃる」

マンロー夫人はまつげを伏せ、片手でダイヤモンドにふれた。「ありがとう。一族に受け継がれている品なのよ」彼女は小さな玄関ホールを見渡して執事に合図を送った。「マンロー卿を呼んできてちょうだい。ぐずぐずしていたら置いていくと伝えて」

ギリーは眉間《みけん》のしわを伸ばした。今日のコノールは、わたしと母が同類だと皮肉を言うこともなく、ホールの姿見でクラヴァットを直している。鏡越しにコノールの青い瞳がギリーの視線を捉えた。彼の顔に笑みが広がる。

「なに?」ギリーはコノールの背後に歩み寄って小声で言った。

「きみは美しい」コノールが答えた。「きみという太陽に照らされたぼくは幸せな男だ」

「あら、そう」

ギリーがさらに言い返そうとしたとき、クリフォードを従えたマンロー卿が慌てて階段を下りてきた。「すまない、読み物に没頭していたら、つい時間を忘れてしまってね」

マンロー夫人は非難がましく夫を一瞥《いちべつ》して玄関に向き直った。執事はまだ階段を下りている最中だったので、コノールが進み出てドアを開けた。ギリーがコノールの服装と紳士的な態度に困惑しているのと同様に、彼自身も事の成り行きに驚いていた。マンロー夫人が身につけているのは例のダイヤモンドに違いない。呪いのネックレスをつけているのはギリーではなく母親のほうだった。

どうしてそんなことになったのだろう？　しかし、それを追及し始めたら今夜の計画が台無しだ。コノールは好奇心を押し殺して笑みを浮かべ、女性たちを馬車に乗せたあと、マンロー卿に続いて自分も乗り込んだ。泥酔して女性の上に倒れかかったのも愚行に違いないが、夜会にこんな派手な服を着ていくなんて本当にばかげている。だが、ほかに選択肢はないと思えた。彼女の考えが間違っていることを証明するためには、要求どおりにふるまうのがいちばんだ。

ギリーが再びコノールを見た。警戒心むき出しの表情だ。しかし、今さらなにかあると気づいても遅い。すでにゲームは始まっているのだから。

「それほど熱中していたなんて、なにを読んでいたの、お父さま？」ギリーが車内の沈黙を破った。

マンロー卿はもじもじして妻をちらりと見た。「なに、新聞を読んでいただけだよ。イングランドが再びナポレオンを撃退したら、フランスの君主制が復活するだろうという記事でね」

コノールはフランスの話題に眉をひそめた。マンロー夫人が彼のほうを見てにっこりしたので平静を装う。「エヴァンジェリーンと服装を合わせてくださるなんて、お優しいのね」

マンロー夫人が言った。

「ぼくはミス・マンローを喜ばせるために生きていますから」コノールはダフニーのせりふ

をまねた。「彼女のためならなんでもします」

「今、この瞬間も？」

「なんなりとおっしゃってください」

「その必要はないわ」ギリーが会話に割って入った。

「だけど、ローリー卿のお気持ちを確かめられるじゃないの」マンロー夫人が反論した。

「ミス・マンローに求愛しているのはぼくだけではないでしょう。しかし、ぼくは誰よりも真剣ですよ。保証します」コノールは自分のせりふに吹き出しそうになって歯を食いしばった。なにをするにせよ、徹底的にやるのがぼくの信条だ。「ぼくの年収はおよそ二万五〇〇〇ポンドです」できるだけ誠意のある声を出した。「ギリーがほしがるものはなんでも手に入れられます。彼女のためなら喜んでそうしますよ」

「二万五〇〇〇ポンド！」マンロー夫人が目を丸くする。「しかも公爵であられるのね」

「デヴォンシアにある邸宅は近隣でも評判の美しさです。五代前の当主が一六一二年に建造しました」

「別荘もお持ちなの？」

「スコットランドに四カ所と……」コノールは指折り数えた。「デヴォンシアに一カ所、ヨークに一カ所、七番目の屋敷はコーンウォールにあります。ロンドンにも二カ所あるのですが、一カ所は従兄とその家族に譲りました。コーンウォールの屋敷もこの従兄に使わせています。そんなにたくさんの場所には住めませんから」

「おっしゃるとおりね」

ギリーが口を引き結んだままコノールを見つめた。「こんな噂もあるわ」彼女は思わせぶりにスカートを払った。「あなたはナポレオンとフランス国民に味方して、頻繁にかの地を訪れているとか……」

このじゃじゃ馬娘め！「たしかにフランス人には同情しています」コノールは気軽な口調を保って答えた。「ナポレオンの進軍が止まったら、大いなる後始末が待ち構えていますからね」

ギリーはコノールが質問の答えをはぐらかしたことに気づいたが、それ以上追及しなかった。今夜、ワルツを踊っている最中に教えてくれると約束したのだから、それまでは質問するだけ無駄だ。

「わたしはウェリントンの立場にだけはなりたくないね」マンロー卿が口を挟んだ。「ナポレオンは人気があるからな」

「政治ほどつまらない話題はないわ」マンロー夫人が明るい声で夫を遮った。「ハウレット夫人は、夜会のために雇った給仕やパーティーの物資用に、厩舎の前にテントを張ったんですって」

「そうなんです」コノールは答えた。「それで馬や馬車を停める場所がなくなって、ハウレット家を取り囲む三つの通りはひどく混み合っています」その結果、ぼくは砂糖をまぶしたクロワッサンのような姿を多くの目にさらさなくてはならない。

「わくわくするわね」

「本当に。人の足を踏まないように気をつけないと」

ギリーは鼻を鳴らし、それをごまかすために咳払いをした。「心配してくださってありがとう」

「他意はありませんよ」

「わかっていますわ」

結局、ハウレット家からずいぶん手前で馬車を降りて歩くはめになった。ギリーは一瞬ためらってから、コノールが差し出した腕に軽く指先をかけた。そして彼の袖を引っ張って、両親を先に行かせた。

「いったいなにを企んでいるの？」両親に聞こえないようにささやく。

「なにも。きみと一緒にいたいだけだ。きみが紳士に求めているものがわかったから、それに合わせたんだよ」

「そんなに簡単にいくものかしら？」

「任せてくれ」

「手袋を直したいの。しばらくレティキュールを持ってもらえる？」

コノールは眉も動かさずに青いレティキュールの革紐《かわひも》に手をかけた。少なくとも彼の上着の色とはよく合っている。ギリーはわざとらしく時間をかけて白い手袋をはめ直し、いらだった様子でコノールを横目で見て、再び手を差し出した。

「お友達に挨拶するあいだ、殿方にはご遠慮いただきたいわ。邪魔されるのは嫌いなの」

今夜はこういう仕打ちに耐えなければならないのか。「ダンスカードに名前を書かせてくれるかい？」

「いやだと言ったら？」

彼はギリーをつかんで、正気に戻るまでキスをしてやりたかった。もしくは彼女がわれを忘れるまで……。ともかくこの態度を改めさせられるならどちらでもよかった。しかし、そんな欲求に負けるわけにはいかない。忍耐力には自信がある。貴重な絵画や骨董品《こっとうひん》のいくつかは、そうした忍耐の果てに手に入れたのだから。エヴァンジェリーン・マンローも必ず落としてみせる。

コノールは肩をすくめた。「断られたら踊らないだけだ」

「わかったわ。それが狙いでしょう？　そうすればフランスのことを話さずにすむものね」

「ぼくがフランスにいたとしたら、の話だ」コノールは指摘した。「ぼくはなにも強制していない。きみが踊りたいならそうするし、気がのらないならやめるまでだ」

「それでわたしと両親をここへ置き去りにするの？」

「いずれにせよ、家に送り届ける。それは名誉の問題だ。ぼくの名誉に関してちゃかすのはやめてくれ」

ギリーの表情を見て、コノールは言い方がきつかったかもしれないと後悔した。しかしふたりの出会いを考えれば、自分が名誉を重んじる男であることはきちんと伝えておきたい。

いつも朝から酔っ払っているわけではないのだと。

「わかったわ」ギリーはゆっくり答えた。「あなたが紳士じゃないなんてほのめかしてごめんなさい」

今夜でなかったら、彼女の謝罪に乗じて説教をしていたかもしれない。自分が絶対に正しいと思うのはやめろと。だがコノールはそうする代わりに笑みを浮かべ、ハウレット夫妻に挨拶するためにマンロー夫妻のうしろに並んだ。ハウレット卿と握手をしてひと息つく。周囲から浴びせられる好奇のまなざしに比べれば、ギリーの視線などなんでもなかった。夜も早い時間だというのに、屋敷じゅうの窓に明かりが灯《とも》され、すでに二〇〇人ほどの客が集まっている。最悪だ。

コノールがこんな服装をするのはそれなりの理由があった。少なくとも彼はこうするのが正しいと信じていた。ギリーが心からダフニー卿やレドモンド卿を望んでいるのなら、わざわざ道化役を演じたくはない。しかし彼女の強情な外見の下には、ユーモアの輝きや知性、そして情熱が見え隠れしていた。たったひと晩、伊達男《だておとこ》を演じることでそうした一面を引き出せるのであれば、やってみる価値はある。

「ああ、ここは暑いわね」ギリーがレティキュールを持っていないほうの手で顔をあおいだ。

「レモネードを取ってこようか？」コノールは背中を丸めてもっと卑屈に尋ねるべきだろうかと思案した。

「今、あなたがいなくなったら、わたしはひとりぼっちになってしまうじゃないの」ギリーが切り返す。

「それは失礼した。あとで効率よくぼくを追い払うための呼び水だったんだな」コノールはギリーの辛辣な物言いを楽しみながら、彼女を会場の奥へと導いた。「いかんせん勉強が足りなくてね」

「変な言いがかりをつけないで。部屋の温度について発言しただけで、あなたを追い払おうとしていることにはならないわ」

「これはまた失礼」相手が口論を仕掛けてきていることを承知のうえで、コノールはゆっくりとほほえんだ。「きみを怒らせたくはない」

「なぜ？　今まではわたしの機嫌なんて気にしなかったくせに」

「きみは感情をかき乱す男を望んでいないからね」

ギリーは疑わしげに目を細めたが、返す言葉が見つからないようだった。彼のもくろみはうまくいったらしい。そこへ色とりどりに着飾った女性の群れがやってきた。今度こそレモネードを取りに行くいい機会だ。

コノール自身も強い酒を飲みたくなったので、通りかかった従僕に合図して壁に寄りかかり、ギリーの様子を観察した。

「コノール！」左脇から聞き覚えのある声がした。「きみだとわからなかったよ」

コノールは背筋を伸ばして手を差し出した。「フランシス、自分でもわからないくらいだよ」

「仕立屋の名前を教えてくれないか」背の低い友人は感嘆して言った。「そんなにすごい上着は見たことがない」

最初のおしゃれがピンクのクラヴァットだった男が言いそうなせりふだ。「あとで仕立屋の名刺を送るよ」青い上着とベストは手持ちの衣類のなかでもいちばん高くついた。四八時間以内に仕立てさせたからだ。

「ミス・マンローと来たのかい?」フランシスが尋ねた。

「そうだ」コノールの答えにフランシスが決まりの悪そうな表情をした。「なぜそんなことをきくんだい?」

「別に。なんでもないよ」

「フランシス、時間の無駄だからはっきり言ってくれ」

フランシスが眉をひそめた。「わかった。今日、ダフニーたちと昼食をとったんだ。彼は……その、今月の終わりまでにミス・マンローに求婚すると言っていた。彼女が自分の求婚を断るはずがないと思っているみたいだった」

たぶん彼女は求婚を受けるだろう。どんなに惨めな人生を送るはめになるかをぼくが理解させることができなかったら。「心配するな、フランシス。ちゃんと目は見えているよ」

フランシスが肩をまわす。「よかった。つまり――」

「教えてくれてありがとう」

小太りの友人はにっこりした。「こんなことを伝えたぼくを殺さないでいてくれてありがとう」

そのとき、ギリーがコノールに向かって眉尻を上げた。「失礼」コノールはポートワインのグラスをフランシスに渡した。「お姫さまがお呼びだ」

「いったいどうし……まあいいや」

コノール自身、他人の言いなりになっている自分に驚いていた。厄介なことに、彼が言いなりになればなるほど、ギリーの態度はマンロー夫人そっくりになる。今夜、説得できなければ、潔くギリーをあきらめよう。どんなに心残りでも。

「どうぞ、ミス・マンロー」コノールはとびきりの笑みで、レモネードのグラスを手渡した。

「そこにいたの」ギリーはグラスを受け取った。「どこかへ逃げ出したのかと思い始めていたところよ」

実際はそばを離れてから五分も経《た》っていない。だが、コノールは黙って頭を下げた。「きみと離れて永遠の時間が過ぎたような気がするよ。心から謝罪する。ひとりにするつもりじゃなかった」

ギリーは彼の腕を叩いた。「ローリー卿ったらおかしな人。たかがレモネードじゃないの」

彼女は背が高くて瘦《や》せぎすの女性を指した。「リアンドラ・ハロウェイをご存じ？　あら、知らないの？　リアンドラ、こちらはローリー卿よ。ローリー卿、こちらはミス・ハロウェイ」

女性の手を取ったコノールは、彼女の手が震えているのに気づいた。「ミス・ハロウェイ、おじ上は著名な数学者ですね？　ロバート・ハロウェイではないですか？」

リアンドラが恥ずかしそうにほほえんだ。「ええ、おじはオックスフォード大学で新しい研究に取りかかっています」

「おじ上の唱える経済論は見事だ。あなたと知り合いになれて光栄です」

「ありがとうございます」

ギリーが咳払いをした。「考えたんだけれど……」コノールから友人に目を移す。「わたしは最初のワルツをダフニー卿と踊るから、あなたはリアンドラに申し込んだらどう？」

このおせっかいめ！　「ミス・ハロウェイさえよければ、喜んで」

「まあ！」リアンドラが甲高い声を上げる。「もちろんです。光栄ですわ」

「よかった」

女性たちがくすくす笑いを始めた。コノールはギリーに一歩近づいた。「ダンスカードを見せてくれるかい？」

「二度目のワルツも逃すのではないかと心配なの？」ギリーは小さな声で皮肉ってカードを差し出した。

「きみの好奇心が、ダフニーと踊りたがる愚かしさに勝つといいんだけれどね」コノールも小声で返した。二番目のワルツの欄は空いている。彼は鉛筆で自分の名前を書き込んだ。

「それじゃあ、ぼくはもう引っ込んだほうがいいね」

「まあ、そんなことはないわ」ギリーはカードを取り返し、コノールの袖をつかんだ。「ダフニー卿にエスコートを引き継いでくれないと」

最悪だ。「もちろん。きみが喜ぶならなんでもするよ」

「あなたが自分と正反対の役を演じているのはわかっているのよ」ギリーは不満の声を上げた。「扱いやすい人だなんて思ったりしないから」

「自分の心に問いかけてみろよ。扱いやすい男が好きなら、いつもぼくにけんかを吹っかけるのはなぜだ?」ダフニー卿が近づいてきたので、コノールは視線を上げた。黄色っぽい肌をしたダフニーはもじもじしている。「これはダフニー卿、われらがミス・マンローと最初のワルツを踊る栄誉を勝ち取ったようですね」なるべく機嫌のいい声を出した。

「ぼくは……ええと……そうです」ダフニーが引きつった笑みを浮かべる。

コノールはダフニーにギリーを譲り渡した。彼女は自分の直面している災難がわからないのだろうか? 仮にそうだとしても、ギリーはぼくのものだ。人と分け合うつもりはない。

「じゃあ楽しんでくれ」コノールはさらりと言って、振り返ることなくミス・ハロウェイを捜しに戻った。

二度目のワルツはぼくのものだ。それまでにあの頑固な娘を説得する方法を考えなくては。ギリーの結婚観や男性観には問題があること、そして先週以来、ぼくがいちばん望んでいるのは彼女だということをわからせてやる。

8

「質問してもいいかしら？」ダフニーとワルツを踊っている最中、ギリーは尋ねた。

「もちろん」ダフニーは彼女に笑いかけた。「そのあとでちょっとしたニュースを伝えたいんだ。きみも喜ぶんじゃないかな」

「じゃあ、あなたのニュースから教えてくださる？」

「かまわないよ」ダフニーは咳払いをして、混み合った場内を警戒するように見渡してからギリーに視線を戻した。「もしぼくがとてつもなく豪華な一〇メートルのヨットを手に入れるつもりだと言ったら、どう思う？」

「ヨットですって？」ギリーは顔をしかめそうになるのをこらえた。コノールによれば、ダフニーは同じような船を所有して一日も経たないうちに沈没させたはずだ。

「ああ。たとえばそれでイタリアに行ったらすばらしいと思うんだ。新婚旅行かなにかで」

なんてすてきなの。ナポレオンの軍勢とイングランドとスペインが砲火を交える海域を突っ切って、ヴェネチアの港で沈没させるつもりかしら？「イタリアねえ」ギリーは語尾を引き伸ばしながら言った。「おもしろそうだわ。どなたと新婚旅行にいらっしゃるの？　わたしは新婚旅行でスコットランドを訪れるのが夢なの。お互いの冒険談を比べないといけないわね」

「スコットランド……」ダフニーは音をたてて唾《つば》をのみ込んだ。「いや、まだ購入したわけではないんだ……それで、きみの質問は？」

「五年後の自分がどうなっていると思うか、あなたの考えを聞かせていただきたくて。家庭やら政治的立場やら、そういったことを」

滑稽で意味のない質問だ。ダフニーと結婚したら、五年後の彼はギリーが導いたとおりの道を歩んでいるはずだった。しかしそうであったとしても、ダフニー自身の考えを知っておきたかった。

「五年後？」彼は眉間にしわを寄せた。「そうだなあ、二六歳になっているな」

少なくとも基本的な計算はできるようだ。ギリーは突然、ダフニーの想像力の乏しさにいらだちを覚えた。しかし、もとを正せばそれが彼を選んだ理由なのだ。それにおばによると、わたしも同じ病を抱えているらしい。「そうね」彼女はしばらく待って先を促した。「それで？」

「それから、ある女性と結婚していると思う」ダフニーはそう言ってギリーに笑いかけた。

「そしてぼくらは自宅で盛大なパーティーを開く。誰もが招待状をほしがるんだ。かのウェリントンですら」

政治的な野心も、仕事や収入についても、子供についても言及なし。つまりそれらすべてを決定するのはギリーなのだ。笑顔の裏で、彼女はその場から逃げ出したくなった。ダフニーは成功して人にうらやましがられる人生を送るかもしれない。もちろん、ギリーの支えがあればの話だが。

部屋の向こうに目をやると、コノールの腕に抱かれたリアンドラが軽快にステップを踏んでいた。コノールがなにかおもしろいことを言ったのか、リアンドラは声を上げて笑っていた。彼女はローリー公爵夫人になるチャンスがあれば逃さないと宣言していた。友人の夢が叶うよう祈ってあげなければ。

だが、そう簡単に割り切れなかった。傲慢で尊大なコノール・アディソンに言い寄られるのは気分がいい。舞い上がらない女などいるだろうか？　彼には爵位があり、裕福で、群を抜いてハンサムだ。しかも教養があっておもしろい。女性のなかにはそれらの資質を最重要視する人もいる。しかしこれまでの態度から、コノールが他人に指図されるような男性でないことは明らかだった。

ギリーの将来設計を実現させるには、ダフニーかレドモンドと結婚するしかない。「読書はお好き？」ギリーはふいに尋ねた。

「とくに好きではないな」ダフニーが能天気に答える。「根気と集中力を要するわりには得るものがない。むしろカードのほうがいい」

「カードですって？」

ダフニーはギリーの非難の声に気づいて咳払いをした。「自分で言うのもなんだけど、ぼくはなかなかファロがうまいんだ。ゆうべは四〇ポンドも勝ったんだよ」

ダフニーと結婚したらこの欠点も直してやらなくてはならないのだろうか。あくまでも結婚したらの話だけれど。ギリーは髪をかきむしりたくなった。レドモンドという選択肢もある。彼は賭事《かけごと》はしないだろう。少なくともものめり込む男性とは思えない。むしろ屋敷でのんびりして一一時に就寝するたぐいの男性だ。一一時など、博打《ばくち》打ちにとっては宵の口にも入らない。

ワルツが終わったのでギリーも拍手をした。ダフニーにエスコートされて母親のもとへ戻った彼女の腕をリアンドラがつかんだ。友人は頬を紅潮させ、いつもよりも活《い》き活きして見える。「こんなにおもしろい人だなんて教えてくれなかったじゃないの！」リアンドラは息を切らしてくすくす笑った。

「そうよ、ローリー卿は機知に富んだ方なの」ギリーが素っ気なく答えて振り向くと、涼やかな青い瞳がこちらに向けられていた。

「レモネードのお代わりがいるのでは？」コノールは凡庸な男らしく尋ねた。

「それより……」ギリーは言った。楽団員が食べ物にありつこうと厨房《ちゅうぼう》へ行ってしまったので、室内の喧騒は耐えがたいほどに高まっていた。「新鮮な空気が吸いたいわ」

「なるほど。そう言われたら、空気を瓶詰めにして運んでくればいいのかな？」

リアンドラがギリーの隣で鈴のような笑い声をたてる。

ギリーは友人を押しのけたくなった。「わたしをそこへ運んでくれたらいいのよ」彼女はできるだけ穏やかな口調で言った。「わかるでしょう?」

コノールが腕を差し出した。「ぼくは精一杯感じよくふるまおうとしているだけだ」彼はマンロー夫人にうなずきかけた。「なにかお持ちしましょうか?」

「いいえ、カドリールが始まるまでに娘を連れてきてくださるだけで結構よ。レドモンド卿と踊ることになっているの」

「もちろんです」

ふたりは部屋を横切って、四つある出口のひとつに向かった。ドアの向こうにはテラスと庭が広がっている。「あなたの魂胆はわかっているのよ」たいまつに照らされたテラスに出た瞬間、ギリーは彼の腕を振り払った。頬を撫でる涼しい風も、混乱した心を静めることはできない。

「きみの望みどおりの男になろうとしているだけだ」コノールは言い返してテラスを横切り、狭い階段へ向かった。「それは秘密でもなんでもない」

ギリーは彼と向き合った。「違うわ。あなたはわたしのほしがっているものが本当に必要なものとは違うことをわからせようとしている。あなたの考えぐらいお見通しなんだから。しかも見当違いだし」

コノールは煉瓦《れんが》造りの花壇の縁に腰かけた。「ぼくはそんなことをしているかい? なんだかひどくうっとうしそうだね」

実際にうっとうしいの!「わたしには伴侶《はんりょ》が必要なの。求めているのは特定の男性なのよ。みんなが特定の……犬をほしがるみたいに」

「それは男に対する侮辱かな？」

ギリーは首を振って、話が横道にそれるのを防ごうとした。「あなたがわたしの好みでないのはわかっているでしょう？　なぜ気づいていないふりをするの？」

コノールは無言でギリーを見つめ、ゆっくり立ち上がった。「ほら、〝願い事は慎重に〟という教訓が出てくるギリシャの芝居があるだろう。それと同じ状況に陥りかけていることに気づいてほしいんだ」彼はギリーに近づいた。「今夜のぼくはきみの望みどおりの男だ。自分の意見を持たず、きみを喜ばせることしか考えていない」さらに一歩距離を詰める。「問題は、昨日よりも今日のぼくのほうが好きかどうかだ」

「今夜のあなたのほうが好きだと言ったらどうなるの？」

コノールが一瞬、うつむいた。引き締まった端整な顔を横切った表情は悲しげですらあった。「今夜のぼくのほうがいいというなら、ダフニーやレドモンドで満足できるだろう。ぼくは潔く身を引くよ」

ギリーは動転してコノールを見つめた。そんな理屈は筋が通っていない。「だけど、あなたは……」言いかけて小首をかしげ、別の角度から物事を見つめようとした。「あなたはわたしの要求どおり……水色の上着を着てくれたじゃないの。わたしが間違っていると言いたいなら、なぜこんなことをしたの？」

コノールが肩をすくめた。「たかが服だ」手を差し出して、ギリーの左頬を優しく指でたどる。「きみが、この服に支払った分の――」

「教訓を得られればいいと？」ギリーは言葉を継いで相手の手を払った。「傲慢な人ね」

コノールは眉根を寄せた。「なんだって？」

「なぜわたしが間違っているの？　なぜいつもあなたが正しいのよ？　男たるもの、女の機嫌を取るべきではないと思っているんでしょう？　女が男性を引き立たせるドレスを着るのはよくても、男性が合わせる必要はないと。それって――」

「もういい」

「なぜ？　あなたが〝もういい〟と言ったから？」ギリーは腰に手を当て、さらなる議論に備えた。「あなたはわたしが好きなんでしょう？　わたしはあなたが嫌いだけれど。あなたのほうこそ態度を改めるべきよ」

「言いたいことはそれだけかい？」

「ええ」最後に相手をにらみつけ、ギリーはきびすを返した。「あのダイヤモンドのネックレスを取りに戻るわ。よきにつけ悪《あ》しきにつけ、あなたを追い払ってくれるみたいだから」

二歩進んだところで、ギリーは腕をつかまれた。口を開く間もなく引き寄せられる。「だめだ」

「〝だめだ〟ですって？　そんなことを――」

コノールが彼女の唇をふさいだ。ポートワインとシェイビングクリームの香りがギリーの鼻腔《びこう》を満たし、呼吸さえ忘れさせた。彼の肩に手を当てて必死に押し返す。大事なのは震えが走ったり息苦しくなったりすることではない。コノールがわたしの理想と違うことだ。

「こんなことで――」

コノールが再び体を寄せ、じらすように唇を押し当ててきた。混乱したギリーの頭はたったひとつのことに支配された。目の前の男性に。ああ、この人はなんてキスが上手なんだろう。炎に引き寄せられる蛾《が》のごとき無力感を覚えながら、ギリーは彼の胸に上体を預けて肩に腕をまわし、黒い巻き毛に指を絡めた。キスだけで生きていけるなら、コノールを選ぶことになんの迷いもないのに。

ふいにコノールがかがみ込んでギリーの体を抱え上げた。「下ろして――」

「黙って」彼は滑らかな声で言った。

ギリーは顔をしかめた。「わたしは――」

「愚か者と結婚するための屁理屈《へりくつ》など聞きたくないね。男女の結びつきがどんなものかをきみに理解させるまでは」

強引な態度に反発することもできたが、コノールのきらきらした瞳を見たギリーは考え直した。この人はなぜかわたしを理解しているつもりらしい。たくましい腕に抱かれ、たしかな鼓動を感じながら、ギリーは逆らわずに機会をうかがうことにした。

コノールはテラス沿いに進んでひとつのドアを肩で押し開け、薄暗い部屋に入った。覆いがかかった長椅子や、パラソル、山のようなクッション、そして木製の椅子など、屋外で使う家具が雑然と置かれている。そこには大がかりな野外昼食会を開くための道具がすべてそろっていた。彼はドアを蹴って閉め、ギリーを手近な長椅子にどさりと落として座らせた。白い布が空気をはらんでふわりと膨らむ。

「あと三〇分もしないうちにカドリールが始まるのよ」ギリーが見守るなか、コノールは外に面したドアにかんぬきをかけ、室内に続くドアを確認するために部屋を横切った。「誘拐したってすぐに誰かが捜しに来るわ」

彼はギリーに向き直った。暗がりで青い瞳が黒っぽく見える。「誘拐するにしては計画性がないと思わないか？」

コノールの声はおもしろがっているようだ。ギリーが発言してもいいらしい。「それなら、どういうつもり？」

「最後のチャンス……といったところかな」コノールはギリーの隣に腰かけた。彼の体重で長椅子がわずかにかしぐ。

ギリーにすれば怒るべきところだった。コノールはまたしても無断でキスをし、有無を言わさずひとけのない部屋に連れ込んで、埃《ほこり》よけの布の上に落としたのだから。それでも、手を伸ばせばふれられる距離に彼がいると思うと、興奮に胸が高鳴った。体がほてり、考えがまとまらない。

「わたしを手に入れる最後のチャンス……という意味？」ギリーの声は自分の耳にも不安げに響いた。情けない。「あなたがなんと言おうと――」

「言っただろう？　屁理屈は終わりだ。ぼくたちが互いのものであることを証明してみせよう」コノールはギリーの表情を見てほほえんだ。「すぐにわかるよ」腿の上で握り締められているギリーの手の関節を彼は指先でなぞった。「ぼくには〝ナイトシェイド・ダイヤモンド〟の呪いが本物に思えてきたよ。あの宝石の考えるきみの不幸は、レドモンドやダフニーと人生をともにすることらしい。どちらを選ぼうが同じだ。一方、きみのお母上にとっての不幸は、こうしてぼくたちが一緒に座っていることだ。キスなんかしたらさらに悪くなるだろうね」

コノールはゆっくりと心臓が止まるような口づけをした。ギリーはうめき声を上げて彼の上着の襟をつかんだ。欲望が全身に伝播《でんぱ》していく。ああ、なぜダフニーはこんな気持ちにさせてくれないのだろう？

「わたしを誘惑する気？」ギリーは震えながら言った。

コノールの唇が彼女の顎の輪郭をたどる。「実際に誘惑しているんだ。きみがほしい。きみをぼくのものにする」

「でも、わたしは本当にあなたが嫌いなの」コノールの唇が首筋へと下りていく。ギリーは目を閉じて彼の肩にしがみついた。

「そうだろうとも。だが、それはきみがこだわっているような意味合いではない」

ギリーは反論しようかとも思ったが、そうしたらコノールがキスをやめてしまうかもしれないし、もう抱き締めてくれないかもしれない。「それなら、なぜあなたはわたしが好きなの？」

コノールの唇が鎖骨へ移動した。「そうだな」くぐもった声で答える。「きみは思ったままを口にする。皮肉にも、ぼくに言い寄る多くの女性はきみの理想の男みたいな話し方をするんだ。〝ええ、ローリー卿。いいえ、ローリー卿。今日はいい天気だと思いませんこと、ローリー卿？〟といった具合に。ぼくの好みに合わせようとするばかりで、まるでおもしろみがない」彼は顔を上げてギリーの目をのぞき込んだ。「そこへいくときみは情熱の塊だ」

「いいえ、違うわ。おばには正反対のことを言われたもの」

コノールが彼女の足元にひざまずき、足首に手を添えて片方ずつ靴を脱がせた。「そんなことはない。それはおば上の見当違いだ」両方のふくらはぎにキスをしてスカートをまくり上げ、膝のうしろへ唇を這わせる。

ああ、なんてすてきなんだろう！「わたしを破滅させるつもり？」コノールがギリーの脚を長椅子にのせたので、彼女は体を横にずらした。

「きみが許してくれるならね。最終的にきみがぼくを好きになれなかったとしても、きみのお気に入りたちは処女性にこだわったりはしない」

コノールはあらゆる可能性を検討したらしい。彼が導き出した結論は否定できなかった。ダフニーは眉くらいはつり上げるかもしれないが、レドモンドに至っては気づきもしないはずだ。そんな場面は想像したくもなかった。コノールとなら、時間など気にせず楽しめる。

「こんなことがうまくいくはずないわ」キスの雨がやんだので、ギリーはようやく言い返した。

「ぼくとしては、今のところうまくいっているように思うが」

正直に言うと、ギリーも同じ意見だった。自分自身に対しても、彼に対しても演技などしていない。彼女は薄暗がりのなかでコノールを眺めた。スカートをまくり上げ、手と唇を使って自分を慈しんでくれている男性を。彼にふれられた部分すべてに火がついたかのようだ。もっとさわってほしい。

「わかったわ」ギリーは温かな手が腿の内側を這う感触にあえいだ。「あなたを恋人として受け入れる。でも、それ以上は――」

「今夜はそれでじゅうぶんだよ。口論の続きは明日にしよう」

悪魔的な魅力に満ちた笑みに、ギリーの体の芯《しん》が熱くなった。コノールの手が徐々に這い上がってきてついに腿の合わせ目を撫でると、急にドレスの胴衣が窮屈に思え、彼女はうめき声を上げた。

理性的に考えれば相手の頭を蹴って助けを呼ぶべきだが、そんなことをしたらコノールの舌が呼び覚ましてくれるうずきが終わりを迎えてしまう。

「コノール」ギリーはかすれた声で言い、彼の髪に指を差し入れた。

コノールの含み笑いが振動となって筋肉や骨に伝わってくる。「ぼくが要求どおりにしか動かない男だとして……」彼は体を起こし、ギリーのドレスを肩から引き下げた。「きみにこんな要求が思いつけるかな？」ドレスから手を離して、彼女のなかに指を入れる。

「ああ、だめ！」ギリーは甲高い声を上げ、コノールの手の下で身もだえした。「そんなのはわからないわ」

コノールは上着を脱ぎながら上体をかがめ、深く絡みつくようなキスをした。ゆっくりと彼女の隣に身を横たえ、深い襟ぐりに指をかけてドレスをウエストまで引き下ろす。

セクシーな唇がむき出しの乳房をたどり、片方の乳首を挟み込むと、ギリーは背中を弓なりにした。快感に体が浮き上がりそうだ。全身の筋肉がバイオリンの弦よりもぴんと張り詰めている。

一瞬、ほかの求愛者たちにのしかかられる場面が頭に浮かんだ。どちらも情熱や想像力はかけらも持ち合わせておらず、これほど自分を高揚させてくれるとは思えなかった。コノールに求められているという確信が、ギリーの羞恥心《しゅうちしん》を消し去った。

カントリーダンスの演奏がかすかに流れてきて、コノールはドアのほうに視線を移した。「ちくしょう」彼はつぶやいた。「この次がカドリールだ」

ギリーはコノールが周囲の状況をきちんと把握していることに驚いた。「こんな中途半端な状態で放り出すつもりじゃないでしょうね？」巧みな指で乳房を愛撫《あいぶ》され、彼女は息を切らして身をよじった。

コノールがにやりとした。「いいや、ぼくもこのままでは公の場所に出られない。もっと……きみと一緒にいたい。きみを説得するためにね」

ギリーはすでに説得されかかっていた。コノールが上体を起こし、ズボンのボタンを外して腿まで下ろす。布地を押し上げていた高まりはすっかり屹立《きつりつ》していた。

コノールはわたしをほしがっている。頭では理解していたものの、情熱の証《あかし》を目の前にすると現実味が増した。今、ノーと言えば、彼は引き下がってくれるだろう。この先の展開はわたししだいだわ。

　これこそ真の力だ。しかしギリーにはそれを行使する気がみじんもなかった。力を使うのは今この場ではない。ギリーは浅く息を吸って震える手を伸ばし、彼の下腹部を包み込んだ。コノールがびくりと反応する。「あなたが……特別《エクセプショナル》なの？」彼女は高まりに指を這わせた。「普通《エクセプショナル》じゃない？」コノールが姿勢を低くしてギリーの腿のあいだに膝をつき、唇を近づけた。「からかわれたことはないよ。そういう意味なら」

　彼がからかわれているところなど想像もできない。「こうすると気持ちがいいのね？」ギリーは震えながら再び撫で上げた。

「このままきみへの愛撫を続けてほしいなら、きみは手を止めたほうがいい」コノールがギリーの耳元でささやいた。彼の呼吸も乱れていた。「そのくらい気持ちがいいんだ」

　彼女は慌てて手を引いた。「たくさんの人が踊っているといいけれど」大勢の人が踊っていればいるほど、それぞれの思惑が交錯してダンスが長引くからだ。

「そうだな」コノールがギリーに覆いかぶさった。屹立した部分が彼女の腿に当たる。「処女と愛を交わすのは初めてなんだ」彼は我慢できないと言わんばかりに、右手を広げて乳房を包み込んだ。「聞くところによると、痛いらしい。瞬間的に、最初だけ」

　ギリーは顎を上げた。「わたしが聞いたところによると、急がないと誰かが捜しにやってくるわ」

「なるほど」コノールが眉をつり上げ、キスをすると同時に体重をかけて腰を押しつけた。

体を押し広げられる痛みにギリーは息をのんだ。「ああ！」上質のリンネルに覆われたたくましい肩に指を食い込ませる。

コノールが動きを止め、彼女のなかにとどまったまま身震いした。最初の苦痛が引いていくとともにギリーの体の緊張が緩んだ。あとに残ったのは……すばらしい感覚だ。「すまない」彼は小さな声で言ってギリーの耳たぶを優しく噛んだ。それから彼女のなかに繰り返し突き入った。

コノールが押し入ってくるたびに、ふたりの下で長椅子がきしむ。ギリーは必死でコノールにしがみつき、可能な限り体を密着させようとした。彼を受け入れるたびに、体の奥がきりきりと締めつけられるようだ。突然、全身がばらばらになった気がした。目の前が真っ白になり、意図せぬ叫び声が口から漏れる。時間や音が消え失《う》せた世界に感覚だけが残った。えも言われぬ心地だ。

少し遅れてコノールも大きくうめき、彼女を抱き寄せてキスをした。ひとつになったまま体を回転させ、ギリーを自分の体重から解放する。

「次はあなたも服を脱がなきゃだめよ」ギリーは息を切らした。次も、その次もあってほしい。どうやら母は結婚生活のすべてを教えてくれたわけではなかったみたいだ。

「歩み寄ることの利点がわかったかな？」コノールが言った。ギリーは彼の激しい鼓動を頬に感じた。

もちろんよ。その瞬間、ギリーの望みはコノールの腕のなかに横たわっていることだけだった。そして最後の審判を告げる鐘のごとく、カドリールの演奏が始まった。

9

コノールは自分たちの身なりを素早く点検した。靴、リボン、上着、ドレス。どこも乱れていないのを確認すると、ギリーの手を取ってさっと唇に当て、テラスを抜けて舞踏室へと導く。

レドモンド卿は窓のそばで待っていた。いつもは穏やかな顔にもさすがにいらだちがにじんでいる。輪をかけて厄介なのは隣にいるマンロー夫人だ。

「やっと戻ってきたのね！」マンロー夫人がまくし立てた。ギリーはコノールに矛先が向かないよう、急いでレドモンド卿の隣に移動した。

「ごめんなさい」たいして悪びれた様子もなく謝罪する。「ハウレット家の有名な薔薇について庭師と話し込んでしまって」

「ぼくが悪いのです」コノールは、話を引き延ばせばダンスの時間がなくなるのを承知で口を挟んだ。「時計を確認しなかったので」

「いいんですよ」レドモンドがギリーに腕を差し出す。「カドリールをご一緒していただけますね、ミス・マンロー？」

「もちろんです」ギリーはコノールを一瞥してレドモンドの腕を取り、ダンスフロアへ向かった。

コノールはこれまで、レドモンドなど歯牙《しが》にもかけていなかった。ところが老紳士がギリーと手を取り合って、衣《きぬ》ずれの音をさせながらフロアを移動していく様子を目の当たりにすると、思わず殴りかかりたくなった。レドモンドがギリーの手にふれているのも理由の一部ではあるが、大部分は先の展開が見えないことに対する欲求不満だ。対等な関係のほうが充実していることを理解させようと全力を尽くしたのに、ギリーがどんな結論を導き出すのか予想もつかない。

「あなたは本気で娘に求愛しているの？」マンロー夫人に質問されて、コノールはわれに返った。

夫人がそばにいるのをすっかり忘れていた。「はい」

「無駄よ。あなたは娘の理想とする種類の男性ではないもの」

「彼女の理想ですか？　それともあなたのですか？」コノールはマンロー夫人の目をまっすぐに見返した。「ギリーもちゃんと目を開ければ、いろいろな選択肢があることがわかると思いますよ」

「達観したつもりなのね。ギリーのことをわかった気になっているのでしょう？　でも、それは違うわ」マンロー夫人はそう言うと、そっぽを向いてその場を立ち去った。

コノールはマンロー夫人が間違っていることを心から願った。彼自身、永遠に続く愛など信じていなかったのに、先週以来考えが変わったのだ。どうしてもエヴァンジェリーン・マンローと人生をともにしたい。そのためには彼女自身の考えを変えなければならなかった。もっと時間があればシャツとブーツくらいは脱げた。自分のためだけでなく、ギリーのためにも時間がほしかった。あれほどの情熱を秘めながらも感情を排した未来へと突き進んでいる女性のために。

コノールはダンスフロアの向こうにいるギリーを見つめた。彼女にとって、今夜は新たな始まりなのだろうか？　それとも、二度と訪れることのない場所への一度限りの旅で終わってしまうのか？　彼はこぶしを握り締めた。壁をぶち破り、悪者を倒してめでたしめでたしとなればどんなにいいか！　相手の出方を待つのはひどく難しい。ただ待つしかないのだから。

「もしかしてまた例の葉巻を持っていたりはしないかね？」

コノールは息を吸い込み、ごった返したダンスフロアから目を引き離した。「持っていますよ」上着のポケットから葉巻を抜き出し、マンロー卿に手渡す。

「ありがとう」

「質問してもいいでしょうか？」マンロー卿が葉巻を自分のポケットに入れるのを見て、コノールは続けた。

「もちろんだ」

「マンロー夫人はわれわれ男性に対して、ある種の否定的感情を持っておられるようですね？」

「ああ、気づいている。信じてもらえないかもしれないがね」

「信じますよ。でも、わからないのはその理由です」

「なるほど。少し歩こうか」

ギリーの姿を追えなくなるのは残念だが、コノールはうなずいてテラスへ向かった。落ち着け、と自分に言い聞かせる。ここは忍耐が肝要だ。彼女がどんな決断を下すとしても、カドリールの最中に求婚されるわけじゃない。

「エロイーズの父親は……」マンロー卿が切り出した。葉巻を取り出してたいまつにかざす。「男爵だったんだ。酒飲みで賭博《とばく》好き、おまけに冷酷な男だった。何度か財産を失いかけたらしい。エロイーズはめったに父親の話をしないが、その話題になると決まって……軽蔑《けいべつ》をあらわにする」

「軽蔑の対象は、お父上だけにとどまらないようです」コノールはそう言って、明るく照らされた室内に目をやった。

「エロイーズと出会ったとき、わたしはすべての男が彼女の父親と同じではないことを証明しようと決めた」マンロー卿が顔をしかめた。「思ったより時間がかかっているがね」

なるほど。しかしこの人の努力は、マンロー夫人の偏見を助長しているだけに思える。彼女にへつらうことによって、夫に人生をゆだねるよりも自分で主導権を握るほうがいいと思わせてしまった。そしてマンロー夫人はその信念を娘に伝えた。

マンロー卿が期待するようにこちらを見ていたので、コノールはうなずいた。「あなたは忍耐強い」

「我慢しすぎたのかもしれない。今さらだが」

「ぼくは対等な関係のほうが実り多いことをお嬢さんにわかってもらおうとしました」コノールはマンロー卿を非難していると思われないよう、慎重に言葉を選んだ。役に立つかどうかは別として、父親は味方につけておいたほうがいい。

「しかしきみは、あの子のドレスを引き立てる装いをしているじゃないか。説得に成功したとは思えないね」

「成功したとは――」

「それにきみの意中の女性はレドモンド卿と踊っている。明日、娘に求婚しようとしている男と」

コノールは舞踏室のほうを振り返った。明日だって？　「つまり、時間がないわけですね」

彼は声に出して確認した。

「きみは出遅れたんだ」

「ほかにすべきことがあったんです」今さらパリで名画を救出していたことを後悔してもしかたがない。ぼくが留守にしていたからこそ、デイジーとルイスは出会ったのだ。おっと、ぼくは今、恋人が浮気したことを喜んでいるのか？　一週間という期間が……あの馬車の事故、そしてあの呪いのダイヤモンドがもたらした変化ときたらどうだ！

「なにかいい策でもあるのかね？」マンロー卿が追及した。

「あなたがレドモンド卿との仲に反対してくださればいいのです。そうすれば、ギリーにぼくの考えを伝える時間を稼ぐことができます」

「すでにエロイーズが賛成している。わたしの意見など聞き入れてもらえないよ」

「あなたの意見はもっと尊重されるべきではないでしょうか？」コノールはそう切り返し、鋭く息を吸った。

「すまないが、それは家族間の問題だ。意見は差し控えてもらえるとありがたいね」

コノールは悪態をつきながらテラスの端まで歩き、再び引き返してきた。「申し訳ありません。ただ……正攻法で闘って負けるならともかく、どうにも納得がいかなくて。どうしてギリーは残りの人生を……年老いたレドモンドに寄り添いたいと思うのでしょう？　それでなければ間抜けのダフニーと？」

「それはさっき説明した――」

「いいえ。マンロー夫人の偏見についてはわかりました。わからないのは、なぜギリー自身が母親の目を通して見る世界に満足しているのかです」そう言いながらも、彼女が長く母親の影響下にあったせいであることはわかっていた。生まれてからずっと、男がいかにくだらないか、そしてどんな条件でなら彼らの存在を大目に見てもよいかを言い聞かされてきたのだ。マンロー卿の働きかけは存在しないに等しかった。

レドモンドが明日求婚するつもりなら、もう時間がない。さっきの出来事でギリーの考えが変わらなかったら、すでに負けは決まっているのだろう。残っているのは一曲のワルツだけ。どんなに頑張ってもたった一曲のダンスだけだ。

ギリーは、父親とコノールが消えたテラスのほうへ目をやった。わたしとの結婚を強行するためにさっきの出来事を告げ口するつもりなら、相手を間違っている。だいいち、そんな卑劣な手段に出る男なんて願い下げだ。

「……最近はあなたとよく一緒にいますね」レドモンドがギリーの手を取った。ふたりはくるりとまわり、一度離れて再び近寄った。「わたしに言わせれば、あの男はフランスに長く滞在しすぎた」

コノールはレドモンドよりも二三歳若い。「わたしは旅が好きですわ」ギリーはレドモンドの反応を見るためだけにそう言った。

「結婚すれば好きなだけ旅ができるじゃないですか」彼は時計のようにわかりやすい答えを返してきた。「それに、ほかにもいい点があります」

「たとえば？」

「すてきなキスがいくらでも」彼女とすれ違うとき、レドモンドが息を荒くした。「あなたはわたしに火をつけたんです」

コノールに教えられるまでもなく、ギリーは男性と親密になることの意味をおぼろげながら把握していた。だが自分で経験して感じたことは、それとはまったく異なっていた。あれをレドモンド相手にするのかと思うと寒けがする。彼がわたしにのしかかって、なかに入ってくるなんて……。

しかし結婚してしまえば、レドモンドは二度とわたしにふれてこないに違いない。そうすればわたしは旅行をしたり、ダンスパーティーに出かけたり、友人を招いたり、本を読んだり……既婚女性として楽しく生きていける。レドモンドはショールを持ってくれるただの同居人だ。

わたしの人生には、欲望や、会話や、キスや、ベッドで過ごす長く温かな夜など必要ない。そもそも、レドモンドとは寝室をともにすることすらないだろう。そこまで考えたところで、ギリーは首を振った。すでに心が決まっているなら、なぜぐずぐずと思い悩んでいるの？たしかにコノールに処女を奪われてから三〇分も経っていない。彼は骨の髄まで染み渡る喜びを与えてくれた。しかし、それでなにが変わったというのだろうか？

あの人は自分が巧みな恋人であることを示したかっただけ。今日の体験はキスの比ではなかった。肌をさらした二〇分ほどのあいだでわたしの結婚観まで変えようとするなんて横暴だと思いつつも、わたしは次の二〇分、そしてその次の二〇分を欲していた。

レドモンドと結婚しても恋人は持てるだろう。ただ、それでは男性との接触を最小限にするという当初の目的とはまるでかけ離れてしまう。要求をせず、丸め込みやすい男性を夫にすれば自由になれると思ったのに、コノールのせいでそれがなんのための自由なのかを自分自身に問いかけるはめになった。

部屋の反対側から母親がこちらを見つめているのがわかった。母は浮気をしなかった。最近になって知ったのだが、夫に〝プレゼント〟を渡す――つまりベッドをともにするのは、年に一、二度らしい。

「あの悪漢ときたら、今度はあなたのお父上と一緒にいる」レドモンドがテラスへ続くドアを見つめて強い口調で言った。「わたしのほうが優先順位は上なのに。少しはわきまえてくれるといいのですが」

ギリーも振り返った。コノールと父がテラスから戻ってきた。父のうしろめたそうな表情から、外で葉巻を吸ってきたとわかった。コノールに悪びれた様子はまったくない。濃い青の瞳が踊っている人々のあいだをさまよい、ギリーのところで止まった。彼がほほえむ。

体の芯から指先へと温かな感情が広がり、欲望が夏のそよ風のように彼女の肌を撫でた。ああ、わたしはこんなに浮ついた女ではなかったのに。

女は変わるのだ。コノール・アディソンに見つめられるたび、自分のなかの女らしさがどんどん表に出てくる。カドリールが終わると、ギリーは父親のもとへ向かった。

「レドモンド卿、わたしは自分の望む人と結婚します。それは両親が決めることではありません」

「もちろんですとも。もちろんわかっていますよ。ただ見かけ倒しの若造に縄張りを荒らされるのが気に入らないのです」

縄張りを荒らすどころではなく、コノールはすでに獲物を手に入れてしまった。ギリーはふいに笑い出したくなった。「見た目がいいのは悪いことではありませんわ」わざとコノールに聞こえるように言う。「わたしは殿方を崇拝するよりも、殿方から崇拝されたいほうですけれど」

レドモンドがギリーの手をつかみ、湿った唇を何度も押し当てた。「わたしはあなたを崇拝していますよ。すでにご存じでしょうが」

もちろんだ。機会があるたびに強調されればいやでもわかる。「あなたのお気持ちはわかっています」ギリーは手を抜き取った。「一度も隠そうとなさったことがないんですもの」

コノールを横目で見る。「ああ、ここは暑いわ」

「飲み物を取ってきましょう」レドモンドはコノールを威嚇するようににらんでから、人込みのなかへ消えた。

「あんなやつににらまれるなんて、ぼくもまだまだ未熟だ」コノールは軽い調子で言った。

「わたしはちょっと失礼するよ」子爵が口を挟む。「エロイーズのご機嫌伺いに行かないと」

ふたりきりになると、コノールはじっとギリーを見つめた。その目は、ごった返した舞踏室ではとても口にできないことを語りかけていた。ギリーは脚の付け根がほてる感覚に襲われた。ああ、神さま！

「カドリールはどうだった？」コノールはレドモンドの消えた方向に目をやった。

「あっという間だったわ」

「もっと踊りたかったという意味かい？」

「レドモンドとではないわ」彼女はささやいてコノールの袖に手を置いた。「お菓子のテーブルはどこだったかしら？」彼にふれたいという気持ちを紛らすために話題を変えた。「あなたは知っている？」

「見当もつかないよ。探しに行こうか？」

コノールが自分の意見を聞いてくれるのがうれしかった。つながれた犬のような扱いに甘んじる女でないことを理解してくれたらしい。もちろんそれは彼も同じで、わたしはそのことを欠点だと考えている……はずだわ。

「父となんの話をしたの？」

「本当にそんなことがききたいのかい？」コノールはそう言って彼女を抱き寄せた。

「余計な質問はしないで、あなたの一言一句にうっとりしていろとでも？」

コノールが鼻を鳴らした。「そんなのは逆に面倒だ。わかったよ、きみについて話していたんだ」

「わたしについてですって？　わたしの価値とか？」この人もレドモンドと同様、間違った相手に……許可を求めに行ったのだろうか？　「まさか懺悔《ざんげ》をしたわけじゃないでしょうね？」

「きみのお父上と刃《やいば》を交えるつもりはないよ。きみの好き嫌いについて話したんだ」

コノールは父がわたしを理解しているとでも思っているのかしら？　「それで？」ギリーは先を促した。「なにか興味深い結論に至った？」

「きみに関することすべてが興味深い」コノールが上体を近づけてきた。「さらなる探求が楽しみだ」

「どうして……」声がかすれたので、ギリーは咳払いをした。「わたしがさらなる探求を許すだなんて、どうして思うの？」

「そうすれば、きみはレドモンドと決別できる。わかってほしいんだが、倉庫でのことは今の状況でぼくにできる最善の行動だった。時間と人目につかない場所が手に入れば、決してがっかりさせない」

がっかりするどころか、夢にも見たことがないような声を上げてしまったわ。

ギリーの表情を読んだのだろう。コノールは声をたてて笑った。「かわいい人、ぼくが言おうとしたのは……」ゆっくりと親密な声で続ける。「次はもっとよくなるということだ」彼の唇が耳をかすめた。「もう一度きみを抱いてちゃんと教えてあげたい。そのあと、それがまぐれでないことを示すためにもう一度」

ギリーは身震いした。その言葉を聞いただけで、内奥で炎が燃え上がる。「やめてちょうだい」抗議したものの、声は弱々しかった。

「いやだ。どうやって服を脱がせ合うか教えてあげよう。まずはぼくのクラヴァットだ。喉元にキスをしてほしいから。そして――」

舞踏室の上に張り出したバルコニーにいる楽団員たちがワルツを奏で始めた。ふたりのワルツだ。「踊っているあいだもそんな話を続けるつもり？」彼女はコノールに導かれるままダンスフロアへ出た。「気を失ってしまうわ」

「どうかな？」コノールが自信に満ちた笑みを返した。「だがきみがやめてくれと言うなら、やめておこう」彼はギリーの腰に腕をまわしてステップを踏み出した。

ダンスがうまいのは以前から知っていたが、今は比較するものができた。コノールは愛を交わすのと同じくらいダンスが上手だ。実際、どちらもかなりの腕前だった。

「なにを考えているんだい？」コノールがささやき、周囲の人が眉をひそめる距離までギリーを引き寄せた。

「あなたの腕前について」正直に答えてしまってから、全身がかっと熱くなった。

「それでぼくの腕前はお気に召したかな？」

「わたしが先生なら、あなたを主席にするわ」

コノールが笑い声を上げた。その屈託のない笑い声を、ギリーはすてきだと思った。「素直に礼を言うよ。そしてきみに同じ言葉を返そう」

「フランスの話をしてくれる約束よね？」ギリーは彼の賛辞に思わずほほえみそうになるのをこらえた。

「そうだった。いいよ、きみから質問するかい？　それともぼくが話をしようか？」

「あなたさえよければ最初から話して」

「この話はきみだけの胸にしまっておいてもらえるとありがたい」コノールが彼女と目を合わせて言った。

ギリーはうなずいた。「わかったわ」

コノールがにっこりした。「ありがとう。ぼくは美術品を収集しているんだ。ほとんどが絵画だが、彫刻も何点かある。厳しく選別するから、普通は年に一、二点しか購入しない。だが今年の初めにぼくの取引相手のひとりから、パリの画廊にナポレオンの部下が踏み込んできたと連絡があった。無傷の絵は安値で売りさばかれ、現金に換えられたと……」

「現金。つまり――」

「金はナポレオンの手に渡り、武器の購入に充てられる。ウェリントンがスパイを送り込んで、価値ある美術品を破壊し始めたという情報もあった。ナポレオンがそれらを売った金でフランスにおける自らの足場を固めるのを防ぐためだ。だからぼくはパリへ行き、六〇枚ほどの絵を購入した。画家はもちろん、美術館からも買ったよ。美術品が破壊されたり、歴史から失われたりするのは耐えられなかった」

「絵を六〇枚？」ギリーはおうむ返しに言った。

「もっと買いたかったが、ナポレオンの手下に尾行されていたんだ。反逆者として捕まるのもごめんだし、人質として国家間の取引に使われるなんてぞっとする。だから絵画を一〇個の木箱に梱包《こんぽう》して英仏海峡を越えたんだ」

実際は口で言うよりもずっと危険な目に遭ったに違いない。しかし、ハウレット家の舞踏室がそういう話をするのにふさわしい場でないことはギリーにもわかった。「今はどこにあるの？　つまり絵のことだけど」

「ほとんどはアディソン・ハウスの廊下に立てかけてあるよ。ルイス・ブランチャードには大英博物館に貸し出すよう勧められた。有名な絵画は貸すかもしれない。大勢の人々に見てもらうべき作品だからね。そもそもぼくは、絵画が闇《やみ》に葬られ、破壊されるのを防ぎたかったんだ」

「その絵を見てみたいわ」

「ぼくの話が信じられないのかい？」コノールが眉をつり上げる。

ギリーはにっこりした。「絵が好きだからよ」

「そういうことなら喜んで」

彼女はコノールの視線を心地よく感じた。会話を楽しんでいるのが伝わってくる。しょっちゅうへつらってくるレドモンドやダフニーに至っては、瞳の色すら思い出せないのに。

「あなたはアイヴィー卿とお友達なのね」ギリーは静かに言った。「でも、レディ・アップルゲートは――」

「ルイスはぼくとデイジーの仲を知らなかったんだ。今も知らない。彼らが出会う前の話だからね」コノールはギリーの言葉を遮った。「本心を言えば、ルイスとの友情を保つことのほうが、デイジーとの関係を続けたり、新たな方向性を探ったりするよりも大事なんだ」彼は笑みを浮かべた。「事実、ここ何日かは、デイジーが別の人を見つけてくれたことに感謝していたくらいだ」

「今は？」

コノールの笑顔が優しくなる。「感謝しているとも」

もっと踊っていたかったのに、ワルツは終わってしまった。コノールがギリーの手を自分の腕に置いた。「もう一度、新鮮な空気を吸いに行ったほうがいいだろう」彼はささやき、彼女の耳に唇をつけた。

ギリーは震えながら息を吐いた。「わたしは――」

突然、誰かがコノールの腕をつかんだので、ふたりともつんのめりそうになった。

「娘に近づかないで」マンロー夫人が低い声で警告した。「公の場で娘の評判を落とすなんて許しませんからね」

コノールが背筋を伸ばした。「エヴァンジェリーンとぼくは明日、公園へ出かける約束をしていたんです。一〇時でいいかい？」

コノールは明るい表情を保っていたが、その瞳は氷よりも冷ややかだった。ギリーは息をのんで母親へ視線を移した。こんなコノールは見たことがない。彼の尊大な面はギリーの理想に反しているのになぜか不快ではなく、〝彼女は自分のものだ〟と言わんばかりの態度に胸が高鳴った。「一〇時でいいわ」ギリーは考える間もなくそう答えていた。

「明日の午前中は別の約束《エンゲージ》があるでしょう？」

婚約《エンゲージ》の話だ。今夜、母とレドモンド卿はずっとそれをほのめかしていた。「わたしはなにも約束していないけれど」ギリーは不思議そうな顔をしてみせた。母に逆らったことで、あとあと文句を言われるのは覚悟のうえだ。「お客さまが来る予定があるなら、午後にしてもらえばいいのよ」

「午後ですって？」周囲にたくさんの人がいるのを意識して、マンロー夫人はしぶしぶうなずいた。「そうね、わたしから……わたしが調整しておくわ」

「ありがとう」

母の首元には例のダイヤモンドが輝いている。コノールは呪いを信じかけているようだが、ギリーはまだ半信半疑だった。それでも、今夜は母ではなくコノールの有利に事が運んだ。彼は天国を垣間《かいま》見せてくれたし、わたしも急遽《きゅうきょ》思いついたピクニックがすでに待ち遠しくなっている。どうやらこの先しばらくは、あのダイヤモンドを身につけないほうがよさそうだ。というよりも永遠に。

10

「本当にそれをお連れにならないのですか？」ウィンターズが尋ねた。

　エレクトラの耳のうしろを撫でていたコノールは上体を起こした。「今日はいい」そう返事をして執事を見る。「まさか猫が怖いわけじゃないだろうな？」

「そいつはずる賢いのですよ。今朝も銀食器の棚から飛び出してきたので、肝をつぶしました」

「こいつに言って聞かせられる人を連れてくるよ」コノールはコートに袖を通し、ヘシアンブーツの爪先でエレクトラの顎を愛撫した。「言いつけどおり、召し使いたちに今日は休暇だと伝えたか？」

　執事がうなずいた。「屋敷に残るのはわたくしとホッジス、クイリング、ミセス・ドゥーリだけでございます」

　なんのためにホッジスまで残らなければならないのかよくわからなかったが、今日は邪魔をしないでほしいという意図は伝わっているはずだ。「ぼくが呼ばない限り、姿を見せないように。それからミセス・ドゥーリに、必ず一一時までにサンドイッチを用意するよう伝えてくれ」

「お任せください」

ウィンターズが正面玄関のドアを開けたので、コノールは階段を走り下りて、待機していた二頭立ての軽四輪馬車に歩み寄った。主人が馬車に乗り込んだのを見たクイリングが、馬の綱をほどいて一歩下がる。コノールはすぐに馬車を出発させた。エレクトラに言って聞かせる人を連れて帰れなかったら、使用人たちはぼくの頭がどうかしたと思うだろう。まあ、屋敷の半分が絵画に占拠されている現状で、今さらどう思われても変わりはないが……。

ぼくの企てはギリーを破滅させるかもしれない。彼女がすでに身ごもっている可能性もあるが、どのみち求婚するつもりなのでそれでもかまわないと思える。ギリーの気持ちを知りたい。

馬車を引く鹿毛《かげ》の馬たちが駆け出したい様子を見せた。コノールも同じ気持ちだった。今日はレドモンドよりも先に到着できるだろうか？　あのマンロー夫人のことだから、日の出とともにレドモンドと牧師を屋敷に迎え入れてもおかしくない。マンロー夫人は厄介な人だが、直接対決は避けたかった。なんといっても義理の母になるかもしれない人物なのだ。

義理の母か……。二週間前の自分なら、誰かと出会って——というより誰かの馬車に突っ込んで——一週間後に結婚すると言われても、一笑に付していたはずだ。エヴァンジェリン・マンローと出会ってまだ八日しか経っていないなんて信じられない。『ロミオとジュリエット』の世界であれば、雑踏のなかで目が合ったとたん、恋に落ちることもあるのだろう。

コノールはこれまでひと目ぼれなどあり得ないと思っていた。

どうやら今では、ひと目ぼれを信じる少数派の仲間入りをしたらしい。ギリーと結婚することに迷いはなく、むしろ胸が弾んだ。彼女に対して感じているほどたしかな気持ちは誰にも抱いたことがない。

それでもすべてが明らかなわけではなかった。まず、ギリーがぼくをどう思っているのかがわからない。それに彼女が進む道を自分で選ぶつもりなのか、誕生の瞬間から母親が用意していた道を選ぶつもりなのかも。

コノールはマンロー家の私道に馬車を入れ、口笛を吹いて馬丁に合図した。一瞬置いて厩舎のほうからお仕着せを着た従者が走ってくる。コノールは馬を従者に任せ、玄関に歩み寄った。

「おはようございます」執事がドアを開けた。

「おはよう。ミス・マンローに会いたいのだが」コノールはビーバーの革でできた帽子と手袋を取っただけで、コートは脱がなかった。長居をするつもりはない。

「居間でお待ちいただければ、伺ってまいります」

コノールはうなずき、いちばん近くの部屋に入りかけて足を止めた。「これはこれは」暖炉の前に座っている女性を見て、うんざりしながらも浅くお辞儀をする。

「ローリー卿、こちらへ座ってくださる？」マンロー夫人が自分の隣を指し示した。

「喜んで」コノールはしぶしぶ腰を下ろした。

「あなたにいくつか質問があるの」マンロー夫人は心持ち上体をひねって彼と向き合った。

一般的な家庭であれば、求愛者を詰問するのは家長の役目だろう。いや、そういえば昨夜、家長からも質問された。いずれにせよ、マンロー夫妻は情報を共有しているようには見えない。「どうぞ」

「あなたのご両親は……」マンロー夫人は前置きなしで切り出した。「どのような結婚生活を送られたの？」

長年の訓練のたまもので、コノールはポーカーフェイスを保った。「両親はともに他界しましたので、ぼく自身に関して質問してください」

「親は子供に影響を与えるわ。わたしはあなたのご両親のことが知りたいの」

相手の主張には一理あるものの、両親のことを詮索《せんさく》されたくはなかった。「とても仲のいい夫婦でした。父がはやり風邪で他界したとき、母はとくに患っていたわけでもなかったのに、一カ月後、あとを追うように亡くなってしまったのです」

「そう。エヴァンジェリーンとあなたが出会った日、あの子はあなたが大酒飲みだと言っていたわ。酔っ払って娘に言い寄るなんて失礼よ」

「大酒飲み？　それについてはギリーに説明して、誤解を解きました。あなたの好奇心を満たすために過去を蒸し返すつもりはありません」

マンロー夫人が硬い表情でうなずいた。「わかったわ。それならこちらの言いたいことだけを伝えましょう。あなたと娘がうまくいくとは思えないの。娘に近づくのはやめていただきたいわ」

　これはまた礼儀正しいことだ。「ぼくがギリーをあきらめるのは、彼女からそう言われたときだけです」

「なんてことを――！」

「おはよう」当のギリーが衣ずれの音をさせながら部屋に入ってきた。笑みがこわばっているところを見ると、少なくとも口論の一部を聞いていたらしい。彼女は母親に反抗する気があるのだろうか？　それとも従順な娘を貫くのだろうか？

　コノールは立ち上がり、ギリーの手を取って唇に当てた。彼女の姿を見ただけで血がたぎった。「おはよう」そう挨拶を返したものの、抱き寄せてキスをしてしまう前に身を引いた。

「行こうか？」

「ええ」ギリーは母親に目を向けた。「何時間かで戻るわ」

「付き添いは？」マンロー夫人が指摘する。「ドレッタ！」

「ぼくの馬車はふたり乗りの軽四輪馬車ですから」コノールは口を挟んだ。

「とんでもないわ」

「そんなことはないでしょう」ギリーが笑って弁護した。「わたしたちがふたりとも馬車を降りたら馬が逃げてしまうんだもの。なにもできはしないわ。軽四輪馬車は付き添いなしで乗れることくらいわかっているはずよ」

　マンロー夫人は鼻を鳴らした。「それならしたいようになさい。だけど、覚えておいて。

二時にここで人と会う約束があるのよ。遅れないでね」

「わかったわ」

コノールとギリーは表に出た。コノールは落ち着きのない馬を馬丁が押さえているあいだに、ギリーを馬車に押し上げた。それから反対側の席に座って手綱を取り、振り返りもせずに馬車を通りへ出した。

「わたし、まだなにも決めていないの」突然、ギリーが言った。彼女の視線は道の両脇に立ち並ぶ家々に注がれていた。

ギリーがコノールを門前払いしなかったこと自体、なんらかの決意を表しているように思えたが、彼はあえてそれについては言及しなかった。「わかっているよ。それに二時に会う約束の相手がレドモンド卿で、彼がきみに求婚するつもりであることも」

「どうして知っているの？」

「昨日の夜、お父上に聞いたんだ」

ギリーがコノールをちらりと見た。「父に？　あなたがうまいことを言って聞き出したんでしょう？」

マンロー夫人に対する怒りを抑え、コノールは口元を緩めた。「お父上はむしろ進んで教えてくれたよ。ぼくが思うに、自分よりふたつも年上の義理の息子を迎え入れるのは気乗りがしないんじゃないかな」

「そうかしら？」ギリーは通りを振り返って眉根を寄せた。「あそこを曲がるはずじゃなかった？」

「あっちに行くとハイド・パークだ」

「知っているわ。だから――」

「ハイド・パークには行かない」

「行かないの？　じゃあどこへ行くの？　また誘拐する気？　そうだとしたら、昨日と同じくらい考えなしだわ」

　ギリーの口調は少しも憤慨しているふうではなかった。コノールの口元が大きな弧を描いた。「きみを誘拐するつもりはないし、昨日だってそんなことはしなかった。ふたりのために、ごく親密なひとときを用意しただけだ。きみもいやがってはいなかったみたいだが？」

　ギリーの頬が真っ赤になるのを見て、コノールはそこに指を這わせたくなった。「そうね、あなたとのひとときはとてもすばらしかった」

「それならもう一度――」

　そのとき、ばきっという音とともに車体が傾き、馬車全体ががくんと前のめりになった。コノールはとっさにギリーを抱え、脚を突っ張って手綱を引いた。馬車の左前方が地面に突っ込む。ふたりは衝撃で馬の上に放り出されそうになった。再び車体が揺れたかと思うと、馬車はきしんだ音をたててようやく止まった。

「けがはないか？」コノールは上体をひねってギリーを見た。

「大丈夫よ」ギリーが息も絶え絶えに言った。片手は彼の腕を、もう一方の手は座席の背もたれを握り締めている。「驚いたわ」

たちまち人が寄ってきて、好き勝手に騒ぎ始めた。怯《おび》えきった馬たちがあとずさりして、馬車が三〇センチほど横に動く。「ぼくの体をまたいで地面に降りるんだ」コノールは彼女を自分の膝に押し上げた。「できるかい？」

「もちろんよ」ギリーはコノールの腿とコートの襟に手をかけ、彼の上を乗り越えて、よろめきながら地面めがけて飛び降りた。

彼女が着地するのを見届けて、コノールは斜めになった手綱をさらにきつく手に巻きつけた。一定の力で引っ張りながら、体をひねって地面に飛び降りる。「いい子だ」彼は馬に向かってこのうえなく穏やかな声で話しかけ、鼻先へ近づいた。「えらいぞ、パリス。いい子だ、ベンヴォリオ、動くなよ」

手綱を引っ張って馬車を道の端へ移動させる。前方の車軸が真っぷたつに折れていた。なんてことだ！「そこのきみ」コノールは道端に立っている屈強な体つきの男を呼んだ。「締め具をほどくあいだ、馬たちを押さえていてくれないか？」

男は帽子のつばを引っ張って前に出た。「わかりました、旦那」

コノールは馬の体から手を離し、後方へまわって締め具をほどき始めた。ギリーが反対側からパリスの締め具に手をかける。コノールは顔を上げた。視線が合うと、彼女はかすかにほほえみ、落ち着きのない馬を解放する作業にかかった。

コノールは胸が高鳴った。同乗者として手伝うのは当然かもしれない。しかし、男を召し使い同然と思っている女性の行為となれば話は別だ。もう一度ベッドをともにしたいと思っている相手だから、なんでもいいように解釈する傾向はあるかもしれないが、ギリーはたしかに変わり始めている。そしてぼくも……。

ギリーに出会うまで、コノールは男女のあいだに体の結びつき以上の関係が存在するとは思っていなかったし、そんなものは追求する必要もないと考えていた。失恋してもひと晩酒を飲んで自暴自棄になれば忘れられた。それ以上の感情は欲していなかった。ギリーにめぐり合うまでは……。

馬が自由になると、コノールは手綱をつかんでギリーに向き直った。「ぼくの屋敷はすぐそこだ」彼は手を貸してくれた男への謝礼として、ポケットから一シリングを取り出そうとした。「歩いても……」コノールの指が、大きくてごつごつしたものに当たる。

ゆっくりと手を持ち上げるとネックレスが見えた。呪いのダイヤモンドだ！

「どうしたの？」ギリーが不思議そうな顔をした。

彼は首を振って宝石をポケットに戻し、代わりに硬貨をつかんだ。それを男に渡して、ギリーに注意を戻す。「行こうか？」

ギリーは、馬を引いてグローヴナー・ストリートへ向かうコノールの隣に並んだ。「どうかしたの？　馬車のことはもちろん不運だったけれど……」

「ぼくの左ポケットに手を入れてごらん」コノールは言った。「さあ」

ねずみでも出てくるのではという表情で、ギリーがおそるおそるポケットに指先を入れた。

とたんに目を丸くして、火傷《やけど》でもしたかのように手を引き抜く。「なぜ?」

「きみが入れたわけじゃなさそうだな」

「もちろんよ! だけど――」

「ぼくでもない。きみのお母上がぼくと話したがった理由はこれだったのかもしれないな」

「母だって、一族に代々伝わる品を人のポケットに入れたりしないわ」

「ぼくが盗んだことにする気かもしれない」コノールは息を吸って心を落ち着けようとした。

「きみが保管していた場所からね」

ギリーはコノールの話と母親の性格を天秤《てんびん》にかけているようだったが、しばらくしてため息をついた。「なぜ母はそんなことをしたのかしら? 一〇〇〇ポンドもする宝石なのに」

「あとでぼくを告発するつもりだったんだろう」彼は肩をすくめた。「あくまで想像だけれどね。ぼくに言えるのは、宝石の呪いは本物であることと、きみにもそれがわかっているであろうことだけだ。きみのお母上も宝石の威力を知っている。濡《ぬ》れ衣《ぎぬ》を着せるだけなら銀製品でもよかった。ぼくを不幸にしたかったんだよ。その結果、ぼくたちのどちらかが死んでいたかもしれない。どっちにせよ、許しがたい行為だ」

しばらくのあいだ、ギリーは黙ってコノールの隣を歩いていた。明晰《めいせき》な頭脳で事態を分析しているのだろう。コノールにも考えるべき事柄は山ほどあった。呪いのダイヤモンドをポケットに入れているとなれば、あらゆる馬車が脅威になり得る。気になるのは身の安全だけではない。ギリーと離れ離れになるのが怖かった。

「コノール」ギリーが体の前で両手を握り締めた。「それは本当に呪われているのね？」

「すべて偶然という可能性もないわけじゃないが、確率はごくわずかだろう。こんなことを言うのは非論理的で滑稽だけれど、そのダイヤモンドは呪われていると思う」

「おばのレイチェルが言ったの。〝ナイトシェイド・ダイヤモンド〟は身につけると不運を呼ぶけれど、しまっておけば幸運をもたらすって」

「テムズ川に投げ捨てて、どちらの可能性も捨ててしまいたいよ」そう言ったところで、コノールは路面につまずいた。「痛い！」

ギリーがとっさに手を差し出し、コノールが転んで頭をぶつける心配がないとわかったあとも、彼の腕に手を置いたままでいた。「わたしが運びましょうか？」

「どうかな？　きみの考える不運というのはなんだい？」

「わたしたちがどう考えるかは問題ではないと思うの。持っている人にとっての実際的な幸不幸が現実になるのよ。本人が自覚していようといまいと」

彼女のはしばみ色の瞳は真剣だった。

「もう少し詳しく説明してくれ」コノールは促した。

「最初に宝石をしまったとき、わたしの馬車はあなたの馬車と衝突した。あのときは、わたしはあなたの存在を幸運とは思っていなかったわ」

「あのときは？」コノールは繰り返した。「つまり、今は違うのかい？」

「母がわたしの不幸を願うなんて……」ギリーは彼の質問を無視して先を続けた。「母がレドモンドを薦める理由はわかっていたつもりだった。でも、母はそれでわたしが幸せになれないことを心のどこかで知っていたんだわ。最近わたしは、母が薦める種類の男性とは別の人といるときに幸せな気持ちになることを知ったの。それから、母が結婚生活のある面についてきちんと教えてくれなかったことも」コノールの顔をちらりと見る。「まだ心を決めたわけじゃないけれど。もっとじっくり考えないといけないから」

パリスとベンヴォリオを従えてアディソン・ハウスの私道へ入りながら、コノールもギリーにじっくり考えてほしいと思っていた。ギリーと一緒にいると体が熱くなる。肌の下を青い炎が這いまわり、彼女の温かな肉体に包まれたいという渇望がわき上がる。しかし、まずはいまいましいダイヤモンドをどこか安全な場所に移さなければならない。

ウィンターズが正面玄関のドアを開けた。「旦那さま、なにか問題でも？」

「いいや、ウィンターズ。ぼくが二頭の馬を引いて帰ってくるのはいつものことだろう？」

「は？」

「クイリングをブルック・ストリートへやってくれないか。馬車を残してきたんだ。車軸が折れた」

「すぐに手配いたします」

コノールは馬を杭《くい》につないでギリーの手を取った。「誰かが訪ねてきても留守と伝えろ」

執事は後方へ下がって主人のために道を空けた。「かしこまりました。サンドイッチは居間に用意してございます」

「ありがとう。下がっていい」

　執事は会釈して玄関から出ると、厩舎のほうへ歩いていった。コノールはうしろ手にドアを閉めた。

「初めからこういう計画だったんじゃないの？」ギリーが怒った顔で腰に手を当てた。

　コノールは片手を上げた。「おいで」それ以上なにも言わずに書斎へ行き、机の引き出しの鍵を開けてネックレスを入れた。再び施錠して、彼女に鍵を渡す。

「あなたを信頼しているわ」ギリーがコノールから鍵に目を落とした。

「〝ナイトシェイド・ダイヤモンド〟の威力が残っているかもしれないからね。ぼくが突然死んだら、きみが理由を説明してくれ。帰るまでにちゃんとした箱を用意するよ」

　コノールは廊下に戻ったが、ギリーは動かなかった。「質問に答える気はあるの？」

「ああ、最初からこうするつもりだった。馬車が壊れたのも、爪先をぶつけたのも予定外だったけれどね。きみをここへ連れてきて絵を見せたら、服をはぎ取って自分のものにするつもりだった」

　さまざまな感情がギリーの顔をよぎった。それから彼女はレディらしくもなく鼻を鳴らした。「あなたって予測不能ね」

「褒め言葉と受け取っておくよ」ふたりが書斎を出ると、灰色の塊が駆けてきた。「こいつはきみを覚えていたみたいだな」

「エレクトラ！」ギリーはしゃがんで子猫をすくい上げた。「世話をしてくれたのね」

「そうすると言っただろう？　こいつはウィンターズの足元を駆け抜けてびっくりさせるのが好きらしい。なかなか見ものだよ」

ギリーは彼に笑いかけた。数週間前までレドモンドと結婚する気でいたとは信じられない。なんのおもしろみもない人生を送っていたかもしれないのだ。それがたった八日間で、自分に欠けていた要素に気づいた。ここで選択を誤らなければ、充実した人生を送ることができる。

母は明らかにコノールとの仲に反対だ。大切な家宝を失ってもいいと思うほどに。ギリーは寒けを覚えた。こんな短期間で男性の人柄を判断できるものだろうか？　あと八日も一緒にいたら、コノールが支配的で要求ばかりしてくる男だと判明するかもしれない。

レドモンドやダフニーのほうが安全なのは間違いなかった。どちらと一緒になったとしても、将来のあらゆる時点を予想できる。しかしギリーはもう〝安全〟という言葉に魅力を感じなくなっていた。新たな言葉がそれに取って代わろうとしている。〝驚き〟や〝笑い〟や〝ロマンス〟が。

「絵を見たいかい？」コノールが近寄ってきて、エレクトラの耳を撫でた。猫が喉を鳴らす。こんなに接近していると、ギリーも猫と同じように喉を鳴らしたくなった。八日前の自分からは想像もつかないが。

11

「すばらしいわ！」ギリーは目の前に立てかけられている絵をよく見るためにひざまずいた。「これはレンブラントでしょう？」

「いい鑑賞眼だ」

ほかは誰の手によるものかわからない作品がほとんどだったが、ひとつだけ共通する点があった。どれも秀作であることだ。「コノール、全部でいくらぐらいかかったの？」

コノールはギリーの隣にしゃがみ込んで、淡々と答えた。「四万ポンドと少々かな。ナポレオンに目をつけられていなかったら、正規のルートを介してもう少し賢い買い物ができただろうが、すでにいくつかの絵は失われたり、破壊されたりしていたからね。危険は冒せなかった」

「絵を口実に、世間知らずの若い女性を自分の屋敷へ引き込もうとする男性もいるのに」

コノールが楽しげに笑い、ギリーの頬にかかっているひと房の髪を耳にかけた。「ぼくは正直者だろう？」

ギリーは身を震わせた。「召し使いたちはどうしたの？」

「今日は暇をやった」

「わたしが必ずついてくると思っていたのね？」

コノールが上体をかがめ、ギリーに優しくキスをした。ギリーもエレクトラを放して、彼の首に腕をまわした。この人はわたしの欲するものを与えてくれる男性なのだろうか？　そんな問いはコノールの吐息を感じた瞬間に意味を失った。そのときギリーが求めているのは、コノールそのものだったからだ。

一糸まとわぬ姿で横たわるヴィーナスやオランダの清教徒、そしてフランスの羊飼いと羊の群れがふたりを静かに見守っている。ギリーはにっこりした。娘がどこでなにをしているかを知ったら、母は卒倒するに違いない。

「場所を移そうか？　ル・モアーヌを蹴破りたくはないからね」コノールはそうつぶやいてギリーの唇を唇でふさいだ。

「もっともだわ」

コノールが立ち上がってギリーを引っ張り起こす。ギリーにはここへ連れてこられた理由がわかっていた。コノールが召し使いに暇を出したことを知ったときも、すべてを承知のうえで異議を唱えなかった。初めて出会った朝、コノール・スペンサー・アディソンのどこに刺激されてキスを返してしまったのかはわからない。だが、彼に惹かれる気持ちはますます強まっていた。互いの存在を知る以前から結ばれていた気がする。

コノールは彼女の指に自分の指を絡め、廊下の向こうの主寝室らしき部屋へと導いた。濃い青のカーテン、金色の壁、そしてベッドを覆う茶色い天蓋《てんがい》に主人の好みがよく反映されている。巧みな筆遣いで描《か》かれた田園の風景画が壁を飾り、なかには何百年も前のものと思われる作品もあった。

「どうしたんだい？」コノールがギリーを放し、ドアを閉めて鍵をかけた。

「その……」彼女は素直に答えた。「すてきな部屋だと思って」

コノールがにっこりした。彼の視線はギリーだけに注がれていた。「ありがとう。ぼくにしてみれば、きみがこの部屋にいること自体がすてきだ」彼女に近寄り、コートのボタンをひとつずつ外していく。「きみがいると世界が深みを増す」

人生で最高の賛辞かもしれない。甘い言葉とドレスのボタンを外す指の感触に、ギリーは宙に浮いたような感覚に陥った。頭がぼうっとしているのに、肌を滑る指や、男らしい体から発せられる熱、そして半開きの窓から入ってくるひんやりした風はいつもより鮮烈に感じられる。

ギリーは背伸びをしてコノールにもう一度キスをしようとした。昨夜は彼の体をゆっくり探索する暇もなかった。今日はたっぷり時間がある。彼女はたくましい顎のラインから喉元へと指を滑らせ、クラヴァットの複雑な結び目をほどいて首から抜き取った。

それを床に落とし、敏感な首筋にキスをする。コノールが鋼のごとき筋肉を震わせ、息を吸い込むのがわかった。ギリーの腿の付け根が湿り気を帯びてくる。コノールの反応に勇気づけられて上着を脱がそうとすると、彼も協力して腕を引き抜いた。ギリーは次にクリーム色のベストを脱がせにかかった。

「急ぐことはない」そう言ってコノールはドレスの片方の袖をギリーの肩から引き下ろした。

「急いでなんかいないわ」ギリーは言い返して、彼のベストを下へ落とした。「あなたのことが知りたいの。あなたに興味があるのよ」興奮を隠そうとしても指の震えで伝わってしまうだろう。

「それなら続けてくれ。だが、肌に傷をつけないでくれよ。ホッジスに説明するのは決まりが悪いからね」

ギリーはコノールのズボンからシャツを引き出し、胸に手を這わせた。温かく滑らかな肌の下で硬い筋肉が脈打っている。遅ればせながら彼女はコノールの発言の意味を考えた。

「なぜホッジスに説明しなきゃならないの？」

青い瞳がはしばみ色の瞳を捉える。「すまない、冗談だ」コノールは早口に言って、ギリーの髪を指に巻きつけた。「気にかけなければならないのはきみの評判のほうだ。でも、ぼくはずっときみのそばにいるから」

「わたしの名誉が傷つけられて、みんなからうしろ指をさされても、そばにいてダンスに誘ってくれるということ？」

コノールは荒々しくギリーのドレスを引っ張って下ろし、両方の乳房をあらわにした。

「ギリー、つまり」形のいい胸の頂を軽く撫でる。「今日のことがふたりだけの秘密であっても、いまいましいダイヤモンドのせいで『ロンドン・タイムズ』の朝刊に載るはめになったとしても、ぼくはきみに結婚を申し込むつもりだということだ。わかるかい?」

ギリーは息をのんだ。「でも、まだ申し込まれていないわ。わたしもまだ心を決めかねているし」

コノールは彼女のウエストをつかんで広々としたベッドの端に座らせた。「愛を交わすときはただ感じることが大事なんだよ」彼はシャツを脱ぎ捨てた。

「それは黙れと言う意味?」

「レドモンドとこうしているところを想像してみたらいいという意味だよ」コノールがひざまずいて彼女に上体を寄せ、右の乳房に円を描くように舌を這わせた。徐々に円を狭めていき、ついに先端を口に含む。

ギリーは息をのんでコノールの髪に指を食い込ませ、背中を弓なりにした。なんて気持ちがいいのかしら! レドモンドにこんなことをされるなど想像もつかない。それどころかレドモンドの顔すら思い出せなかった。頭を占めているのはコノールだけ、彼の手や唇や肌の感触だけだ。たしかにこの人は嘘をついて、自分の意見を強引に証明しようとしたかもしれない。それでもコノールは喜びを与えてくれる。彼の注意が左の胸に移ると、ギリーはうめき、身震いした。

「あのうぬぼれ屋のダフニーでもいい」コノールはくぐもった声でうなりながら、彼女の背中をベッドに押しつけ、ヒップを持ち上げてドレスを引き抜いた。続いてギリーの靴をうしろへ放り投げる。

ギリーは頭を上げ、彼が唇を彼女の胸から腹部へ、そして脚の付け根へと這わせていく様子を見守った。筋肉が痙攣《けいれん》する。

コノールの低い笑い声に全身が共鳴して震えた。彼はわずかに顔を上げてギリーを見た。
「愛しい人、きみを前にすると頭のなかに残っているわずかな理性まで消え失せてしまうよ」

彼女はうなずいた。再び肌を舐められ、軽く嚙まれて声も出なかった。レドモンドでなければダフニーですって？　ダフニーはたぶん……なにをすればいいかもわからないだろう。ギリーは上掛けを握り締めて腰を浮かせた。突然、全身が震え出す。コノールはギリーの脚のあいだに膝をつき、みだらな言葉をつぶやいて彼女の快感を煽った。

息がつけるようになると、ギリーは肘をつき、力を振り絞って顔を上げた。「コ、コノール……あなたったらまだ服を着ているじゃないの」

コノールが彼女の脇に座った。「ぼくも同じことを言おうと思っていたところだ」彼はブーツを脱ぎ捨てた。コノールがズボンのボタンを外しかけたところで、ギリーは上体を起こした。
「わたしにさせて」そう言って横座りになり、彼と向き合った。
「わかった。きみがそうしたいなら」

ギリーはコノールの服を脱がせるあいだに呼吸を整え、頭のなかを整理しようとした。コノールのほうに上体を寄せると、彼がギリーの髪からピンを引き抜いた。
「ひとりじゃ髪を直せないわ」彼女は抗おうとしたが、コノールはその手をつかんで自分のズボンに戻した。

「ぼくはクラヴァットが結べる。きっと髪も直せるだろう」ギリーの肩に流れ落ちる髪を見ながら唇を合わせる。

髪をすくように撫でられて、ギリーはみだらな気持ちになった。ズボンのボタンを外し、硬く屹立したものを目にすると、欲望が何倍にも膨れ上がる。「横になってちょうだい」

コノールがズボンを蹴り捨てて素直に横たわるのを見て、ギリーは少し驚いた。片方の肘をついて隣に寝転び、彼がしてくれたように胸に指を這わせる。

「これはどう？」ギリーはうっすらと生えた胸毛をたどっていき、その下のさらに濃い茂みを優しく撫でた。

「いいね」

ギリーが小さな乳首に唇を這わせると、コノールはびくりと反応した。ギリーがどうしたのかと尋ねる前に、コノールが彼女の乳房を手で包み込んだ。

「こうなったのはダイヤモンドのせいだと思う？」ギリーはコノールの胸に体を押しつけ、甘美なキスをねだった。「わたしたちがここにいるのは？」

「違う。きみが指摘したとおり、あの宝石は持ち主にとっての真の幸運を判別する力を備えているんだ。あれに不思議な力があるとしたら……ぼくはそう信じ始めているんだが、馬車が衝突したのは偶然ではなかったことになる。でも、きみにキスをしたのは違う。ぼくが自分の意思でしたんだ。これまでしたことのなかでいちばん冴《さ》えた行動だった」

そう言うと、ギリーの腕を引っ張った。彼女がうつ伏せになると、コノールはのしかかってきてゆっくりと身を沈めた。昨日と違って痛みはなく、愛しい男性に空洞を満たされる充足感が、炎のごとく全身に広がった。

「コノール」ギリーは息も絶え絶えにうめいた。

「ギリー」彼は優しくささやいた。「ぼくのギリー。きみはぼくだけのものだ。そう誓ってくれ」

これは要求だ。わたしはあんなに指図されるのを嫌っていたはずなのに、今はいやだとは思わなかった。そもそもコノール以外の人に抱かれたいとは思わない。「誓うわ」

コノールはギリーのやわらかな蜂蜜色の巻き毛をじっと見つめ、ピンの位置を整えた。

「ぼくには髪結いの才能があるみたいだ」鏡を掲げ、ギリーに後頭部が見えるようにする。

「どう思う?」

彼女は小首をかしげてうなずいた。「没落しても、貴婦人のお付きの者として食べていけるわね」

「ありがとう、と言うべきかな?」

コートに腕を通しながらも、コノールの視線は化粧台の前に座っているギリーに釘づけだった。彼女がここに、自分の屋敷にいるのがうれしい。なんとも心が安らぐと同時に高揚してもいる。こんな気持ちは初めてだ。

「じろじろ見ないでちょうだい」ギリーはかがんで靴に足を入れた。

「結婚してくれ」

彼女がまばたきをした。「唐突ね……あまりロマンティックとは言えないわ」

コノールはにっこりしてギリーの前にひざまずき、もう片方の靴を履かせた。干からびた老人か猿と結婚するつもりだったくせに、おかしなことを言うものだ。「きみが望むなら一〇〇本の薔薇を贈るよ」コノールは彼女の膝に手を置いて視線を上げた。「結婚してくれ」

「わたしたちはまだ、お互いの欠点がわかるほど長くおつき合いしていないわ」ギリーは慎重な物言いをして眉根を寄せた。

コノールの自尊心がちくりとうずいたが、彼はその痛みを無視した。傷を舐めるのはあとでいい。「ぼくの欠点がわからないと不安なのか?」

ギリーは唇を噛んだ。「ええ。わたし……くだらないと思うかもしれないけど、レドモンドのことはよく知っているの。だから彼に言い寄られても逆らわなかった。レドモンドの欠点は扱いやすいし、修正しやすいから」

「なるほど。ダフニーもそうなんだね?」

「ええ」

コノールは体を起こすと、ギリーの手を取って引っ張った。「たしかにぼくたちは知り合って間もない。ロミオとジュリエットが出会って三日目に結婚したことをここで引き合いに出すつもりはないよ。なぜなら、彼らを永遠の愛の手本とは思わないからだ」

彼女は唇をゆがめた。「そのとおりね」

「きみに求愛できてうれしいんだ」コノールは上体をかがめ、小さくふっくらした唇にキスをした。三時間もベッドにいたのだから欲望は満たされているはずなのに、ギリーにふれたくてしかたがない。「だがぼくは、あと一時間もしないうちにきみが別の男から求婚されることを知っている。きみのお母上がどちらの求愛者を好ましく思っているかも。お母上のせいできみを失うなんてごめんだ」

ギリーが明るいはしばみ色の瞳をコノールに向け、彼の頬を両手で包んだ。コノールの心臓が鼓動を止める。こうしていつまでも彼女を見つめていられそうだ。女性を抱くのは初めてではないし、初体験ははるか昔だが、ギリーのような女性は初めてだった。こんな女性はこれから先も現れないだろう。

「一週間待って」彼女はようやくそう言ってコノールから手を離し、レティキュールを取った。「わたしたちのことを母に認めさせるから。母もわかってくれると思うの」

コノールはそうは思わなかった。一週間が経ってもマンロー夫人が賛成してくれなかったら、ギリーはどうするつもりなのだろう？　だが、一週間というのは決して無理な要求ではない。一週間前には、こんな会話をするなんて想像すらしていなかったのだから。「一週間だね」コノールは同意した。

ギリーが振り返り、彼の髪に手を差し入れて引き寄せると深く激しいキスをした。「わかってくれてありがとう」震える声でつぶやく。

彼女がそれで納得するなら一週間くらい待ってもいい。今すぐ白黒つけろと強要することもできるし、ギリーの評判や妊娠の可能性を持ち出して無理やり従わせることもできる。だが、そんな行動に出たらあとで恨まれるだけだ。男に対する母親の偏見を裏づけてしまう。

もちろん駆け引きなどしたくなかったし、猜疑《さいぎ》心の強いマンロー夫人のせいで時間を無駄にしたくもなかった。すでにギリーは彼のものだ。避妊しなかったのはそのためだった。気がつけば彼女の顔や声を思い浮かべている自分がいる。コノールはそれを肯定的に捉えていた。いつもギリーのことを考えていたい。今すべきなのは、彼女の心に到達する方法を見つけることだ。すでにある程度の手応えは感じているのだから。

「馬車が壊れたのに、どうやって家まで送ってくれるの？」玄関ホールへと下りながら、ギリーが尋ねた。

「車輪が緩んだから、マンロー・ハウスへ戻る途中にぼくの屋敷へ寄って二輪馬車と馬丁を調達したとでも言おう」コノールは答えた。「きみの安全を重視したのだと思えば、ご両親も納得してくれるだろう」

コノールはウィンターズに箱を用意させるあいだも、彼女の指に自分の指を絡めていた。

「またあのダイヤモンドを身につける気かい？」

「そんなつもりはもちろんないわ。自分の運命は自分でつかみ取りたいから」ギリーがにっこりする。「でも、明日の夜に開かれる演奏会のときは母のポケットに忍ばせるつもりよ」

「どの演奏会だい？」

「バックスレイ家の四人姉妹の演奏会よ。招待状を受け取っていないの？　あの一家はロンドンじゅうの独身男性を招いたのだと思っていたのに」

「ああ、断ったんだ。謝罪の手紙を送って参加するとしよう」

「演奏はあまり上手ではないと思うけど……評判によると」

「そうだろうね。しかし、こっちも利己的な理由で参加するんだからおあいこだ」コノールに唇を奪われ、ギリーがまぶたを閉じた。

ウィンターズが部屋の前で咳払いをしたので、コノールはしぶしぶキスを中断した。「これなどいかがでしょう？」執事はコノールの上等な葉巻入れを掲げた。葉巻がたっぷり入っていたはずの箱だ。

「ぴったりだ」コノールは箱を受け取った。「鍵はきみが持っていたね」ギリーを書斎へ促す。

机の横で、ギリーは小さな真鍮の鍵を差し出した。「ダイヤモンドにふれてはだめよ」鍵を開け、引き出しに手をかけるコノールに注意する。

コノールが口角を上げた。「ありがとう。もう危険は冒さないよ」彼はダイヤモンドがちりばめられた金のチェーンに羽根ペンを通し、燦然《さんぜん》と輝くネックレスを持ち上げて葉巻入れに落とした。「さあ」ふたを閉めてギリーに箱を手渡す。

彼女は明らかに気乗りしない様子で箱を受け取り、ふたを押さえた。それを見たコノールはにやりとした。ギリーがふたりの仲を引き裂こうとしたネックレスを敬遠するのはいい兆候だ。

「ぼくがダイヤモンドを見つけてきみに返したとお母上に言うのかい？」

「まだわからないわ」

表に出て馬車の到着を待ちながら、コノールはもう一度にやりとした。まだ先は長い。しかしギリーが母親に反発するたびに、自分との距離が縮まるように思える。それがうれしかった。

12

「またあのいまいましい男が現れたわ！」マンロー夫人がヒステリックにつぶやいた。「だめよ、ギリー、彼のほうを見たらいい気に……ほら、ごらんなさい、こちらへやってきたじゃないの」

バックスレイ家の音楽室を横切って近寄ってくるコノールを見て、ギリーはほほえんだ。彼の姿を目にするだけで体の奥がじんわりと温かくなる。

「マンロー夫妻、エヴァンジェリーン、こんばんは」コノールが優雅にお辞儀をした。「演奏会がお好きとは知りませんでした」

「バックスレイ夫人はわたしの友人なの」そう答えるマンロー夫人の声は硬く、目は少しも笑っていなかった。娘との話し合いは、マンロー夫人の偏見にひびも入れられなかったらしい。

マンロー卿が普段よりも活き活きした表情でコノールの手を握った。「やあ、馬車の具合はどうだね？」

「今朝、車軸を取り換えました。まったくついていませんでしたよ。昨日までは岩のように頑丈に思えたのですが」

マンロー夫人の目がきらりと光った。「わたしたちもあなたを信頼していたのですけれどね。そんな危険な馬車に娘を乗せるなんて！」

「お母さま」ギリーが口を挟んだ。「コノールだって、なにかおかしいとわかっていたらあの馬車を選んだりしなかったわ」

「わたしが先に行って席を確保してこようか？」マンロー卿が切り出した。「コノール、一緒に座ろう」

「喜んで」

父はコノール・アディソンか、さもなければ彼の葉巻が気に入ったみたいだ。これで母も説得できれば、わたしは安眠できるのに。だけど、わたしの希望と母の描く娘の将来はどうしようもないほどかけ離れている。たった七日間で母の信念が誤りだと証明することなどできるのかしら？

「お忘れになったの？」マンロー夫人が不服そうに言った。「すでにレドモンド卿をお誘いしたでしょう」

マンロー卿が顔をしかめた。「わたしは――」

「お願いだから、マデイラワインを取ってきてちょうだい」マンロー夫人は夫を遮った。

「ローリー卿、この人が給仕を見つけられるよう手伝ってあげてもらえるかしら？」

コノールがギリーをちらりと見た。彼の瞳は〝そばにいてほしいかい？〟と尋ねている。

ギリーは〝ええ〟と答えたかったが、母は一対一で話をしたいらしい。ギリーは父に向き直った。「できればわたしにも同じものをお願いできる？」

「わかった」コノールはうなずいて、マンロー卿を促した。

「あなたにはローリー卿の魂胆がわかっているのでしょう？」マンロー夫人が鋭い口調で切り出した。「あの人のおかげで、お父さまはおかしな決断ばかりしているわ。彼と結婚したらどうなると思うの？」

「お母さまもコノールのことを知るべきよ」ギリーは答えた。「とてもいい人なのに」

「酔っ払いで、愚か者で、フランスびいきで、何人の愛人を隠しているかわかったものじゃないわ。目を覚ましなさい。ハンサムな外見に惑わされてはだめよ。容貌は衰えるんだから、人格を重視しないと。あの人にはそれが欠けているわ」

「お母さまも話をしてみれば、コノールが立派な人だとわかるはずよ」実際、彼は立派すぎるほどだ。

「ばかばかしい！　それに親しげにファーストネームで呼ぶのはやめなさい。はしたない」

「お母さま、ここで議論する気はないわ。コノ……ローリー卿が来ているのだし、一緒に座りましょうとお誘いしたのだから――」

「そうよ、考えなしのお父さまのせいでね」

「うまくやるしかないでしょう」

「そうかもしれないわね。だけど、わたしは気に入らないの。気に入りませんとも！」

ギリーはこの議論に負ける気がしなかった。母のレティキュールには〝ナイトシェイド・ダイヤモンド〟が入っているからだ。ギリーはどんな毒舌に対しても冷静な口調で的確に反論できたし、ダイヤモンドの効力か、母もそれ以上食い下がらなかった。

ネックレスの持ち主は、それを身につけないことで幸運を呼び込む。おばのレイチェルの言うとおりだ。ギリーはおばに礼を言おうと思った。音楽室のなかほどから、コノールが振り返って笑いかける。間違いなくおばに最大級の謝辞を送るべきだ。

「あら、レドモンド卿があそこに」マンロー夫人が娘の脇をすり抜けた。

ギリーは驚いて周囲を見まわした。ダイヤモンドが床に落ちたのではないかと思ったのだ。すると母が座るはずの椅子にレティキュールが置きっぱなしになっているのが目に入った。

「もう！」彼女は小さな声で毒づいた。

「どうしたんだい？」背後から馴染《なじ》みのある低い声がして、コノールがマデイラワインを差し出した。

質問に答える前に、ギリーはワインをひと口飲んだ。「レドモンドが来ているの。わたしは母とレドモンドのあいだに座らされるわ。母ったらレティキュールを椅子に置いていってしまったのよ」

コノールがギリーを見つめた。「それは大変だ。駆け落ち結婚で有名なグレトナ・グリーンへ行こうか？　それともフランスのカレーを襲撃するかい？」

「ふざけている場合じゃないでしょう！」

「ふざけてはいけない理由を教えてくれよ。そうしたらぼくも取り乱すから」

「だってあのレティキュールには、例のダイヤモンドが入っているのよ！」

コノールはギリーからレティキュールへ、そして再びギリーへと視線を移した。「本当に隠したのか？」

「腹が立ったんですもの。母はわたしの話に耳も貸してくれないの」

「よくやった！」

コノールがあまりにも誇らしげな顔つきをしたので、ギリーも思わずほほえんでしまった。この人はわたしを求めてくれている。わたしとの結婚を望んでいるのだ。「たった一週間しかないんだから、〝ナイトシェイド・ダイヤモンド〟の力を借りようと思ったの。でも、ダイヤモンドは母の手から離れてしまった。つまりわたしの……わたしたちの幸運が母についたのよ」

「ここはぼくに任せてくれ」コノールは椅子に近寄り、レティキュールを手にギリーのもとへ戻ってくると、彼女にグラスを手渡した。「念のため、持っていてくれるかい？」彼は落ち着いた様子でレティキュールの紐を握った。

「どうするつもり――」

「マンロー夫人」コノールがマンロー夫人の脇へ歩み寄った。「混雑してきましたから、手荷物を置きっぱなしにされないほうがいいですよ」

マンロー夫人は警戒しつつ、コノールの手からレティキュールを奪い取った。コノールが置き引きしたとでもいうように。「座りましょう」ギリーはそう言って、腰を下ろすまでコノールの腕から手を離さなかった。

マンロー夫人は不服そうに鼻を鳴らして娘の左側に座り、自分の左側には夫を座らせた。レドモンドは途方に暮れた顔をしたあと、マンロー卿の隣の席に腰を落ち着けた。

演奏会が始まると、コノールは胸ポケットから折りたたんだ紙を取り出してギリーに手渡した。「これをきみに」

「なあに？」詩でないことはたしかだ。コノールはそういう……少女趣味なまねはしない。

「ぼくの欠点のリストだ。きみが知りたいだろうと思ってね」コノールはわずかに眉をひそめた。「とりあえず思いつくものはすべて書いた。ぼくと知り合って間もないことが不安なんだろう？　ウィンターズとホッジスにも尋ねてみたんだが、ウィンターズは答えるのを拒否したし、ホッジスは部屋から逃げ出したんだ」

ギリーは思わず声を上げて笑い、母親につつかれて口を押さえた。母親の注意が演奏に戻るのを待って、ギリーは紙片を開いた。どんな欠点でも乗り越えられる気がした。そもそも欠点だと思わないかもしれない。

「〝議論好き〟」小さな声で読み上げる。「そうね、それは気づいていたわ」

「先を読んで。わかりやすいものから始めたんだ」

「〝衝動的〟ですって？」ギリーはコノールを見た。彼女もそれほど人生経験を積んではいないが、彼は考えてから行動に移る男性に思える。「どうして？」

コノールが肩をすくめた。「絵画を守るために敵地であるフランスへ行くのは分別のある行動とは言えない」

「だけど、絵を守ったじゃない」

「たしかに。だが、ぼくが介入しなくても、いくつか……いや、大部分の絵は無事だったかもしれない。遠出をしたおかげで……いろいろ噂が立っただろう？」

母がうるさく言うので、ギリーもそういった噂を耳にせざるを得なかった。「一度、突飛な行動をしたからといって、衝動的だということにはならないわ」

コノールの唇が弧を描くのを見て、ギリーの脈が速まった。「女性にキスをするなり結婚しようと決意したこともあるよ」

「あら、お相手は？」

「エヴァンジェリーン・マンローだ」

期待どおりの答えにギリーは顔をほころばせたが、たしかに衝動的な人は好みではない。

「それじゃあ、次に誰かとキスをしたらどうなるの？」彼女は慎重に尋ねた。

「今までに複数の女性とキスをしたが、結婚など頭をかすめたこともなかった。だいいちきみと出会って以来、ほかの女性にキスをしたいとすら思わない。ぼくにはきみだけなんだ、ギリー」

「口がうまいのも欠点に入れないとだめね」

「口がうまいんじゃない。単に真実を伝える能力があるだけだよ。それで相手が喜ぶなら、うれしいけれどね」

ギリーは震えながら息を吐いた。ふたりきりなら今すぐキスができるのに。コノールはわたしのことを率直で頭の回転が速いと言ってくれた。出会ってからずっと、わたしが素っ気ない態度を取り続けていたことを考えると、わたしの内面を気に入ってくれたのでなければコノールが言い寄ってくるはずがない。

コノールが彼女の手を撫でた。「少しは不安を解消できたかな？　それとも、まだぼくを苦しめるつもりかい？」

「それがわたしの欠点かもしれないわね」ギリーはほほえんだ。「まだ読み終わっていないし」

「それなら心ゆくまでどうぞ」彼はギリーに身を寄せた。「ぼくはきみを説得したい。きみもお母上を説得するんだろう？　だったらさっさと読んだほうがいい」

ギリーははっとした。一週間で誰かを説得しようだなんてずいぶん傲慢な話だ。いったいなにを考えていたのだろう？　たったそれだけの時間で、母が突然、違う目で世界を見るようになるとでも思ったのだろうか？　いいえ、わたしが怖じ気《おけ》づいただけだ。コノールと結婚したいのなら、母に反旗を翻さなければならない。それができなければ、愛情や幸運がこぼれ落ちていくのをただ見ているしかないだろう。

「〝ごくたまに飲みすぎる〟ね」ギリーは先を読んだ。これについては説明不要だ。コノールの青く美しい瞳を一瞥して、次の項目に進む。「〝トマトが好き〟」読み上げてふんと鼻を鳴らす。

「意外だろう?」

「あなたたち、いいかげんになさい」マンロー夫人がヒステリックに言って、ギリーをつついた。「ギリー、その人の隣にいると静かに座っていられないなら、わたしと席を替わりなさい」

「わたしは彼が好きなの。隣に座っていたいのよ」

マンロー夫人が目を細める。「帰りましょう。気分が悪いわ」そう言って立ち上がろうとした。

突然、コノールがギリーの前に身を乗り出した。「ご気分が悪いなら、どうぞお帰りください」彼は静かに言い放った。「ギリーはぼくが送ります」先ほどまでの気軽な口調は消え、冷たく厳しい表情を浮かべている。わたしをあきらめる気はないのだ。ギリーは胸が高鳴った。

「娘を残して帰るわけがないでしょう」マンロー夫人が言い返す。

「それならあなたも残ってください」コノールはさらに上体を寄せ、声を落とした。「これまでぼくは、娘さんのためを思って礼儀正しくふるまってきました。しかし、ぼくは意思を持たない羊ではない。他人の言いなりにはなりません」

マンロー夫人とコノールは長いあいだにらみ合っていた。ふたりに挟まれたギリーは、椅子の背に吸い込まれて消えてしまいたいと思った。「冷静になりましょうよ」彼女は勇気を振り絞って母とコノールのあいだに割って入った。

「外の空気が吸いたいわ」マンロー夫人は立ち上がり、レティキュールを娘のほうへ放り投げて最寄りのドアへと歩いていった。

ギリーが手を出すと同時に、死をもたらす毒蛇にも似たきらきら光るネックレスがこぼれ落ちる。コノールが見事な反射神経でそれをつかんだ。「レティキュールを開けて！」

ギリーは慌ててレティキュールの口に手をかけた。そのとき、細身の人物が隣に腰を下ろした。「ミス・マンロー」ダフニーが大きく息を吸ってギリーの手を取り、自分の手で包み込んだ。「話があるんだ」

こんなときに！「今は音楽を聴いているのよ」彼女はじっとりした手から逃れようとした。

「緊急の要件なんだ」ダフニーは周囲に座っている客のいらだたしげな視線を無視して続けた。

反対側ではコノールがダイヤモンドのネックレスを手にしたまま、今にも感情を爆発させかねない顔をしている。ギリーはコノールとの関係を危険にさらしたくなかった。彼以外の人にはどう思われようとかまわない。彼女はダフニーに向かって素っ気ない口調で言った。

「なんのご用？」興奮している人物はひとりでも少ないほうがいい。

「最近、きみはぼくを避けている」

「そんなことはないわ」ギリーは嘘をついた。「忙しかっただけよ」

「彼に言い寄られてかい？」ダフニーの声が高くなった。「レドモンド卿ならかまわない。愚かな年寄りなど敵じゃないからね。でも、ローリー卿は――」

「今、なんと言った？」

マンロー卿の隣に座っていたレドモンドが身を乗り出した。「マンロー夫人は、きみみたいな若造よりもわたしのほうがいいとおっしゃったぞ！」

「ぼくはミス・マンローと話しているんだ」ダフニーが言い返す。「ぼくと結婚すると言ってくれ。どれほどきみを思っているか知ってるはずだ。きみは――」

「その求婚は無効だ」レドモンドが抗議した。「先にわたしが求婚したのだから」

「あんな老いぼれの言葉に耳を貸してはだめだ！　それとあんな……女たらしの言うことにも」ダフニーがコノールを指し示した。

ギリーの隣でコノールが立ち上がる。「外で話そう、ダフニー」その声は氷のように冷ややかだった。

「あなたたち、お願いだから演奏を聴いて」ギリーはコノールの袖を引っ張って座らせた。「言いたいことはわかったわ。わたしがけじめをつけるから」

ダフニーがコノールに詰め寄った。「きみは出遅れたんだから身を引け。だいいち、きみなら女なんてよりどりみどりだろう。ロンドンの女の半分は――」

コノールは我慢できずにダフニーの顎を殴りつけた。ダフニーがひっくり返ってマンロー卿の膝の上に倒れ込む。コノールはギリーを立たせ、ダフニーのほうを警戒しながら小声で言った。「きみはここを離れたほうがいい」

「ネックレスをちょうだい」ギリーは頑として言った。

「ギリー、そこをどいてくれ」

「乱闘になる前に、あのいまいましいネックレスを渡して」彼女は手を差し出した。

そこへダフニーが突進してきたので、ギリーはコノールの胸に倒れ込んだ。彼女を抱き止めたコノールの頬に、ダフニーのこぶしが炸裂《さくれつ》する。

三人は折り重なって椅子に突っ込んだ。うしろに座っていた女性が金切り声を上げ、バックスレイ家の娘たちも楽器を残して四散した。ギリーはダフニーとコノールのあいだから抜け出そうともがいた。

突然、誰かが腕を伸ばしてギリーを引き起こした。ギリーはその腕をつかんでバランスを取り、誰だろうと思って顔を上げると、それは彼女の父親だった。「お父さま、あの人たちを止めて」動転した声で懇願する。

「それはちょっと危険だな。揉め事は彼らに任せて、おまえはここから逃げなさい」

「でも、コノールがネックレスを持っているのよ。このままだと、わたしはレドモンドと結ばれてしまう。そんなのは耐えられない！」ギリーは早口で言った。

「なんだって？」

「ダイヤモンドよ。コノールが呪いのダイヤモンドを手にしているの。お母さまのレティキュールに入れていたのに、落ちてしまったのよ。今はコノールが持っていて、ダフニーがすべてをめちゃくちゃにしようとしていて、わたしはあとに残った人と結婚するしかなくなるんだわ！」

「わかった、わかった」マンロー卿は一瞬、争う男たちに視線を移した。「おまえは安全なところにいなさい」そう言って乱闘のなかへ分け入った。

「ミス・マンロー」レドモンドがギリーの肘をつかむ。「こんな騒ぎは言語道断だ。ここを出ましょう」

「結構です」ギリーはレドモンドの手を振り払った。「きっとダフニーがなにかの発作を起こしたんですわ。ローリー卿か父が助けを求めたときのために、わたしはこの場で待機します」

どうやってもこの先の展開は動かせないように思えた。ふたりの男が不名誉をこうむり、レドモンドの不戦勝となる。それもこれも、いまいましいネックレスのせいだ。

マンロー卿がダフニーの肩を羽交い締めにしたので、コノールは急に自由になった。「すぐに娘を連れてここを出ろ！」マンロー卿が怒鳴った。「あとはわたしに任せるんだ」

コノールはうなずいてギリーとレドモンドのあいだに分け入り、彼女の手を取ってレドモンドをにらみつけた。「残っている歯が折れてもいいのか？」

レドモンドがあとずさりする。「このごろつきめ！」

「ぼくはそうは思わない」コノールはギリーに向き直り、出口へと引っ張った。「早く！」

「でも、ダイヤモンドは？」群衆のあいだを抜けながら、ギリーはスカートの裾を持ち上げた。こんなに興奮する演奏会は初めてだ。「あれがある限り、マンロー・ハウスまでたどり着けないわ」少なくともふたり一緒には。

「その件は大丈夫だと思うよ」コノールは御者に合図した。「〝ナイトシェイド・ダイヤモンド〟はきみのお父上が持っているから」

「なんですって?」ギリーは彼を引き止めた。「あなた――」

「お父上がぼくから奪い取ったんだ」コノールが馬車の扉を開け、ギリーを押し上げた。

「そしてぼくを逃がしてくれた」

「でも……そんな」父はコノールの求婚を認めたのだろうか? 父が……自分から行動を起こすなんて。「信じられない」

「ぼくもだよ」コノールはギリーに続いて馬車に乗り込み、手を伸ばして扉を閉めた。「マンロー・ハウスだ、エピング。衝突はなしだぞ」

「わかりました」

「次に考えるべきは……」コノールが続けた。「きみのお父上にとっての不幸だな」

お父さまにとっての不幸? ギリーは想像しようとしたが、馬車が動き出したとたん、彼女の注意は向かいに座っている男性に吸い寄せられた。

コノールのクラヴァットは途中でちぎれ、下唇の左端が切れて、血が喉元へ垂れていた。黒髪が部分的に逆立っているのはダフニーに引っ張られたせいだろう。

「なぜ彼を殴ったの?」

コノールが腰を浮かせてギリーの隣へ移動した。「ぼくは衝動的なんだ。覚えているかい？」彼女に身を寄せ、そっと唇を重ねる。「痛っ、ほらね、衝動的だろう？　どこかの間抜けに侮辱されて黙ってはいられない」

「あなたは衝動的なんかじゃないわ」

コノールは自分の唇にふれて顔をしかめたが、ギリーを見つめる目は優しかった。「ありがとう」彼はなおも彼女を見つめ、咳払いをした。「さてと、木が倒れてくるのかな？　それとも突然の大水で、ぼくがテムズ川に流されるとか？」

ギリーは首を振った。まだ問題は残っている。それも大きな問題が。「どうかしら。あのダイヤモンドが父にどんな影響を及ぼすのかは想像もつかないわ」彼女は息を吸い込んだ。「父が乱闘に飛び込んだときは、本当に……びっくりしたの」

「ぼくもダフニーの毒舌には驚いた」コノールがギリーの手をつかんでさすったが、彼女はぼんやりしていた。「ギリー、ぼくはきみがほしい。きみと結婚したいんだ。ぼくはきみに自分のすべてを見せたつもりだ。だがダフニーやレドモンドとは違って、きみが迷っているあいだ、プードルみたいに飛び跳ねて待つことはできない。ぼくのほうが彼らより善人だと言うつもりはないが、きみとの相性がいいのは間違いない」

ああ、レドモンドやダフニーをその気にさせるなんて、わたしはなにを考えていたのだろう？　けんかになったのはわたしのせいだ。彼らの心をもてあそんだのだから。コノールは正しかった。わたしは母の作ったリストにこだわるあまり、条件の向こう側にあるものを見ようとしなかった。コノールはそんなわたしを辛抱強く待ってくれた。この人はどんな条件にも当てはまらない。わたしを高揚させて魅了する。しかしだからこそ、彼に夢中になるあまり己を見失う自分が目に浮かぶ。

「わたしは人から命令されるのも、自分の人生を人にゆだねるのも耐えられないの」ギリーはゆっくりと言った。

「ぼくだってそんなことは望んでいないよ、ギリー」コノールはかすかに顔をしかめた。「ぼくは暴君じゃない。亡くなった両親は深く愛し合っていた。最近になって、ぼくが結婚に消極的だったのはそのせいかもしれないと思えてきたんだ。きみがお母上の期待に自分を合わせたように、ぼくも両親の姿に理想とする夫婦像を重ね合わせていた」

「それで、わたしがその相手というわけ？」ギリーはいぶかりながら尋ねた。

「これまで複数の女性とキスをしたと言っただろう？　でも結婚を申し込んだのはきみだけだ」コノールが息を吐き出した。「マンロー卿からきみのお母上とそのお父上の関係について教えてもらった。ぼくはそんな男じゃない。結婚によって、多くの権利や利益が夫に与えられる。でも、ぼくはきみを傷つけたり脅したりするためにそれらを利用する気はない」

「その証拠が見たいの」

コノールが首を振った。彼の目にかかった黒髪を、ギリーは無意識のうちに払っていた。

「ぼくたちはまだ知り合って間もない」コノールは静かに言った。「だが、きみはぼくがどんな人間かわかっているはずだ。たぶんこの世の誰よりもね。今、ここで証拠は見せられない。これまできみに伝えた以上のことは、実際に結婚してみないと証明のしようがないからだ。ぼくを信じてくれ。それができないなら、この場で別れを告げてくれないか」

「わたしは――」

「まだ終わっていないよ」コノールが遮った。「ぼくはきみを信じている。きみはお母上よりも賢い。彼女が用意した条件では幸せになれないことを知っているんだ」

「唇から血を流している男性の言葉を信用していいのかしら？」ギリーはコノールの口に優しく指を走らせた。「知っているでしょうけど、わたしはメアリー・ウルストンクラフトを読んでいるの。彼女は聡明《そうめい》で、自信があって、自分がほしいものを知っている。だけど、幸せじゃない。母も同じね。わたしは自分がなにを求めているのかわからなくなってしまった。ただ、以前は幸せよりも安定を求めていたのはわかっているわ」

コノールが体重を移動させた。「ギリー、きみは――」

ギリーは彼の唇を手で押さえた。「あなたは表現力が豊かな人よ。でも、今はわたしが話す番」

コノールが素直に口を閉じたことが、どんな言葉より多くを伝えていた。それでもギリーは続けた。考えながら話すのは得意ではない。いつもなら結論を出してから言葉を発する。だが今は、ギリー自身も自分の考えに耳を澄ます必要があった。

彼女はしばらく目を閉じて、高鳴る鼓動を静めようとした。芽生えたばかりの信頼を言葉で表現するのは難しい。

「あなたと一緒にいると……幸せなの。あなたがわたしを幸せにしてくれているのはもちろんだけど、それだけじゃない。あなたに出会って、わたしの世界は以前より明るくなった」

ふいにギリーの頬を涙が伝った。

コノールが親指で彼女の涙をぬぐった。「きみの番は終わりかな？」

「ええ」

「それならふたつ質問をさせてくれ」

ふたつ？　ギリーは驚いた。コノールがなにを言い出すのか見当もつかない。「いいわ」その声はいかにも心もとなかった。わたしが声だけ平静を装っても、コノールはごまかされたりしないけれど。

「お母上にぼくとの結婚を認めてもらうよう説得するのに一週間ほしいと言ったね。あと六日残っている。きみの……ぼくたちの将来は、彼女が決定するのかい？」

「わたし……」ギリーは咳払いをした。「ふたつ目の質問を聞くまで、ひとつ目の答えは保留にしたいわ」

コノールはうなずいて彼女の手を取り、自分の手で包み込んだ。彼自身の手も震えていた。

「ぼくと結婚してくれるかい？」

ギリーはユーモアと知性に満ちた瞳の奥に不安を読み取った。コノールも彼女が答えるのを避けたり、拒絶したりするのを恐れているのだ。彼を信じなくては。「最初の質問に対する答えは〝ノー〟よ。ふたつ目の質問については〝イエス〟だわ」ギリーは動揺しながらもささやいた。「イエス、イエス、イエス！」

コノールは笑い声を上げてギリーの手に唇を押し当てた。「手間が省けたよ。三つ目の質問は、婚約期間は長いほうがいいか、短いほうがいいかときくつもりだった。答えはもうわかった」

「さすがだわ――」

彼に唇をふさがれ、ギリーは最後まで言えなかった。

13

「だめよ！　許しませんからね！」

　ギリーとともに長椅子に座っていたコノールは、ヒステリックに部屋のなかを歩きまわるマンロー夫人を前に冷静さを保とうとした。夫とともに居間に入ってきてから、彼女はまだ一度も腰を下ろしていない。

「お母さま、わたしはもう一九歳なのよ。相続だってできるし、お母さまがなんと言おうと――」

「この恩知らず！　あなたは恩知らずの頑固者よ」

「鏡を見るといいのに」コノールのぼやきに、ギリーは彼の手を握り締めた。

「しいっ！　今夜はもうけんかしないで。とくにお母さまとは」

「この若者ならギリーを幸せにしてくれるよ、エロイーズ」突然、向かいの席からマンロー卿が口を挟んだ。

「なんですって？」マンロー夫人が勢いよく振り向く。「あなたは、自分がなにをおっしゃっているのかわかっていないのよ」彼女はコノールをきっとにらみつけた。「あなた、わたしのポケットにダイヤモンドを入れたでしょう?」自分のドレスを探る。「あら、このドレスにはポケットがないわ。どこに隠したの? すぐに白状しなさい!」

「ここだよ」マンロー卿が手を上げた。チェーンの先で揺れるダイヤモンドが暖炉の炎にきらめく。「わたしが持っている」

「あなたが? だけど、わたしは……」マンロー夫人は言葉を切って唇を噛んだ。

「コノールのポケットに入れたのよね」ギリーは最高に穏やかな声であとを継いだ。「コノールがダイヤモンドを見つけて、箱に入れてわたしに返してくれたの。わたしはそれをお母さまのレティキュールに忍ばせたわ。お母さまに変わってほしいと思ったから。でも、ダイヤモンドはレティキュールから落ちて、それをコノールが受け止めた。乱闘騒ぎになったのはそのときよ。お父さまがダイヤモンドを引き受けて、わたしたちを守ってくれたの」

「あなたたちを守るですって?」マンロー夫人はおうむ返しに言って、夫に詰め寄った。

「余計なことを――」

マンロー卿が立ち上がった。「これは本当に不幸を呼ぶんだね?」彼の視線は妻を通り越して娘に注がれていた。

「そう思うわ。あまりにも偶然が重なりすぎて、とても……偶然とは思えないもの」

「なるほど」マンロー卿はゆっくりと言い、ネックレスをテーブルに置いた。「わたしにとっての不幸はなんだろうと考えてみたんだ」

それはマンロー夫人だ、とコノールは心のなかでつぶやいた。ギリーが求婚を受けてくれた今、マンロー卿にとっての不幸が自分たちにどう影響するかが気にかかる。

「なにか悪いことが起きたの？」ギリーが尋ねた。

「娘を取られたよ」マンロー卿はほほえんだ。「おまえを失うなんて最悪の事態だ。唯一の救いは、エロイーズが投げる虫食いりんごの山から、おまえが立派なりんごを探し当てたことだな」

「ありがとうございます」コノールは感激した。少なくともマンロー家のひとりは自分の味方についてくれた。

「あなた！　よくもそんなことを！」

「エロイーズ、きみはわたしに選択肢を与えなかった」マンロー卿が娘に歩み寄って頬にキスをし、コノールの手を握った。「きみたちを祝福するよ。わたしの祝福に意味があるかどうかはわからないがね」

「もちろんあるわ、お父さま」ギリーは父親の手を取って強く握った。「ありがとう」

「わたしは祝福なんてしませんからね！」マンロー夫人が言う。顔を真っ赤にして、手を固く握り締め、今にも卒倒しそうだ。

「お母さま」ギリーは立ち上がった。「ひと晩じゅうネックレスを身につけていたのに、お母さまには悪いことが起こらなかったわね。今夜だって、一時間以上もレティキュールに入れて持ち歩いていたにもかかわらず、なにも起こらなかった」

「なにが言いたいの？」

「〝ナイトシェイド・ダイヤモンド〟は持ち主がいちばん望んでいないことを現実のものにするの。ところがお母さまに対してはなんの変化も起こさなかった。コノールやわたしやお父さまには影響を及ぼしたけれど、お母さまには影響しなかった。それはお母さまが、すでに自分の望みに反する生き方をしているからじゃないかしら？」

「そんなことは――」

「だからお母さまにネックレスを持っていてほしいの」ギリーは背筋を伸ばすと、テーブルに近寄ってネックレスを取り上げ、興奮している母親のもとへ持っていった。「わたしは幸せだし、それを壊されたくない。このネックレスはお母さまに害を与えないのだから、お母さまに譲るわ。好きなようにして。だけど、わたしはコノールと結婚する。彼はいい人だもの」

ギリーは母親の手のひらにネックレスを落として自分の席へ戻った。コノールは隣に座ったギリーの体が震えているのに気づき、彼女の手を握った。これまでよりどころとしてきた母親に逆らうのは勇気がいるはずだ。それに信頼……ぼくを信頼していなければできない行為だ。

「愛しているよ、ギリー」コノールは彼女を見つめてつぶやいた。

ギリーがコノールの肩に手をまわしてしがみついた。「愛しているわ、コノール」彼の耳にささやきかける。「わたし自身からわたしを守ってくれてありがとう」

コノールはギリーを抱き寄せた。神よ、デイジーが煮え切らない自分に愛想を尽かしてくれたことに、彼女がルイスと出会ったことに感謝します！　それからあのダイヤモンドにも。もう二度とあれを見なくてすみますように。

「受け取らざるを得ないみたいね」マンロー夫人はダイヤモンドを握り締めた。「でも、うれしくなんかないし、あなたは一生、今日の決断を後悔するでしょうよ。愚かな子。わたしの言葉を覚えておくのね」

もうじゅうぶんだ。コノールは立ち上がった。「娘さんが伴侶に見くびられ、虐げられると思っているのなら、そんな心配は無用です。彼女を守るふりをして操ろうとするのはやめていただきたい」

マンロー夫人が顔をこわばらせた。「ギリー、わたしの存在がそれほど負担になっていたのだとしたら謝るわ」そう言って部屋を出ていった。

マンロー卿が大きく息をついた。「追いかけたほうがいいだろうな。少しは機嫌を直すだろう」

「お父さま」ギリーは妻のあとを追おうとした父親を呼び止めた。「どうしてお母さまの言いなりになるの？　お父さまにも自分の……」

「意志があるだろうって？」マンロー卿は娘の言葉を継いだ。「おまえの母さんを愛しているからだよ。わたしはあれの父親に会ったことがあるから、正反対の男になろうと努力した。どうやらやりすぎたらしいがね。おまえにそのつけを払わせてしまったな」彼はコノールを見た。「いや、払わせそうになった、と言うべきか」

「もっとお父さまと話しておけばよかった」

マンロー卿がにっこりした。「なにを言うんだ。わたしはまだ生きているんだぞ。母さんなら心配するな。おまえが間違った選択をしたのではないかと恐れているだけだ。おまえがひとりでやっていけるとわかれば、気持ちも落ち着くだろう」

「そうなるといいけれど。ありがとう」

彼はゆっくりとほほえんだ。「わたしからも礼を言うよ。ふたりにね。風向きが変わったようだ。わたしはこの風を保つべく努力する」

マンロー卿が部屋を去ると、コノールはギリーを抱き締めてもう一度キスをした。これから毎日、たくさんの時間を彼女と過ごそう。「愛しい人、結婚式の計画を立てないとね」コノールは言った。「特別許可証を手に入れて、来週結婚するというのはどうかな?」

ギリーがコノールの肩に手をまわし、彼を見上げた。「いいアイデアね」そうつぶやき、伸び上がって唇を合わせる。「とってもいいアイデアだわ」

六週間後

ギリーはデヴォンシアにあるローリー・パークの二階の居間を歩いていた。屋敷の規模については前もって聞いていたし、裏の湖で釣りができることも知っていた。それでも実物を前にするとやはり圧倒される。

「また散策かい？」夫が戸口に寄りかかって、からかい口調で言った。

「どうしようもないのよ。あなたが絵画に造詣《ぞうけい》が深いのは知っていたけれど、この建物はわたしが今までに見たなかでいちばん美しいわ」

「きみの屋敷だよ」

「わたしたちの屋敷よ」

コノールはドア枠から体を起こし、窓際へ移動した。「その件については取っ組み合いをしてもいいんだが、きみが勝つのはほぼ目に見えているからな」彼は妻の腰に手をまわした。ギリーは夫の胸に寄りかかった。

「ほぼ？」ギリーはくすくす笑った。

「わかった、わかった。きみが勝つに決まっている。でも、ぼくが好きなのは取っ組み合いそのものだ」

「なるほどね」

侍女が開け放されたドアをノックした。「奥さま、また荷物が届きました」ドレッタが帽子箱ほどの木箱を掲げた。

「これまでのものよりも小さいな」コノールが妻を解放した。「ようやく発送するドレスがなくなったらしい」

「そんなことはないわ」ドレッタのほうへ歩いていきながら、ギリーは肩越しに言い返した。

「たぶんイヤリングね」

「まったく」コノールがつぶやいた。「じゃあ、ぼくは厩舎の工事に戻るよ」妻の耳のうしろにキスをして戸口へ向かった。

ギリーは笑ってエレクトラをベッドから追い立て、腰を下ろして木箱を開けた。わらのなかから小さなマホガニー材の箱が出てくる。周囲に手紙が巻きつけてあった。「コノール!」ギリーはとっさに木箱から手を離した。

コノールがすぐさま戻ってきた。「どうした?」鋭い声で尋ねる。

「これを――」

「くそっ!」コノールは箱に目をやった。「お母上はぼくたちの結婚がうまくいくと納得してくださったとばかり……」

「わたしもそう思っていたのに」ギリーはスカートで手をこすり、紐をほどいて手紙を手に取った。

「ギリー、やめるんだ。箱ごと湖に投げ込んでくる」

「そんなことをしたら、自慢の魚が全滅してしまうわ。だいいち、手紙にさわっただけで小箱にはふれていないから」

「〝ナイトシェイド・ダイヤモンド〟がその程度のことで手かげんするとは思えない」コノールは暗い声で言った。

ギリーには夫の不安がよくわかった。昨日、コノールに伝えたニュースを考えれば、彼女としてもあと八カ月ほどは不運など寄ってきてほしくない。母も孫の誕生を望んでいるはずだから、意地悪でこんなことをするはずがないのに。

ギリーは浅く息を吸って手紙を開いた。素早く一読して、目をうるませながら夫に差し出す。「これを」彼女は頰をぬぐった。

「どうしたんだ、ギリー」コノールは妻の肩に腕をまわした。

「いいから読んで」

「〝なによりも大事なエヴァンジェリーンへ〟」コノールは素直に読み始めた。「〝最近になって、親は子供から（いいえ、コノールがいるのだから子供たちと言うべきね）、子供たちから大事なことを学べるのだとわかりました〟」彼はギリーの顔を見た。「お母上がぼくを〝あの男〟以外の言い方で呼ぶのは初めてだ」

「先を読んでちょうだい」

「わかったよ。〝あなたのお父さまはわたしからダイヤモンドを取り上げ、どこかへ隠してしまいました。そのあと、わたしたちは心を開いて話し合いました。わたしは今、目が覚めた心地でいます。話し合いの結果、あなたも結婚したことだし、この秋はふたりでスコットランドへ旅行することにしました。ダイヤモンドは持っていけないし、持っていくつもりもありません。どうやらわたしにも幸運が舞い込んだみたいなので、それを危険にさらしたくはないの。レイチェルもあなたがふさわしい持ち主だと考えていることだし、ナイトシェイド・ダイヤモンドはあなたに返します。あなたがいいと思うようにしてください。心からの愛を込めて、母より〟」

ふたりは長いあいだ箱を見つめていた。「予想外だったな」ついにコノールが口を開いた。

「どうしたらいいの？」

「ぼくに考えがある」コノールは一歩踏み出して木箱を持ち上げた。「一緒においで」

「捨ててはだめよ。誰かが見つけて不幸になったら、わたしたちの責任だもの」ギリーは夫について書斎へ入った。彼は椅子に座って机から一枚の紙を取り出した。「なにをするつもり？」

「注意書きだよ」コノールはペンを走らせた。「心配しなくても捨てたりしない」紙に息を吹きかけてインクを乾かしてから折りたたんだ。それから意を決したように小箱を開け、なかをのぞき込んで、指でなにかを押しのけた。「このなかにある。ベルベットの袋に入っているんだ。さっき、考えがあると言っただろう？」

「まだ内緒にするつもり？」

「内緒になんかしていないよ」コノールはマホガニー材の箱に手紙を押し込み、ふたを閉め、木箱ごと持ち上げた。「こっちだ」

彼は外に出て、石造りの厩舎へ向かった。そして五人ほどいた馬丁たちを出ていかせてから、いちばん隅の馬房に入った。コノールはそこに木箱を置いた。

「厩舎に埋めるの？」

「違う」コノールは踏み台を取り出して、その上にのった。それから頭上に手をやり、石を引っ張った。しばらくいじっているとひとつの石が抜けたので、コノールはそれを箱の脇に置いた。「小さいころ、ここに宝物を隠したんだ」彼は肩越しにギリーを見た。手を伸ばして鉛の兵隊と一シリング硬貨を取り出す。「ごく小さいころだけどね」そう言って、宝物を彼女に渡した。

「覚えている？」コノールが地面へ下りて、気乗りしない様子でマホガニー材の箱を持ち上げるのを見つめながらギリーは言った。「おばが呪いについてなんと言っていたか」

「しまっておけば幸運がやってくるってやつかい？」

「そう、それよ」

「覚えているよ」

彼は手紙入りの箱を慎重な手つきで壁の奥へ押しやり、石を取り上げてもとの位置にはめ込んだ。作業が終わると、壁は何十年も人の手がふれていないように見えた。

「あなたってとてつもなく賢いのね」ギリーは地面に下り立った夫の手を取った。

「そりゃあそうだ。きみと結婚したんだから」

「本当にあそこで大丈夫かしら？」

「もちろん。それにダイヤモンドがローリー・パークの壁に眠っている限り、アディソン家は何代にもわたってその恩恵を享受するはずだ」

「厩舎が壊されない限りは、ね」

「そして誰かがあれを見つけない限りは」コノールはにっこりして妻の顎に手を添え、唇にキスをした。「もし誰かが見つけたとしても、その人が手紙を読んですぐに箱を戻すよう祈るばかりだ」

ギリーは夫の温かく力強い腕の感触を楽しみながらキスを返した。「もしくは、〝ナイトシエイド・ダイヤモンド〟が力を発揮できないほど不幸な人が箱を見つけるかね」

「ぼくたちの子孫のことを話しているんだよ。不幸なわけがないじゃないか」

コノールがギリーを抱き上げたので、彼女は笑い声を上げて夫の首に腕をまわした。「でも、不幸は幸福に変わる場合もあるわ。あなたがいい例よ」

「その言葉を忘れないでくれよ」

2007年

主要登場人物

サマンサ（サム）・エリザベス・ジェリコ……………防犯コンサルティング会社経営者
リチャード（リック）・アディソン……………公爵。実業家
アーマンド・モンゴメリー……………………〈ヴィクトリア&アルバート博物館〉の副館長
ヘンリー・ラーソン……………………スコットランド・ヤードの警部
クレイグソン……………………警備主任
ウォルター・バーストーン（ストーニー）……防犯コンサルティング会社の共同経営者
トム・ドナー……………………弁護士
パトリシア……………………リックの元妻
ブライス・シェパード……………………サマンサの元恋人

1

二〇〇七年六月
水曜、午前八時五一分

「だめよ、リック！」サマンサ・ジェリコは肩越しに声を上げた。「この仕事はわたしに任せてくれたはずよ。口を出さないで」

「ここはおれの屋敷なんだぞ」低く物憂げな声が、イギリス人特有のアクセントで答える。「それを〈ヴィクトリア＆アルバート博物館〉に貸したのは誰だった？　いいからあなたは引っ込んでて」

　これ以上の口論を避けるために、そして吹き出しそうな顔を見られないように、サマンサは木戸を閉めて、デヴォンシアの陽光の下をローリー・パークの古い厩舎へ向かった。正しくはもう厩舎ではない。何代も前の当主が新たに大きな厩舎を建て、古いほうを倉庫に変えたからだ。そのあとリックことリチャード・アディソンがさらなる改修を加え、展示場所のない絵画や美術品のための温度管理可能な巨大保管庫に進化させた。

目下、保管庫は別の役割を与えられようとしている。「ミスター・モンゴメリー！」サマンサは、正面の入口の前に立っている男に歩み寄った。頭をきれいに剃り上げ、隙《すき》のない身なりをしている。「遅れてごめんなさい」

「心配ありません、ミス・ジェリコ」振り返ったアーマンド・モンゴメリーは、ののしりたいのをこらえているような顔をしていた。「わたしもさっき着いたばかりですから」

嘘だ。ブルーのメルセデスベンツが私道に入るのを目撃してからもう二〇分は経っている。だが、彼はイギリス紳士だ。〈ヴィクトリア&アルバート博物館〉の副館長とはいえ、外で待たされたくらいで文句は言わないらしい。「これが警報を解除するための新しい暗証番号です」サマンサはジーンズのポケットからカードを取り出し、モンゴメリーに手渡した。

モンゴメリーは一連の数字を凝視した。暗記しようとしているのだろう。それからカードをジャケットの内ポケットにしまった。「なかに入ったら、シュレッダーにかけます」彼はサマンサの顔を見て言った。

それがいい。暗証番号の管理について注意するのはうんざりだ。サマンサに言わせれば、一般人はもちろん、盗難されてもおかしくない貴重品を所有している人たちでさえあきれるほど無防備だった。〝自分だけは大丈夫〟と思いながら人生を渡ってきた人たちに、一度の注意だけで理解させるのは至難の業だ。

モンゴメリーは曖昧な笑みを浮かべ、五つの数字を入力して、警報装置のランプがグリーンから赤に変わるのを待った。それから重い防火扉を開けた。「ローリー卿は……そのミスター・アディソンはお見えになりますか？」

サマンサは肩をすくめた。長く裏の世界で生きてきたとはいえ、今のわたしはまっとうな仕事をしている。それなのに、わたしがいくら能力があることを証明しても、顧客の口から真っ先に出るのはリチャード・アディソンの名前だ……。たしかにリックはハンサムで、世界でも有数の資産家であり、わたしはその人と同棲《どうせい》して八カ月になる。でも、これはわたしの仕事であってリックは関係ない。「彼はとても忙しいから、様子を見に来られるかどうか」

さっき来るなと釘を刺しておいたのだからなおさらだ。

「ああ、そうですね。もちろんです。彼が宝石展の会場を提供してくださったことに感謝しているんですよ。こんなに立派な展示場所はほかにないでしょうから」

ふたりは建物のなかへ入った。古い石壁をそのまま活かしてはいるが、電気や警報システムの配線を埋め込むために石の一部を移動したり、モルタルを塗り直したりしてあった。むき出しだった地面はコンクリートを敷いてグレーの石板で覆い、木製の天井はオーク材の梁《はり》にニスを塗り、鋼鉄のブラケットで補強してある。

壁沿いと中央には三列の長い展示ケースが配置されていた。建物の雰囲気に合わせた古風なデザインだが、あまりにもたくさんのセンサー類がついているため、搬入時はハウリングで耳鳴りがしたほどだ。

サマンサは別の暗証番号を打ち込んで、手元の壁に埋め込まれたパネルを開け、展示用ライトのスイッチを入れた。

「なるほど、これは本番のライティングですね?」モンゴメリーはガラス張りの展示ケースのあいだをぶらぶらと歩いていった。

「ライティングについて確認したいことがあります」サマンサは切り出した。「わたしたちだけならこのライティングで文句なしです。でも、ここに数百人の人たちが加わってケースに身を乗り出しているとなれば、すり天国になってしまいます」実際、斧《おの》を手にした大男だって紛れ込めそうだ。しかしモンゴメリーの口が引き結ばれるのを見て、サマンサはちゃかすのをやめた。

「宝石は明日到着しますし、宝石展の初日は――」

「土曜ですね、わかっています。だから、あなたがエディンバラの宝石展を視察しているあいだに電気技師を雇ったんです。これならどうかしら?」サマンサは再びパネルに手を伸ばした。

「しかし、頭上から照らすとなると――」スイッチが入ったとたん、モンゴメリーは上を向いた。「これは!」

展示ケースのガラスは光を反射しない高価な材質でできているが、そのなかに収められる宝石は光を非常によく反射する。つまり、一方を立てるともう一方が立たなくなるのだ。サマンサが考えた解決策は、展示室の壁の上部に間接照明を設置することだった。そうすると部屋の上部はやわらかな白い光に包まれながらも、展示ケースの付近は鑑賞の邪魔にならない光量に抑えられる。

「これはいい！」モンゴメリーは展示室を見渡した。「非常に斬新《ざんしん》だ。あなたはライティング技術に詳しいのですね？」

サマンサは肩をすくめた。「常に勉強しています」

かつて窃盗犯だったころ、人類が知り得るありとあらゆる照明を目にし、その過程で学んだのだ。しかし、それは企業秘密にしておかなければならない。社会的地位の高い企業家と同棲しているのだから、うしろ暗い過去を知る人は少ないに越したことはない。まだ足を洗ってから八カ月ほどで、ピカソとレミントンを盗んだ件で時効が成立するのは七年も先だ。

「ですが、その、非常口が少々気になりますね」モンゴメリーが続けた。

サマンサは首を振った。仕事の最中に物思いにふけるなんてプロ失格だ。たとえそれが合法的な仕事であったとしても。モンゴメリーが指摘した付近を見ると、ほかの部分より一段階暗かった。「もう！」サマンサはぶつぶつ言った。「反射板が緩んだみたいですね。すぐに直します」

「わたしが――」

「いいえ。あれは最初に取りつけたもので、なんというか、まだ様子を見ているところなんです」

サマンサは床に寝かせてある脚立を問題の場所へ運んだ。はしごをのぼって手を伸ばし、反射板を土台に接続して留め具を押し込む。そのとき、手をかけていた石が動いた。

「あっ！」彼女は慌ててもう一方の手をついてバランスを取った。

モンゴメリーに足首のあたりをつかまれて、サマンサは悲鳴を上げそうになった。どんな状況であっても他人に体をさわられるのは大の苦手だ。彼女はモンゴメリーの顔を蹴りつけたい衝動をこらえて呼吸を整えた。

「大丈夫です。石が動いただけですから」

モンゴメリーが彼女の足首から手を離した。「展示会の前にモルタルを塗り直したほうがよさそうですね。ダイヤモンドの展示ケースの上に落下すると困る」

「たしかに」石はちょっと引っ張ると壁から抜けた。あらゆる角度から光が差し込んでいるため、その奥に空間があるのはすぐにわかった。なかの箱が目に入らなければ、ただの空洞と思ったかもしれない。サマンサの鼓動が速くなった。秘密の宝箱を発見して興奮しないわけがない。彼女はそろそろと穴に手を入れ、箱を引き出した。興奮が極限まで高まる。

「なにを見つけたんです？」

「わかりません……」サマンサは機械的に答えてふたの埃を払い、地面に下りた。箱はマホガニー材で、表面に装飾が施されている。そして古い。子供のおもちゃでないのはたしかだ。

「なんとこれは！」モンゴメリーがサマンサの肩越しに箱をのぞき込んだ。「開けてみないのですか？」

開けたい。開けたくてたまらない。結局のところ、サマンサはこの建物の警備責任者だ。職務上、建物内のすべてを把握しておく必要がある。たとえそれが壁の奥に隠されていたものであっても。恋人が相続した厩舎となればなおさらだった。

中身がわからない箱だなんて……ここ八カ月というもの、彼女はずっとスリルを求めていた。偶然転がり込んできた箱に無関心でいろというのは無理な要求だ。

サマンサは深く息を吸ってふたを開けた。なかには小さなベルベットの袋が入っていた。ためらいがちに袋を傾ける。ダイヤモンドがちりばめられたチェーンが見えたかと思うと、その先端についた、くるみほどもあるブルーのダイヤモンドが袋からこぼれ落ち、まばゆいきらめきを放った。

その瞬間、ぽんという音がして頭上のライトがはじけ、火花が降り注いだ。サマンサははっとしてふたを閉めた。よりによってこんなときに！

モンゴメリーも天井を見上げて息をのんだ。「いったい――」

「ち、ちょっと失礼します」サマンサは口ごもりながら出口へ向かった。

両手で箱をしっかりとつかみ、展示会用の臨時駐車場の端を横切って、低い木戸をヒップで押し開け、豪邸に向かう。

ダイヤモンドだわ！　とてつもないダイヤモンドだ。こんな展開は予想していなかった。リックとは出会って三日でつき合い始めた……正確には三日目から同棲を始めたのだ。彼はわたしと一生をともにしたいとはっきり意思表示している。それと同時に、わたしが一カ所に定住するには不都合な経歴を持つ一匹狼《おおかみ》であることも承知している。

わたしを逃げ腰にさせないためにこんな演出を考えたのだとしたら……うまい作戦だ。リックはわたしが謎を好むのを知っている。秘密の穴に宝石箱を隠すなんて、まさにわたし好みだ。それに、ダイヤモンドとくればただの贈り物ではない。特別な意味があるはずだ。しかもこのサイズ！

「リック！」屋敷の正面玄関の近くまで来たサマンサは声を張り上げた。

「なんだい？」一瞬の間を置いて、バルコニーからリックが身を乗り出す。「アーマンドを殺したとか言わないだろうね？」

サマンサは彼の姿に見とれてしまった。黒髪にダークグレーの瞳、サッカー選手のような体つき。あれがみんなわたしのものだなんて。気のきいたお礼を言おうと思っていたのに、頭のなかが真っ白になってしまった。

「なんだい？」リックはかすかにイギリスのアクセントを感じさせる深みのある声で繰り返し、階段を下りてきた。大きめのグレーのTシャツにジーンズをはき、足元は裸足《はだし》だ。そう、この億万長者は靴が嫌いなのだ。

サマンサは片手で箱を持ったまま階段の下へ行き、リックの肩をつかんで彼の唇に自分の唇を押し当てた。

リックがサマンサの腰に手をまわして引き寄せる。彼女はため息をついて、筋肉質の体に自分の体を押しつけた。視界の隅で、玄関ホールを横切ろうとした執事のサイクスが、まわれ右をして奥へ引き返すのがわかった。

リックが数センチだけ体を離し、サマンサの頬にかかった鳶色《とびいろ》の髪を耳のうしろにかける。

「アーマンドといったいなにを話していたんだい？　別に嫉妬しているわけじゃないけどね」

サマンサは息を吸った。胸がどきどきする。「見つけたのよ。こんな……ありがとう。でも……やりすぎだわ」

リックが眉根を寄せた。「なんの話だい？」

サマンサは箱を見せた。「これよ。いつ隠した――」

リックが箱を受け取り、彼女の顔をちらりと見てふたを開けた。「これは！」息をのみ、ダイヤモンドがちりばめられたチェーンを持って燦然と輝く代物を箱から取り出す。「どこからこんな――？」

「あなたが隠したんじゃないの？」

もちろん違うに決まってる！　わたしったらなんて間抜けなんだろう。心のどこかで婚約指輪を期待していたのだろうか？　自立した強い女、サマンサ・エリザベス・ジェリコともあろう者が！

「どこに隠してあったって？」

「展示室の壁に空洞があったの。来て、見せてあげる」

「ちょっと待ってくれ」リックはサイドテーブルに箱を置き、ふたの内側から折りたたまれた紙片を引き出した。「これは読んだかい？」

サマンサは首を振った。つまりわたしは間抜けなだけじゃなく、観察力もないってことだ。いったいどうしてしまったんだろう？　性急に結論に飛びつけば、松の木箱で永遠の眠りにつくはめになる。そのくらいわかっているはずなのに。今どきの棺《ひつぎ》は松材を使わないかもしれないけど……。

リックは用心深く紙を開いた。四隅はぼろぼろで黄ばんでおり、ひどくしわが寄っている。

「〝この箱を見つけた人へ〟」彼は紙を傾けて、大きな窓から差し込んでくる朝の光にかざした。「〝きみが見つけた品はナイトシェイド・ダイヤモンドと呼ばれている。かつてはランカスターのマンロー一族が所有しており、エヴァンジェリーン・マンローと結婚したぼくが、彼女の許可を得て、わが一族に受け継ぐものである〟」

「エヴァンジェリーン・マンローって？」

「しいっ、まだ読んでいるんだから。〝このダイヤモンドは一六四〇年ごろ、マンロー家のある人物がアフリカの南端で発見したもので、以来、不運を呼ぶとされてきた。きみが発見したのだからどうするかはきみしだいだが、ダイヤモンドにさわったり持ち運んだりすると、最悪の事態が起こると警告しておかなければならない。しかし一度手をふれたあとで見えないところへしまっておけば、同じくらいの幸運に恵まれるだろう。この手紙と箱は見つけた場所に戻すよう勧め……いや、ぜひそうしてくれるよう願う。もとの場所に戻せないなら、ほかに安全な場所を見つけてくれ。ダイヤモンドの恩恵を受ける方法はそれしかない。ぼくは呪いをこの目で見たので、伝説は真実だと断言できる。きみの幸運を祈る。ローリー公爵コノール・スペンサー・アディソン〟」リックは一度目を上げてから、再び手紙に視線を落とした。「〝一八一四年七月一九日〟とある」

サマンサはリックの表情を観察した。長く栄えた一族の子孫だというのに、彼はめったに一族の過去を口にしない。それどころか、ローリー公爵と呼ばれるたびに顔をしかめるほどだ。アメリカにいるときはとくに、ただのミスター・アディソンと呼ばれるのを好んでいた。

「この人たちのことを知ってるの？」彼女はしびれを切らして尋ねた。

「ああ、コノールとエヴァンジェリーンは曾祖父《そうそふ》の……さらに何代か前の祖先だ。ギャラリーに肖像画が飾ってある」

「つまりこの〝ナイトシェイド・ダイヤモンド〟は、二〇〇年近くも厩舎の壁に眠ってたわけね？」

「そうらしい」

サマンサはサイドテーブルの箱からはみ出ているネックレスに視線を落とした。「もとに戻さなきゃ」

「正気かい？　これが本物だとすると……どうやら本物らしいが、少なく見積もっても一五〇カラットはある。周囲の小さな石やチェーンにちりばめられている分は除いてだ。しかも、ブルー・ダイヤモンドなんだよ。どれだけ珍しいかわかるだろう？」

「だけど、不吉だわ。何代か前の祖先がそう書いてるじゃない」

「迷信深いなあ。どこで見つけたのか教えてくれ」

コノールはネックレスをつかんでサマンサに手渡そうとしたが、彼女はあとずさりして両手をうしろで組んだ。「あっちへやって」

「手紙には、身につけなくても持ち運ぶだけで影響を受けると書いてある。きみはこれを目にして、ここへ持ってきた。それで雷に打たれたかい？　それとも穴に落ちた？」

「リック、それは――」

「二〇〇〇年前の祖先は、数百万ポンドもするダイヤモンドを穴に隠すほど迷信深かった。おれたちはもう少し論理的に考えられると思うけれどね？」

　そう言われると、呪いなんてあるはずがないと思えてきた。彼女はしぶしぶ手を差し出した。リックがその手にネックレスをのせる。美しい。サマンサは息を詰め、空が割れるのではないかと身構えた。しかし、なにも起こらなかった。電球が暗くなったりもしなかった。

「それでも気味が悪いわ」彼女はにこにこしているリックを見た。「黒猫とか、はしごとか、そういうことが――」

「知っている。犯罪に手を染める人間はあらゆるところに兆しを見るからね」リックがサマンサにキスをした。「でも、きみはもうそういう世界に属していない。壁の穴とやらを見せてくれないか？」

　サマンサはダイヤモンドを握り締めた。ため息をついて、不慣れな場所で怯えている猫のような態度は取るまいと決めた。「いいわ、地面が割れたら道連れにするから」

「それは楽しみだ」

2

水曜、午前九時四四分

リチャード・アディソンは脚立の上に立って、古い厩舎の壁の小さな穴をのぞき込んだ。二〇〇年のあいだに、この厩舎には何度も改修が加えられてきた。とくにリック自身が敢行した七年前の大規模な改築のあとで、こんな穴が手つかずのまま残っていたとは驚きだ。左奥を探るとなにかが指にふれ、リックはそれを引っ張り出した。サマンサご自慢のライティングが、塗装のはげ落ちた鉛の兵隊を照らし出した。

「それ、なに？」サマンサが爪先立ちになった。

「火打ち石銃兵だ」リックは人形を彼女に渡して脚立を下りた。「ジョージ三世だと思う」

サマンサがからかうような笑みを浮かべた。「ジョージ王朝時代の絵画に造詣が深いのは知っていたけど、おもちゃの兵隊にも詳しいなんて」

「これでもかつてはイギリスの少年だったからね」リックは雑然とした展示室を見まわした。

「アーマンドは？」

「日の光の下でダイヤモンドを見たいとか言って表へ出ていったわ」サマンサは人形をリックに返した。「あんなに興奮しているイギリス人を見るのは初めて」

リックは眉をつり上げた。「なるほど」

サマンサはふんと鼻を鳴らした。「寝室の外ではね」

「ダイヤモンドを持ち逃げされないといいけどね」

「そんなことをしたらぶん殴ってやるんだから」サマンサはそう言って、リックと一緒に出口へ向かった。「宝石は彼の生きがいなのよ。とくにあれはすばらしい品だもの。たとえ不幸を呼ぶとしてもね」

「人の運命を左右する宝石なんて存在しないよ」リックはサマンサの手を取って建物を出ると、一方の手にダイヤモンド、もう一方に携帯電話を持ったアーマンド・モンゴメリーのほうへ歩いていった。「手にした人の反応は左右するかもしれないが、運命を左右したりはしない」

「さすが冷静ね、ミスター・スポック」モンゴメリーが電話を終えたのを見て、サマンサはリックの手から自分の手を引き抜いた。「それで、どう思います?」

「ブルー・ダイヤモンドですよ」モンゴメリーが左目の下の筋肉をぴくぴくさせた。「カットも見事だ」

他人の資産や事業を売り買いしてきたリックは、相手の表情を正確に読み取れた。モンゴメリーは動揺しているらしい。「アーマンド、なにか問題でも?」

「わたしは……あの……急にロンドンに戻らなければならなくなりました。博物館が所有する非常に価値のある品が偽物かもしれないという話が持ち上がって……」

「でも、展示会は三日後ですよ？」

「ええ、わかっています。明日の宝石搬入には助手を立ち合わせます」モンゴメリーは咳払いをした。「タイミングが悪くて誠に申し訳ありません。ミス・ジェリコ、あなたと仕事ができて光栄でした。ミスター・アディソン、お目にかかれてよかったです」彼はメルセデスベンツのドアを開けて座席に滑り込んだ。

「いつかはリックと呼ばせてみせますよ。それからアーマンド」

モンゴメリーがリックを見上げた。「はい？」

「ダイヤモンドは？」

モンゴメリーは青くなった。「わたしとしたことが！」ネックレスを差し出す。「申し訳ありません。ちょっと気が動転してしまって」

リックは車から一歩離れた。「たいしたことじゃないですよ。気をつけて」

砂利敷きの駐車場からメルセデスベンツが出ていくと同時に、サマンサが両手を打ち合わせた。「まったく！　山のような宝石の展示を、副館長の助手と一緒に取り仕切らなきゃならないなんて！」

「きみならひとりでも立派にやれるよ」リックは砂利道の上を歩かされるなら靴を履いてくればよかったと思い始めていた。「モンゴメリーは単なる装飾係だろう？」

「だけど、彼の博物館が主催する展示会だもの。方針を決めるのはあっちなのよ。こんなに大きな仕事は初めてだし、わたしが抜擢《ばってき》されたのだってあなたが大地主だから――」

リックはサマンサのウエストをつかんで引き寄せ、長いとろけるキスをした。グリーンの瞳に鳶色の髪、すっきりと引き締まった体つき。彼はひと目でサマンサに惹かれた。あれは彼女がパームビーチのリックの邸宅に押し入ったときだ。だがサマンサの真の魅力は、ものの五秒で警報を解除できるのに美術館を狙わないところや、武装した悪人にすさまじい攻撃を浴びせる一方で、蜘蛛を殺すのもいやがるところだった。

リックはサマンサに首ったけと言ってもよく、ともかく彼女を溺愛《できあい》していた。愛情の強さに自分でもときどき怖くなるほどだ。サマンサはおれがダイヤモンドを隠して、彼女に見つけてもらおうとしたと誤解していた。そして、狂喜してそれを持ち逃げすることなく、感謝の意を示し、キスをしてくれた。これなら数週間前に手に入れた品をプレゼントしたときの反応も期待できる。

「今夜はどこかで食事をしようよ」リックは顔をしかめて砂利道を抜け、下草の茂った小道へ戻った。

「〝プディング〟という言葉がメニューに載っていないところならいいわ。あなたたちイギリス人はプディングがどういうものかわかってないのよ」

「〈ペテロ〉に行こうと思っていたんだけど」

「ロンドンへは行かないわ。明日の朝いちばんに、宝石と副館長の助手がやってくるんだから」

「それは大丈夫だ」リックが答えた。「ヘリを呼ぶから」

サマンサは笑ってリックの肩にしがみついた。「あなたって最高！」

「知っているよ」

サマンサが視線を上げた。「あんなところでネックレスを見つけるなんてすごく不思議だわ。二〇〇年も前のお宝よ。最後にあれを目にした人は、隠した本人だったはず」

「一族に伝わるものはいろいろある。だが、コノール・アディソンはヨーロッパの巨匠たちの絵画を収集し始めた人なんだ。ナポレオンが絵を売りさばいて武器に変えようとしていると知って、パリに出向いて絵画を守ったとか」

「まるであなたみたいね。それにあなたが……一族のことを話すのは珍しいわ」

「きみだって」リックがやり返した。

「わたしは母親を知らないし、三カ月前まで、父親は刑務所で死んだと思ってたんだもの」

「ところがお父さんはヨーロッパを放浪し、国際刑事警察機構《インターポール》の目をくらましながら東に向かっていた。しかも、きみは彼のせいで殺されかけたんだ」

「ええ。リック、話をそらそうとしてるでしょう？」

リックは息を吐いた。「五時半にヘリを呼ぶよ」彼は腕時計を確認した。「それまでに目を通さなきゃいけない書類がある」

「〝ナイトシェイド・ダイヤモンド〟はどうするの？」

リックは手元のネックレスに視線を落とした。サマンサの言うとおり不思議な気分だ。自分の祖先──しかも外見や気質がもっとも似ていると言われる人物が残したものを手にしているのだから。何代も受け継がれてきた品はほかにもあるし、なかにはこれより古い品もあるが、それらは何百もの人の手を介し、何百もの視線にさらされてきた。ところが〝ナイトシェイド・ダイヤモンド〟は、おれとコノール・アディソンを直接結んでいる。それも不吉な警告つきで。

「ねえ」サマンサが彼の脇腹をつついた。「ダイヤモンドについて今すぐ答えを出す必要はないでしょう。さっきは驚いただけ。冷静で物わかりのいい女にもなれるんだから」

リックはくすくす笑った。「きみは辛辣で気分屋だと思っていたよ」

「辛辣ね。それ、気に入ったわ」屋敷のそばまで来るとサマンサは彼を解放した。「もう一度、監視カメラとセンサーをチェックしてくる。用心するに越したことはないもの。わたしみたいなやつがどこかにひそんでるかもしれないし」

「きみのような人はふたりといない。保証するよ」

サマンサは伸び上がってリックにキスをした。「ありがとう。あとでね」

「ああ」リックがうなずいた。

屋敷へ入ると、リックは二階の図書室へ行って資産関連の帳簿を開いた。一五〇〇カラット以上あるダイヤモンドだ。隠し場所がわからなかったとしても、なにか記述があるに違いない。珍しいブルー・ダイヤモンドを所持していることが世間に知れ渡る前に、その質や価値も含めていくつか確認しておきたかった。

リックは呪いなど信じないが、サマンサは違う。そして、ローリー・パークで大規模な宝石の展示会が開かれる三日前に、二〇〇年近く眠っていたダイヤモンドを見つけたのは彼女だ。これはなにかの宿命だろうか？　奇妙な品が転がり込んだものだ。呪いが笑い話ですめばいいのだが。


サマンサの吐く息が白くなった。六月の中旬だというのに朝の大気はひんやりと湿っている。彼女に故郷と呼べる場所はないが、こんな朝はフロリダの温暖な気候が懐かしい。イギリスに移る前は、三年ほどパームビーチに住んでいたのだ。

リックはフロリダにも家を持っている。部屋数が三〇にプール、テニスコートが二面、そして三エーカーの庭がある邸宅を〝家〟と呼んでいいかどうかは疑問ではあるが。しかし、デヴォンシアにあるこのローリー・パークと比べたら、フロリダの屋敷も簡素に思える。

母屋から続く道が、丘の下へ、そして石壁の向こうへと延びていた。ゲートでは最近になって増強した警備員が警備用モニターを監視している。建物の外周を巡回する警備員もいた。考え得る限りの準備をしたにもかかわらず、サマンサは落ち着かない気分だった。

指先がむずむずするし、アドレナリンの影響で筋肉がこわばっている。まるで盗みに入る前のようだ。もちろん、捕まったり死んだりする覚悟を決めて違法行為をするときの、あの激しい緊張感はない。サマンサは腕をまわして筋肉をほぐし、血流を促した。準備は万全だ。

あとは宝石を積んだトラックが到着するのを待つだけ。

背後で砂利を踏む音がした。「きみがこんな早くから活動しているなんて」リックがくぐもった声で言い、サマンサの髪を分けて首のうしろに唇をつけた。

サマンサはしばしば彼に身を任せた。テレビのお悩み相談のドクター・フィルは理想的なパートナーについてなんと表現していたかしら？　あなたを包み込んでくれる場所？　リックのおかげでサマンサは新たな人生を切り開くことができた。彼に会わなくても、いつかは盗みから足を洗っていただろう。しかし、スリル満点の夜の冒険に出かけたいという欲求に打ち勝てたのはリックのおかげだ。

「あとは宝石の到着を待つだけよ」サマンサは彼に向き直った。「あなたったらジェームズ・ボンドみたい」

「そんなことはない」リックがいつものごとく謙遜《けんそん》する。

「そんな雰囲気よ。すてき」

リックはアルマーニのダークブルーのスーツにブルーとグレーのネクタイを締めていた。

彼が笑うと、サマンサの心臓は止まりそうになった。

「じゃあキスをしてくれ」リックはショーン・コネリーの口調をまねて、彼女の腰に手をまわし、体を持ち上げた。

サマンサは悲鳴を上げてリックの肩をつかみ、背中を反らしてキスを受けた。彼の舌が押し入ってくる。最高だわ。「ああ、ジェームズ！」唇が離れた隙に彼女は声を漏らした。「わたしをどうするつもり？」

「昨日はきみが先に寝てしまったんだよ。おれは紳士だから、きみを起こしてセックスを要求したりはしなかった」

サマンサは鼻を鳴らした。「セックスですって？」

リックがうなずく。「そうだ。セックスについては知っているだろう？　わからなかったら調べておくんだ。今夜もきみが寝ていたら、起こすつもりだから」

リックが再び唇を重ねた。つき合って八カ月も経つのに、サマンサは彼と目が合っただけで膝から力が抜けてしまう。キスやセックスに至っては言うまでもない。「じゃあ起きておくわ」

「それがいい。おれが必要なときは電話をかけてくれ」リックは彼女の手を握り、名残惜しそうに抱擁を解くと、スタジアムほどの大きさがあるガレージへ向かって歩き出した。「愛しているよ」

「わたしも愛してる」サマンサは彼のうしろ姿に向かって言った。「なぜ車で行くことにしたの？」

リックは肩越しに振り返った。「運転しながら考え事をしたいんだ。ちなみに〝ナイトシェイド・ダイヤモンド〟を鑑定士のところへ持っていくからね」

サマンサは不吉な予感に身を震わせた。「気をつけて」

「わかった」

ヘリなら車の半分の時間でロンドンまで往復できる。しかし呪いのダイヤモンドを持っていくなら、地表から何千メートルも上を行くより車のほうが安心だ。リックはサマンサほど向こう見ずではないが、いつもなら移動時間が短いほうを好む。

六一年型ジャガーEタイプがエンジン音を響かせながら丘を下り、ゲートを出てハイウェイの方角へ折れた。色は赤だ。あと一〇分ほど走らないと私有地から出られないだろう。敷地の内側に石壁を設けているのは、報道陣や世間の目を遮断するためだった。

わたしはあの宝石に対して過剰反応しているのかしら？　それともリックが無頓着《むとんちゃく》すぎるの？　サマンサは五分ほど悩んでいたが、白い運搬車三台が丘を上がってくるのに気づいたときもまだ結論は出ていなかった。車列が迫ってくるにつれ、四台のパトカーが交じっているのが見えた。

この仕事のいやな点は、警官や弁護士など、以前は毛嫌いしていた種類の人たちとしょっちゅう顔を突き合わせなくてはならないところだ。「ショータイムの始まりね」ゲートで一時停止した車列が再び動き出すのを見て、サマンサはつぶやいた。

リックはこれまでもたびたびサマンサへの信頼を口にしたが、まさか〈ヴィクトリア&アルバート博物館〉から数百万ポンドもする宝石が到着する日に家を空けるとは思わなかった。しかし彼の乗った車は、今や道の向こうに見えなくなっている。

トラックとパトカーが駐車場に停車した。堅固な警備態勢を誇示するためか、警官はM－一六ライフルを装備している。サマンサは息を吐き、展示会関係のバインダーから書類を取り出した。

「ミス・ジェリコ」先頭の車から、黄褐色の安っぽいスーツに身を包んだ背の高い男が降りてきた。「ヘンリー・ラーソンです。ミスター・モンゴメリーの補佐をしています」

要するに副館長の使い走りだ。「ミスター・ラーソン」サマンサは相手の手を握り、身分証の写真を確認した。ブロンドの短髪にブラウンの目をした男は、サマンサよりも周囲の景色に目を奪われている。博物館員のようには見えないが、自分だってこの館《やかた》の女主人らしいとは言えない。「荷下ろしをする前に、展示室を確認しますか？」

「ぜひお願いします」ラーソンが合図すると、五人ほどの警官とバッジをつけた博物館員が集まってきた。

「展示案はご覧になりましたね？」サマンサはツアーガイド用の旗があれば完璧だと思いながら、一行を先導した。「エディンバラの展示とほぼ同じレイアウトです」

「扉の警報解除の暗証番号を知っているのは何人ですか？」ラーソンは防火扉の両側に立っている警備員に向かってうなずいた。

サマンサは一行に背を向け、一連の数字をコントロールパッドに打ち込んだ。「あなたとわたしだけです」ラーソンに向き直る。「数字は毎日変わります。わたしに尋ねるか、屋敷の地下にある監視室のコンピュータで確認しないとわかりません」

「すばらしい」ラーソンは展示室に入る前に重厚な扉とコントロールパッドをもう一度確認した。

搬入作業なら明るいほうがいいだろうと考え、サマンサはあらかじめ頭上のライトをつけておいた。「ギフトショップへ抜けるドアも同じ操作です。解放しているあいだは必ず警備員を配置します」

「監視カメラは何台あるんですか?」ラーソンはゆっくりと展示室を見まわした。

ラーソンと上司の意思疎通はうまくいっていないらしい。「一二台です。うち四台は外周と出入口を監視しています」

「あらゆる方向から監視するわけですね」ラーソンが近くの展示ケースにかがみ込んだ。

「このガラスには圧力センサーが設置されていますか?」

「ケース内にはウエイトセンサーとモーションセンサーもついています。今は作動させていません」

「宝石を搬入する前に、防犯テストをしてみたいのですが」

「わかりました」サマンサはポケットから無線機を取り出した。「クレイグソン、センサーを起動させて。みんな、これはテストよ」警備員が飛び込んできて、ラーソンを羽交い締めにしてくれたらいいのに。

「センサーは正常に起動しました」すぐにクレイグソンの報告が返ってきた。

サマンサはラーソンのほうを向いた。「お好きにどうぞ」一歩下がって耳を覆う。

ラーソンは〝展示品にお手をふれないでください〟という表示を無視して、小さなケースを両手で引き上げた。ふたは外れなかったが、赤い警報ランプが激しく点滅し、ドアが施錠され、壁に取りつけたスピーカーから鼓膜を突き破りそうなサイレン音が鳴り響いた。

サマンサは片手を耳から外し、手近な監視カメラに向かって首の前で手を横に動かした。

サイレンがやみ、ライティングやドアが通常に戻る。

ラーソンがうなずいた。「出火時にはどうなります?」

「火災報知機が作動すると、ドアの施錠が外れてスプリンクラーが作動します。監視室からも同じ操作ができます。今はセンサーの感度を最大にしていますが、展示会が始まったら、見学者がちょっとガラスに寄りかかったくらいでは作動しないよう調整するつもりです」

「お見事です、ミス・ジェリコ。金属探知機は?」

「展示室入口に設置しています。ギフトショップの出口のドアは、商品のタグに反応するようにしました。今は作動していません」サマンサはM‐一六を手にした警官たちに目をやった。

ラーソンは手を打ち鳴らした。「文句なしです。それでは搬入を始めましょう。マコーリイ、みんなに指示を出してくれ」

サマンサが眉をひそめたところで、明るい赤毛をショートカットにした華奢な女性が博物館員を集め、短い指示を与えてドアのほうへ追い立てた。〈ヴィクトリア&アルバート博物館〉の巡回展は四カ月前から始まっている。搬入作業くらい目をつぶっていてもできるはずなのに。ヘンリー・ラーソンはやはり現場をよく知らない補欠選手なのかしら。

「搬入作業のあいだに監視室を見せてもらえますか?」サマンサの思考にラーソンの声が割

り込んできた。

「もちろん。こちらです」

サマンサとしては宝石の搬入を見ていたかったが、誘惑をはねのけて現場を離れられるかどうか自制心を試してみるのもいいと思った。展示を邪魔しない警備態勢について、ほぼ一カ月を費やしてモンゴメリーと詰めてきたとはいえ、ラーソンが自分の目で確認したがるのも無理はない。

「近々、美術品の展示を独自にされると伺いました」庭を抜けて母屋へ向かっているとき、ラーソンが気軽な口調で話しかけてきた。

「ええ、リックが集めた絵画やアンティークを展示するために南棟を改装しているところなんです。一二月にはオープンできるといいんですけど。今回の警備は母屋の警備にも応用できそうです」

「そういえば、ミスター・アディソンはご在宅ですか?」

この人もリッチな有名人に興味があるらしい。「今は留守にしています」サマンサは曖昧に答えた。年老いた父が逮捕される前によく言っていた。情報を与えるときは、それが自分の利益になると思ったときだけにしろと。この屋敷に精通していることを示せば相手の信用を得られるし、展示会を開く話はすでに公になっている。しかし、リックのことは……ここでは関係ない。

「わたしは……」ラーソンはサマンサのあとについて、かつての使用人用の出入口から屋敷へ入り、裏の狭い廊下を抜けた。「事前に調査をしたんです。あなたはなかなか興味深い経歴の持ち主だ」

　サマンサはラーソンを横目で見た。彼は正面に現れた地下室へのドアに注意を奪われていた。「そうでしょうか？　警備と失われた美術品の回収をしているだけです」

「ご謙遜を。二カ月前、ニューヨークの〈メトロポリタン美術館〉に強盗が押し入るのを阻止したじゃないですか」

「電話を一本かけただけです」サマンサは訂正した。その話は新聞にも載った。「しかも強盗を阻止したのは父ですから」

「有名なマーティン・ジェリコですね。死んだと報じられていたのに、生きていたとは」

　サマンサは警戒しながらもリラックスした様子で肩をすくめた。この男がただの博物館員だとしたら、わたしはワンダーウーマンだわ。「父は窃盗犯でした。潜伏するのが得意だった」

「まさにそうです。それからあなたはミスター・アディソンの盗まれた絵を取り戻したんですよね？　フロリダで起きた強盗殺人も解決した」

「そうですね。わたしはこの仕事に向いているみたいだわ」

「奇跡的とも言える業績ですよ」

　サマンサはあと数段というところで歩みを止め、相手の行く手をふさいだ。「たしかにわたしの経歴は興味深いかもしれないですね。リックとの共同事業でヨーロッパじゅうの有名美術館の人たちと知り合いになれました。それなら、これはご存じかしら？」

「わたしは――」

「わたしの記憶力はほぼ完璧なんです。一度見た顔や、聞いた名前は忘れない。ところが奇妙にも、今朝あなたが自己紹介をするまで、あなたの名前は一度も聞いたことがなかった」

ラーソンがしかめっ面をした。「それは――」

「わたしが導き出した結論は、残念だけどあなたは〈ヴィクトリア&アルバート博物館〉とわたしの両方を陥れようとしているか、警官だということ。どちらなんですか？」

「警官です」ラーソンが眉間のしわを深め、硬い声で言った。

「バッジは？」サマンサは手を差し出した。

ラーソンがスーツの内ポケットからバッジを取り出し、彼女に渡した。「ロンドン警視庁《スコットランド・ヤード》ね」サマンサはわが意を得たりという顔をした。「それでラーソン警部、なぜ博物館員のふりを？」

「座って話しましょう」ラーソンは正体を見破られてしぶい顔のまま答えた。「お茶でも飲みながら。少し長くなるんでね」

3

木曜、午前八時一二分

三台の運搬車と四台のパトカーとすれ違ったリックは、ジャガーのスピードを落とした。車列は長い坂をのぼってローリー・パークへ向かっている。次のカーブを曲がって道幅が広くなったところでUターンしたほうがいいかもしれない。彼はギアチェンジをした。

トラックに満載された宝石に、サマンサひとりで立ち向かわせるというアイデアは一興だと思ったものの、警官まで登場してはしゃれにならない。リックもサマンサがかかわったすべての窃盗事件を掌握しているわけではないが、司法関係の人間に周囲をうろつかれては都合が悪いことくらいはわかった。

道幅が広くなったところでリックは車を停めた。警察が宝石運搬車を護衛することくらい予測しておくべきだった。しかしおれが引き返せば、サマンサを監視するために戻ったと思われるだろう。彼女はおれと同じで干渉されるのが嫌いだ。

「ちくしょう！」リックはつぶやいて携帯電話を取り出した。素早く監視室の番号を押す。

「クレイグソンです」警備主任が簡潔に答えた。

「おれだ」

「どうされました?」クレイグソンの声にかすかなスコットランド訛《なま》りが戻ってくる。

「ちょっと頼み事があるんだ」リックはバックミラーに向かって顔をしかめた。「ミス・ジェリコがその、なんらかの……トラブルに直面したら、おれの携帯に連絡してくれないかな?」

「とくに気をつけておくべき事態はありますか?」

リックはためらった。彼はクレイグソンを信頼している。それはサマンサも同じだ。そうでなければ、クレイグソンを警備の責任者に選びはしなかっただろう。ただ、スコットランド・ヤードがサマンサの過去をつかんだと決まったわけではないのだから、秘密を知る人間は少ないほうがいいだろう。「いや」彼はゆっくりと答えた。「おれの懸念する事態が起こったら、すぐにわかるはずだ」

「わかりました。お任せください」

「ありがとう、クレイグソン。それじゃあ」

リックは携帯電話をポケットに押し込んだ。サマンサに言わせると、おれには騎士道精神を発揮したがる傾向があるらしい。本能は今すぐ屋敷に引き返せと叫んでいた。サマンサを信頼していないわけではない。彼女以外の人間を信頼していないのだ。けれどもここで戻れば、サマンサの能力を疑っているかのような印象を与えてしまう。そんなことになったら、今夜は愛を交わすどころか口論になる。

リックはもう一度だけ屋敷を振り返り、ギアを入れ直してハイウェイに出ると、ロンドンへ向けて車を走らせた。この数カ月で学んだことがあるとすれば、サマンサ・エリザベス・ジェリコはどんな困難をも切り抜けられるということだ。それにブラックプールのウォーターフロント再開発事業をものにしたいなら、今日のミーティングをキャンセルするわけにはいかない。

一時間後、ルートA-一の手前に差しかかったところでおかしな音がした。ジャガーのハンドルを右に取られ、危うくトラックに突っ込みそうになる。「くそっ！」リックは悪態をついてハンドルを左へ戻そうとした。ブレーキを踏み、路肩に滑り込むようにしてどうにか車を停めた。

バックミラー越しに、後方へと転がっていくタイヤが車の流れにのみ込まれるのが見えた。リックは大きく息を吐き、サイドブレーキを引いてドアを開けた。右前輪がホイールごとなくなって、車軸が一〇センチも泥にめり込んでいた。最悪だ。

リックは車体に寄りかかり、ロンドンの事務所にいるサラに連絡しようと携帯電話を取り出した。ところが短縮ダイヤルを押した瞬間、後方から鳩《はと》の群れが来襲し、そのうちの一羽が電柱と勘違いしたのかリックの頭に止まろうとした。彼が鳩を追い払おうと腕を振り上げた弾みに、手にしていた携帯電話がすっぽ抜け、弧を描いて道路のほうへ飛んでいった。

携帯電話は、路面に落ちると同時に乗用車に踏みつぶされた。リックは言葉を失った。サマンサなら〝マジで？〟とでも言うだろう。いや、世界屈指の富と権力を持つ男が、壊れたクラシックカーとともに路肩で立ち往生しているところを嵐に襲われたと知ったら大笑いするかもしれない。しかし、ミーティングに遅れたら笑い事ではすまない。

リックはため息をついてジャケットを脱ぎ、助手席に投げた。ポケットからベルベットの袋がこぼれ落ちる。何代も前の祖母が所有していた、呪われたブルー・ダイヤモンドが。

「呪いなんて存在してたまるか」リックは袋を拾い上げてジャケットの内ポケットに押し込んだ。ブーツのかかとを打ち鳴らしてジャッキとスペアタイヤを取り出す。

彼は泥の上にしゃがみ込み、ジャッキの土台になる平らな石を探して作業にかかった。数分後、レッカー車が後方に停車した。立ち上がったリックは、レッカー車の運転手に有り金全部を捧《ささ》げたい気分になった。「助かった！」

「おはようございます。パンクですか？」

「そうみたいだ。誰かから連絡を受けたのか？」

がっちりした体格の運転手がうなずいた。「配車係が無線で知らせてきました。リチャード・アディソンがジャガーとともに立ち往生していると通報があったとか。あなたがリチャード・アディソンですね？」

「そうだ」

「あの大金持ちの？」

リックはボックススパナを握り締めた。「そうだよ」金のあるなしに関係なく、リックは簡単に人を信じないことにしている。ダッシュボードにグロック社の拳銃《けんじゅう》を忍ばせているのはそのためだ。

「〝そんな車に乗るからですよ〟とでも言うつもりだったんですが、パンクが原因らしいし、六一年型のEタイプじゃあなにも言えませんね」

「今なら愛車をいくらこき下ろされても気にしないけどね」

男は鼻を鳴らし、手を差し出した。「わたしはジャルダンです。アンガス・ジャルダン」

リックは男の手を握った。「ミスター・ジャルダン、来てくれて助かった」

「アンガスと呼んでください。タイヤをつけ直しますか？　それとも牽引《けんいん》しましょうか？」

「ホイールリムが曲がっているからタイヤをつけるのは無理だと思う」

「それなら牽引しましょう」

アンガスがレッカー車にジャガーを固定し終わったとき、リックはすでにブラックプールのミーティングに二〇分も遅刻していた。今すぐ出発してもあと二〇分はかかる。レッカー車の助手席に乗り込んだリックは、再び腕時計に目をやった。「ひょっとして携帯を持っていないかな？」

「どうぞ」アンガスは運転席の横に積まれた紙切れの下から携帯電話を引っ張り出し、リックに差し出した。

「ありがとう」リックは秘書の番号を押した。「サラ、タイヤがパンクして外れてしまって、ようやくルートA‐一に乗ったところなんだ」

「社長、先ほどから何度も電話をかけていたんですよ」

「携帯が車に轢《ひ》かれてね。アレンベックから連絡はあったか？」

「はい。あまり……ご機嫌とは言えませんでした」

やっぱり。「なんと言っていた？」

「ミーティングに間に合わないなら、ブラックプールの工期も守れるはずがないと。あとの暴言については、わたしの口からはちょっと――」

「言わなくていい。アレンベックの語彙《ごい》が豊富なのはよく知っている。ミーティングの場所と電話番号を教えてくれないか。メモが携帯のなかでね」

リックは秘書の告げる情報を封筒の裏に書き留めた。それが終わると、携帯電話を切ってアンガスに返した。これがアレンベック以外の人間なら、ミーティングの開始時間を遅らせて捜索隊を編成し、現場まで駆けつけてくれたかもしれない。けれども、尊大なジョゼフ・アレンベックが相手となるとそうはいかなかった。

「問題発生ですか？」

リックは肩をまわした。「いつものことだよ」アンガスに目を向ける。「ウエストミンスターのこの住所まで送ってくれたら、あのジャガーをきみにあげてもいいんだが」

リックの提案を聞いて、アンガスは格闘中の熊《くま》のような声を上げて笑った。「三〇ポンドください。それからジャガーを弟の修理工場へ運んでいいと言ってくださるなら、ウエストミンスターへ送りますよ。それが妥当ってもんです」

「取引成立だ」

サマンサは展示室の壁に寄りかかって、運び込まれてくる宝石を見つめていた。昨夜も、そして今朝も、持ち運びしやすい財宝の管理を任されたことに緊張と興奮を覚えていた。しかし今やその熱意は、ぺしゃんこのパンケーキのごとくつぶれてしまった。

防犯コンサルティング会社の共同経営者で、かつての仲間でもある人物に電話をかけて、人生全般について愚痴りたかった。ウォルター・バーストーンことストーニーは、フロリダのパームビーチにある事務所を守っている。しかしストーニーを頼ったところで、会社を立ち上げて間もないのにフロリダに寄りつきもしないと嫌味を言われるのがおちだ。

肝心のリックは……四度電話をかけたのになしのつぶてだった。二時間のうちに四回も電話するなんて。あと一回かけたらストーカーの仲間入りだ。しっかりしなさい、サム。相手が手のうちを見せるまで、じっと待つのは得意でしょう？

携帯電話が鳴った。友人や家族用に設定した着信音ではない。サマンサは作業中の人たちに詫びるしぐさをしてから、警備員の脇を通って外に出た。

「もしもし？」

「やあ、愛しい人」リックの声だ。

電話越しでも、彼の機嫌が悪いことはわかった。お仲間というわけだ。「どこからかけてるの？」

「〈マンダリン・オリエンタル〉のロビーだよ」リックが答えた。「昼食をとりながら、新しい携帯とレンタカーを待っているところだ」

「まあ。出かけるときに使ってた携帯と車は？」

「携帯はボルボに轢かれた」

「ジャガーは？」

「タイヤが吹っ飛んだ」

サマンサは息をのんだ。突然、恐怖が背筋を這い上がる。「あなたは大丈夫なの？」

「おれは大丈夫だ。アンガスっていう親切なレッカー車の運転手に助けられた。それで今、いけすかないジョゼフ・アレンベックに、車の故障のせいで遅刻したと説明したところだ」

「そっちも充実した一日を過ごしてるってわけね」

今度はリックが息をのんだ。「まさか陰謀に巻き込まれたとか、大乱闘を始めたとか言わないだろうね？」

「いつものことよ」

「説明する気はあるのかい？」

「〈マンダリン・オリエンタル〉のロビーから電話をかけている相手に？」

「そうだな」リックが急に黙り込む。電話の向こうでリムジンを手配する声が聞こえた。ホテルのコンシェルジュだろう。

「リック？」

「あと四〇分くらいは持ちこたえられるかい？」

サマンサは受話器に向かって眉をひそめた。ロンドンからここまで二時間はかかるのに。しかし、すぐに合点がいった。「ミーティングをすませてきて。わたしの手を握るためだけにヘリを飛ばしたりしないでね」

「本当に？」

「もちろんよ。夜に武勇伝を語り合いましょう。それからリック？」

「なんだい、かわいい人？」

「ダイヤモンドの呪いを信じる気になった？　わたしは夢でもうなされそう」

電話の向こうからリックのため息が聞こえた。「ついていないのは古ぼけた石のせいじゃない。本当の不幸はこんなもんじゃないだろう」

「頑固なんだから」サマンサはつぶやいた。

「なんだって？」

「なんでもないわ。じゃあ、あとでね。気をつけて」

「わかった」

サマンサはゆっくりと携帯電話を閉じた。リックが無事だとわかって、少しましな気分になった。ほかにもいくつかわかったことがある。わたしがピンチに陥ったら、いつでもリックが助けに来てくれることだ。一緒に苦しんでくれると言うべきかもしれない。だが、今のわたしに必要なのは助けられることでも、ともに苦しんでもらうことでもない。この件に関しては、新しい友人より古い友人のほうが役に立ちそうだ。

サマンサはため息をついて再び携帯電話を掲げ、短縮ダイヤルの二番を押した。

四度目の呼び出し音で相手が出た。「よっぽどのことが起きたんだろうな？　こっちはまだ朝の……五時二一分だ」

「本当は四時間前に電話をかけたかったのに我慢したんだから、感謝してよ」ストーニーの声を聞いて、張り詰めていた神経が緩んでいくのがわかった。彼の姿が目に浮かぶ。ストーニーは大柄な黒人で、生まれながらの詩人であり、泥棒でもある。

「そのときに電話をかけてくれたら、まだ起きていたかもしれないだろう」

「あら、まだ不動産屋のキムとつき合ってるの？」

「そんな話をするためにかけてきたんなら、今すぐ電話を切って、きみの写真を残らず処分するからな」

「わかったわ。仕事の話をしていい？」

ストーニーの頭が回転し始める音が聞こえてくるようだった。

「ちょっと待った」

サマンサはにんまりした。「いやだ！　キムがそこにいるのね？　そうでしょう？」

「余計なお世話だが教えといてやろう。おれが彼女の家にいるんだ。それで、どうした？」

「あなた、まだイギリスについてはあるわよね？」

「少しはな。〈ジェリコ・セキュリティ〉の共同経営者になって以来、電話に出てくれないやつもいるがね」

それを聞いたサマンサは、会社の名前を変えたほうがいいかもしれないと思った。しかし、まずは目の前の問題から片づけないと。「大規模な宝石の巡回展に目をつけているやつがいないかどうか、調べてみてよ」

「それがきみのヤマってわけか？」

「そうなるはずなんだけど。スコットランド・ヤードに垂れ込みがあったらしいの。警察はわたしに手を引けと言ってきたわ」

「物を知らない連中だ。それで、うなるほど金がある公爵さまはなんて言ってる？」

「彼にはまだ教えてないの。同じチームなんだから、そんな呼び方はしないで」

「やつと同じサイドに立つのは、きみの尻ぬぐいをするときだけだ。もう切るからな。おかげで彼女は今ごろ目を覚ましてるはずだ。しっかりご奉仕しなきゃならない」

「そんなことはわざわざ言わなくていいわ」

「おれだって、きみとイングリッシュ・マフィンちゃんがいちゃついてるところなんか想像したくもないね。じゃあな」

「またね」

サマンサは電話を切った。少しは希望が見えてきた。次は展示室に戻って搬入作業の進行状況を確かめ、警官が監視カメラやセンサーに手を出さないよう見張らなければ。正義の味方すら信用できないとは寂しいご時世だ。

展示室へ戻ると、彼女の部下が警官と口論していた。ハーヴィーだ。どちらが建物への立ち入り許可を与えるかで揉めているらしい。「ちょっと！」サマンサはふたりのあいだに割って入った。「今日のところは協力してやってちょうだい。わかった？」

「了解しました」ハーヴィーが敬礼をした。

警官は気が収まらないのか無言でうなずいただけだった。サマンサはぶつぶつ言いながら展示ケースと保管箱を見てまわった。監視カメラの脇の脚立にのぼっているラーソンが目に入る。

「カメラにさわっていいのは許可された人だけよ、副館長補佐殿」本当はラーソンを脚立から引きずり下ろしてやりたかった。

ラーソンが脚立から下りた。「ミス・ジェリコ」彼女の腕を取って展示室の隅へと引っ張っていく。「わたしはしかたなくきみを信頼することにした。博物館の上層部の連中を除く全員がわたしを博物館の人間だと信じているし、警官はわたしに協力するよう指示されている。だから文句を言わないでくれ」

「しかたなく信頼するですって？　嘘をついてたくせに」サマンサは彼の手を振り払った。誰であろうと体にふれるのは許さない。リックは特別だけど、警官は言語道断だ。「ともかく勝手に監視装置をいじらないで。カメラの位置は博物館側から指示されてるの。ここの警備を任されたのはわたしよ。妙なまねをしたら承知しないから！」

ラーソンが眉間にしわを寄せると、もじゃもじゃの眉が一直線につながった。「ミス・ジエリコ、わたしだって事情を知らないわけじゃない。博物館はローリー卿の土地を借りる代わりに、展示会の警備をこそ泥の娘に任せるという条件をのんだ。ローリー卿のうしろ盾のおかげでいくらか手柄を立てられたのかもしれないが、きみと違ってわたしはプロだ。博物館もスコットランド・ヤードも、わたしがこの場にいることを望んでいる。きみはライティングの具合でも確かめているといい。わたしは自分の仕事をするから」

仕事というのは警備の妨害をすることなの？　サマンサはそう言い返したいのをぐっとこらえた。父親を除けば、盗みの腕で彼女の右に出る者はいない。もちろんラーソンに向かってそんなことが言えるわけはなかった。実際に宝石展が狙われたとして、この男が手柄を独り占めするとか、失態の責任をこちらになすりつけようとしたらただではおかないつもりだった。そもそもわたしがいる限り、そんな事態が起きるはずもないけど。

〈ジャルダン・オート〉で修理したジャガーで屋敷のゲートをくぐったリックは、周囲の様子を観察した。とくに異状は感じられない。しかしサマンサと出会って以来、外観は当てにならないことを学んでいた。

玄関の正面に車をつけて御影石《みかげいし》の階段を上がると、白髪の執事がドアを開けた。「サイクス、アーネストに車を移動するよう伝えてくれ。それから徹底的に整備しろと」

「かしこまりました。二〇分でお食事の準備が整います。ミス・サマンサは地下室です」

「ありがとう」

リックは屋敷の裏手に面した階段を下りた。地下室へ行くと、まずは右手のドアを開けて温度管理がなされたワインセラーに入った。今夜はぜひともワインが必要だ。左手のドアはいつもどおり施錠されていた。サマンサが宝石展の警備を引き受けてからずっとそうだ。リックは暗証番号を打ち込んでドアを開けた。

サマンサはクレイグソンの隣で、こちらに背を向けて座っていた。彼女の視線は壁に並んだモニターに注がれている。「おかえりなさい、ダーリン」肩越しに手を振る。「レンタカーじゃないのね」

「〈ジャルダン・オート〉がジャガーのパーツを常備していたんだ」サマンサは彼の帰宅をカメラ越しに確認していたのだろう。南のギャラリーを除いて、屋敷のなかには監視カメラを設置しない約束だった。それぞれにカメラを必要とする理由はあっても、プライバシーを優先することにしたのだ。

サマンサは椅子から立ち上がって伸びをすると、リックのほうへ歩いてきた。「あれからどうなったの、イングリッシュ・マフィンちゃん？」

クレイグソンが笑いを嚙み殺すのが、リックにははっきりわかった。彼は無言でサマンサの手を取り、監視室の外に連れ出してドアを閉めた。それから彼女を引き寄せてそっと唇を合わせた。「ただいま」彼はわずかに唇を離し、グリーンの瞳をのぞき込んだ。

「おかえりなさい」サマンサがそっとささやいてリックの肩と腰に腕をまわした。

「イングリッシュ・マフィンちゃんだって？」リックは彼女の頭のてっぺんにキスをした。

「そんなことを言うのはウォルターに違いない。あいつと話したのか？　おれには電話じゃ話せないと言ったくせに」

　サマンサは握りこぶしで彼の肩を叩いた。「〈マンダリン・オリエンタル〉のロビーにいるんじゃだめ、と言ったのよ。もちろん今なら話せるわ。あなたが嫉妬するのに忙しくなければ」

「嫉妬なんてしていない」リックは嘘をついた。「きみがウォルターと話すということは、厄介事が持ち上がっている証拠だ」そしておれは嫉妬している。なぜなら、サマンサがスリル満点の過去と縁が切れないのはウォルター・バーストーンのせいだからだ。

「今は議論をする気分じゃないわ」

　彼女とつき合って八カ月になるが、ささいなことでは動揺しなくなったとはいえ、リックは不安と欲望に背筋がぞくぞくするのを止められなかった。「それじゃあ、なにをする？」

「まずはあなたが持ってる……」サマンサはリックの手をひねってワインの銘柄を確認した。「メルローを開けて居間でくつろがない？」

　サマンサには悩みなどないふうに見えた。しかし、彼女の気持ちを察するのがうまくなった今でも、リックはそのポーカーフェイスぶりに驚かされることがあった。彼はサマンサの肩を抱き寄せて階段を上がった。

　居間は一階にあり、南の棟に隣接している。湖を一望できるテラスへ続く窓は開け放たれていた。リックがグラスとコルク抜きを用意するあいだ、サマンサは先にテラスへ出た。

彼女は石造りのテラスに並んでいる小さな円テーブルにつき、リックのために隣の椅子を引いた。「ここがお気に入りの場所だってことはもう言ったかしら？」サマンサは湖に浮かぶ二羽の白鳥を眺めながらつぶやいた。

「聞いたよ」夕闇のなか、リックはサマンサの横顔をじっと見つめた。九つの年の差があっても、彼女はあらゆる意味でおれにぴったりの女性だ。八カ月間ともに暮らしてみて、サマンサなしの人生は想像できなくなっていた。「ここに屋敷を建てた祖先は趣味がいい」

サマンサが彼のほうへ上体をひねった。「祖先といえば、ダイヤモンドを鑑定する時間はあった？」

「ああ。〝ナイトシェイド・ダイヤモンド〟は一六九カラットで、一三カラットのダイヤモンド一三個に囲まれている。市場価格だと一六〇〇万アメリカドルの値打ちがある」

「すごい！」サマンサは低く口笛を吹いた。「今も持ってるの？」

リックはポケットからベルベットの袋を取り出して、彼女のほうへ掲げた。サマンサは指先で袋をつまんでテーブルの真ん中に置き、ジーンズで手を拭《ふ》いた。

「サム、呪いなんてでたらめだよ」リックは彼女の迷信深い態度にいらだった声で言った。

「あらそう？　一三カラットのダイヤモンドが一三個よ。しかもブルーの大きい石は一六九カラット。一三かける一三じゃない」

「いいじゃないか。きみにあげようと思っていたんだから、好きにすればいい」

「やめてよ。呪われたダイヤモンドなんていらない。朝、ちょっとさわっただけでこのざまだもの」

　またしてもおれがダイヤモンドをプレゼントしようとしたのに、サマンサはうろたえなかった。このことはあとでじっくり検討しよう。「わかったよ。それじゃあ吐いてしまうといい」ワインボトルとコルク抜きに手を伸ばす。

「それって、話せって意味？」

「わかっているくせに」リックはコルク抜きをコルクに刺して引っ張った。

「宝石と一緒にアーマンド・モンゴメリーの代理がやってきたの。ヘンリー・ラーソンよ」

「副館長の助手とやらだろう？」

「そう、それ。スコットランド・ヤードの防犯課の警部でもあるわ。そして目下、二階の〈アキテーヌの間〉に滞在してる」

「なんだと――」

　そのときコルクとともにボトルの口が割れ、赤ワインがリックの膝とテーブル、そしてサマンサの淡い黄色のブラウスに飛び散った。

「くそっ！」リックはワインボトルをテーブルに置いた。サマンサが椅子から立ち上がった。

「ほらね？」彼女は得意げに鼻を鳴らし、ブラウスの前を払った。「呪われてるわ」

「ボトルの作りが悪いんだ」ベルベットの袋は被害を免れていたが、リックは念のためにそれをテーブルの隅によけた。「先に着替えよう。それからラーソン警部について教えてくれ。とくに彼がこの屋敷に滞在している理由を」

4

木曜、午後九時四五分

「スコットランド・ヤードが捜査したいっていうなら、全部任せてしまえばいいじゃないか。いずれにせよ、おれはしばらく前からスコットランドのモールドニーへ釣りに行きたいと思っていたんだ」

「そう言うと思った」サマンサはポップコーンの入ったボウルをリックから奪い、ソファにどすんと腰を下ろした。「それで？　あなたが苔むした《モールディー》古い城でバス釣りをしているあいだ、わたしになにをしろというの？」

「モールディーじゃなくてモールドニーだ。それにバスじゃなくてマスだし」

「たいして変わらないじゃない」サマンサはＤＶＤプレーヤーの電源を入れ、部屋の照明を落とした。「わたしはどこへも行かないわよ」

リックはしかめっ面でサマンサの隣に座った。「きみの防犯コンサルティング会社は設立して間もない。成功するには評判が大事だ。中途半端に警備を担当して、スコットランド・

ヤードのせいで宝石が強奪されでもしたら、結局はきみの信用にかかわるんだぞ。つまりは会社の将来が危うくなるってことだ」

「そんなことになったら、強盗犯からおこぼれをもらってとんずらするわ。数百万ドルあれば、会社に注《つ》ぎ込んだお金も戻るもの」

「おれが慢性高血圧で入院するはめになったら、きみのせいだからな」リックは彼女の肩に腕をまわし、もう一方の手でポップコーンをわしづかみにした。

サマンサはにっこりして彼に身を寄せた。リックはスキンシップが好きだ。最初のうちは戸惑ったが、今ではそれが自然になっていた。リックといると……安心すると同時に心が浮き立つ。彼という人間を理解するには一生かかるだろう。その前にどちらかのせいで、どちらかが命を落とすかもしれないけど。

少なくともリックは、失敗で責めを負うかどうかではなく、わたしの会社の評判を気にかけてくれた。冗談とはいえ、わたしが泥棒稼業に戻ることをほのめかしても怖じ気づいたりしなかった。彼の気が長くなったのだろうか、それともわたしが変わったのだろうか？

プラズマテレビからゴジラのうなり声が響く。「白黒フィルムかい？　レイモンド・バーが出演しているやつだろう？　それだったら七二回は見たよ」

「違うわ。これは本当のオリジナルなの。アメリカの映画会社がバーを主演に制作する前の日本版よ。だから申し訳ないけど字幕つきだから」

「きみは初めて見るのかい？」

「数週間前、あなたがパリにいるあいだに見たわ」

「じゃあ、おれのための再上映ってわけか」

「そのとおりよ。映画が終わるころには、ガイガンからデストロイアまで、『ゴジラ』に出てくるすべての怪獣を見分けられるようになるわ」

「ちゃんとノートを取っておいてよかったよ」

サマンサのゴジラへの執着ぶりをおかしく思いつつも、リックはゴジラシリーズの大半を制覇していた。理由はたぶん、彼女がダーク・ボガードの第二次世界大戦映画コレクションに文句を言わないからだ。それは野郎と戦車と大砲ばかりが登場する映画だった。ビルを踏みつぶす怪獣映画を除けばサマンサの趣味は至って女性的で、永遠のアイドル、ケーリー・グラントやヒュー・グラントが出てくるたぐいの映画を好む。

「宝石展を狙っている連中に心当たりは？」リックが思い出したように尋ねた。

やはりゴジラではごまかされなかったみたいだわ、とサマンサは思った。「あなた、かしら？」

サマンサの肩にまわされたリックの腕がやや緊張を帯びる。ラーソンが滞在していると告げたとき、リックは意外なほど落ち着いていた。夕食のときも暴れたりしなかった。だが、そろそろ我慢の限界に達したらしい。彼女はため息をついた。

「わかった。ちゃんと話すわよ。怪しい動きがないかストーニーに調べてもらっているんだけど、昔の知り合いは以前ほど協力的じゃないの。ただ、この手の犯行にチャレンジする者が四〇人いたとして、そのうちの一〇人はうまくやりおおせるだけの実力がある。わたしが警備を引き受ける前だったら」

「つまり、きみがいるからにはねずみ一匹通れないと？」

サマンサは肩をすくめた。「わたしなら通れるわ。警備システムを熟知してるから。でも、ほかの人はどうかな」

「ともかく心配はいらないわけだ。そういうことなら、スコットランド・ヤードがきみの過去をかぎまわらない限り放っておけばいい。釣りは秋まで待てるし」

「誰もわたしの警備を突破できないのはわかってるけど、だからといって挑戦しようとするやつがいないことにはならないでしょう？」

「おっと、釣りの案が復活かな？」

サマンサはリックの腹を肘でつついた。「わたしは展示会から手を引くつもりはないわ。あなたの指摘したとおり、会社を立ち上げたばかりだし、警備にしろ盗品の回収にしろ、評判を落とすようなまねはできない」

「だからおれが――」

「それだけじゃない。サマンサ・ジェリコの鼻を明かそうとする連中もいるのよ。つまりかつての同業者で、わたしより腕の悪い連中のこと。そいつらのせいで評判が落ちたら、わたしもマス釣りで生計を立てるはめになるわ。どこにも警備を依頼してもらえないもの」

「おれが雇ってあげるよ」

サマンサはリックをにらんだ。「ご親切にどうも」

「どういたしまして」

リックがサマンサの手からポップコーンの入ったボウルを取り上げてテーブルに置いた。それから彼女の脚を自分の膝に抱え上げ、上体を寄せて唇を近づけた。彼の片方の手がジーンズに包まれたサマンサの腿を這い、脚のあいだに滑り込む。

サマンサは背筋がぞくぞくした。さすがリックだ。明日は地元のマスコミ関係者を招待した内覧会と最終リハーサルが予定されている。土曜からは一般公開だ。そんなときでも、リックは上手にサマンサの緊張をほぐしてくれる。セックスの相性がいい人は過去にもいたが、リックとの愛の交歓はまったく別物だった。

リックがサマンサをソファに押し倒し、彼女のTシャツの下に手を潜り込ませた。そうしながら今度は口のなかに舌を差し入れて濃厚な口づけをする。サマンサがリックのTシャツを引っ張ると、彼は体を離してTシャツを脱いだ。

「厄介事にかかわりたくなければ、あなただけスコットランドへ行ってもいいのよ」リックがブラジャーを押し上げて片方の胸の頂を舐め、もう一方にも同じことをする。サマンサは背中を弓なりにした。

「冗談だろう」リックがくぐもった声で言い返した。

彼の吐息が乳房をくすぐった。「ああ！」サマンサはリックの黒髪に指を絡めた。「セクシー・マフィンちゃん、展示会は一カ月も続くのよ。わたしは忙しくてあなたにかまってあげられないし――」

「きみを置いていくなんてあり得ない」リックが彼女のジーンズのファスナーを下ろし、なかに手を滑り込ませた。「きみの姿が目に浮かぶよ。輝く石を目の前にしながら、手をふれることもできないんだぞ。きみの欲求不満を解消できるのはおれしかいないじゃないか」

サマンサは手を下げ、ジーンズ越しに彼の大きなこわばりを包んだ。「石といえば……」つぶやいて優しく握り締める。

リックがうめき声を上げた。「どちらもきみのものだよ」

サマンサはくすくすと笑った。「呪われたダイヤモンドはどこ？」

「二階の金庫だ」リックがサマンサのジーンズを押し下げる。

サマンサは腰を持ち上げて体をよじり、積極的に協力した。「よかった。あなたの上になにか落ちてきたら大変だもの」

リックは鼻を鳴らして彼女のジーンズとショーツを脱がせ、自分も立ち上がってさっき着たばかりのグレーのTシャツとジーンズを脱ぎ捨てた。「それは困るな」

八カ月経った今も、リックに見つめられただけでサマンサの体は熱くなる。その一方で、美術品収集家で億万長者のリックと、足を洗ったばかりの窃盗犯である自分が釣り合うはずがないという思いに、冷水を浴びせられることもあった。これまで四〇件以上の窃盗事件にかかわってきたし、いつ逮捕されてもおかしくないのだから。だが、リックの存在はすっかり彼女の一部になっている。彼のいない人生などもはや想像できない……いや、想像したくなかった。なにが起こっても自分の責任だ。法を破ってはいけないことは初めから承知していた。

サマンサはブラジャーとTシャツを床に落としてリックの肩に手をまわした。彼はゆっくりとたしかな動きで入ってきた。こうしてひとつになっているあいだはすべてがうまくいく。どんな意見の食い違いも消え、完璧に一体になれる。

リックは彼女にキスをして、腰と同じリズムで舌を抜き差しした。巨大怪獣に向かって日本人の役者がせりふをしゃべり、ゴジラが吼《ほ》える。犯罪予告と呪いのダイヤモンドを抱えているとしても、人生はすばらしい！

サマンサは体をこわばらせ、激しく絶頂に達した。「それだよ」リックが彼女の耳元でささやいた。「今日一日、おれが待っていたものはそれなんだ」

サマンサはリックの腰に脚を絡めた。「今度はあなたの番よ」そう言って彼を締めつける。「すごい！」リックはうなってペースを上げた。再びゴジラが吼える。リックが体を震わせ、彼女の上に突っ伏した。

ふたりは互いの鼓動を感じながら横たわっていた。リックは一九〇センチ近くもあって筋肉質だが、サマンサは彼の重みを受け止めるのが好きだった。この人はわたしのために悪漢やドラゴンと戦ってくれる白馬の騎士だ。

リックが顔を上げた。「前菜はこれまでだ」にやりとして、サマンサの鼻先にキスをする。「二階へ行って、メインディッシュに取りかかろうか」

「望むところよ」

リックは繊細な金のチェーンをつかんで〝ナイトシェイド・ダイヤモンド〟を持ち上げた。コノール・アディソンは知的な男だと思っていた。個人の収集としては世界屈指を誇るアディソン・コレクションの創始者なのだから。

希少価値のあるダイヤモンドを穴に隠すなんてコノールらしくない。迷信深い妻のエヴァンジェリーンをなだめるための行為だったのか？　だが彼女自身もすぐれた鑑賞眼の持ち主だったと聞いているし、リックが知る限り、ふたりは結婚生活において対等なパートナーだった。娘や息子たちも心身ともに健やかだったはずだ。なぜ彼らはこれほどの宝石の存在を子供たちに教えなかったのだろう？

取り替えたばかりの携帯電話が鳴ったので、リックはダイヤモンドを袋に戻した。「アディソンだ」

「おはようございます」秘書のサラの声がした。

「朝から景気の悪い声だな」バスルームからタオル一枚で出てきたサマンサに向かって、リックは左手の指先を軽く動かした。

「ミスター・アレンベックからお電話がありました。〈ペルモア建設〉に決めたそうです」

ちくしょう！「連絡してくれてありがとう。ほかには？」

「カナダのジョン・スティルウェルから電話がありました。モントリオールの市議会は驚くほど協力的だとか。詳細については本日Eメールでご報告するとのことでした」

それはそうだろう。ケベックの事業は時間がかかるわりに、ブラックプールほどの利益が見込めない。熱意あふれる新入りを送り込んだのは、彼なら張り切ってやるだろうと思ったからだ。「楽しみにしているよ。それから、サラ」

「はい」

「トム・ドナーから書類が届くはずだから、到着したら教えてくれ。ここへ転送してほしいんだ。週末に目を通したい」

「わかりました」

「頼むよ」

電話を切って振り返ると、バスタオルを巻いたサマンサがバスルームへ消えるところだった。リックはベルベットの袋をつかみ、彼女がマスコミ関係者を招いた内覧会で着る予定のスーツにそれを忍ばせた。呪いなんてばかげていることがこれでわかるはずだ。祖先のダイヤモンドはサマンサに受け取ってほしい。リックは彼女にダイヤモンドを贈りたかった。

「本当に内覧会の様子を見に行ってもいいんだね？」リックはバスルームをのぞいた。

サマンサがブラジャーのホックを留めた。「そばにいてほしくなければはっきり言うわ。それよりさっき〝ドナー〟って聞こえたけど。あの人、今度はなにをしてるの？　わたしを国外退去させようとしていない？」

リックは愉快そうに笑った。憎まれ口を叩きながらも、サマンサとトム・ドナーは互いに一目置いている。リックの親友であり弁護士であるトムはこれまでも何度か、サマンサのためなら法の枠を逸脱して世間の非難を浴びることも辞さない態度を示した。「固定資産税に関する報告書を送ってもらうんだ。いつもはジョンに頼んでいるが、彼は今、カナダの取引を担当しているから」

「すばらしい部下がいて幸せね」サマンサが振り返り、リックにキスをした。「もちろん内覧会に来てちょうだい。そうすれば万が一のときも、あなたをパパラッチの餌食《えじき》にして逃げられるもの」鏡に向き直ってアイライナーに手を伸ばす。「ブラックプールの事業を逃したの？」

「ああ。まあ、昨日のことがあったあとでは、アレンベックと組まずにすんでよかったかもしれない。あの男はあほう《トゥイット》だ」

「そういうイギリス人っぽい言い方って好き」

リックは片方の眉をつり上げた。「おれはいつでもイギリス人らしいよ」

彼はサマンサの美しさに見とれた。彼女いわく〝戦闘メイク〟を施した美しい顔を湿り気のある髪が縁取っている。結婚する前も、元妻のパトリシアがリックの大学時代のルームメートとベッドにいるのを発見したあとも、彼のデート相手の大半は女優やモデルたちだった。その手の女性たちはレポーターやカメラに追いまわされるのに慣れていたからだ。そしてサマンサに出会った。当時、彼女はフロリダのパームビーチにある邸宅から値のつけられないほど価値のあるトロイの石の銘板を盗もうとしていた。そして別の泥棒が仕掛けた爆弾を警備員が誤って起爆させた際に、リックの命を助けてくれたのだ。

いろいろあってふたりはつき合い始めた。リックはサマンサとこの先も一緒にいたいと思っている。そのために我慢することを覚えた。サマンサとの関係には、どんな取引よりも気を遣っているつもりだ。これまでのところうまくやってきたが、ふたりの関係を次のステップに進めようとしたときに彼女がどんな反応を示すのか、予測がつかなかった。

「なに?」サマンサが鏡のなかからリックを見つめ返した。

リックは首を振った。「なにって?」

「にやにやしてるじゃない。気味が悪いわ」

リックは笑った。「きみのことが誇らしいんだ。〈ヴィクトリア&アルバート博物館〉の信頼を勝ち得たんだから。ニューヨークの〈メトロポリタン美術館〉から貴重な絵画が盗まれるのを未然に防いだとたん、あちこちの美術館から昼食に招待されるようになったね」リックは続けた。「うちに泊まっているやつの戯言に耳を貸す必要はない。おれは今回の件に関与していないんだからね」

「ラーソンの言うことなんて気にしてないけど、でも、ありがとう」

「どういたしまして。おれも彼に自己紹介しようかな」

「どうぞ。わたしもすぐに下りるわ。あの男を殴っちゃだめよ。わたしが殴るんだから」

リックはにやりとしてバスルームから出ていった。「約束はできない」

リックが食堂に入ると、すでにヘンリー・ラーソンがいた。シェフのジャン・ピエール・

モンターニュは、サマンサに魅了された三人目のシェフだ。その証拠に、サイドボードの上には砂糖漬けのいちごが三つに分けて山盛りになっているし、氷を入れたシャンパンクーラーにはダイエットコーラが冷えている。ラーソンはどちらにも手をつけていた。健康にいい選択とは言えない。

「おはよう」リックはスクランブルエッグとソーセージ二本を皿に盛った。飲み物は紅茶だ。午後になったら乗馬をしてカロリーを消費しよう。今日こそサマンサを乗馬に誘えるかもしれない。

ラーソンが椅子を引いて立ち上がった。「おはようございます」

リックは使用人のスティルソンに向かって食堂から出るよう促した。「アディソンだ。座ってくれ」いつもならリックと名乗るところだが、目の前の男とはあまり親しくなりたくない。「スコットランド・ヤードのラーソン警部だね？」

「ミス・ジェリコが話したんですね」

「わたしたちのあいだに隠し事はない。わたしとしては、もう少し詳しい経緯を聞きたいんだが」

「もちろんです。わたしはスコットランド・ヤードの防犯課に所属しています。三日前、ローリー・パークで開かれる展示会を狙った窃盗計画があるという情報を入手しました。それで上司が、ミスター・モンゴメリーとわたしを交代させたわけです」

「しかし、この巡回展は四カ月前からイギリスとスコットランドの各地で開催されていたはずだ。なぜここを狙う？」

「それは恐らく……ミス・ジェリコがいるからではないかと」

リックの表情が険しくなった。「ミス・ジェリコを非難してみろ、今すぐ屋敷から追い出してやる。そうなったら正式な捜索令状を持ってくるまでこの屋敷へは入れない」

「ご、誤解ですよ」ラーソンが口ごもった。「不適切な表現でした。わたしが言わんとしたのはミス・ジェリコの父親のことです。マーティン・ジェリコは悪名高き窃盗犯です。それで、ミス・ジェリコは窃盗犯に甘いのではないかと思う連中がいまして……」

「八カ月前に国際的な窃盗組織の検挙に協力したのに？　チャールズ・クンツの死が、実子による財産目当ての犯行だと暴いたのも彼女だ」〈メトロポリタン美術館〉の件に言及することもできたが、サマンサがあの一件にかかわっていた事実は一般には知られていないのでやめておいた。

「しかし」ラーソンが急いでつけ加えた。「ミス・ジェリコの警備を突破して名をあげようとする者がいるかもしれません。マーティン・ジェリコはその筋では有名ですから」

「なるほど。だが、今後わたしの前でさっきのような物言いはしないほうが身のためだ」

「わかりました」

「よろしい」

そのとき、サマンサが部屋に入ってきた。絶妙のタイミングだ。ドアの外で一部始終を聞いていたに違いない。それを裏づけるように、彼女はラーソンの背後からリックにウインクした。

「おはよう、ラーソン警部。いよいよだけど、準備はいい？」サマンサはコーラに直行した。

「そのつもりです」

「それはよかったわ。マスコミ関係者からあらゆる宝石についての質問を浴びるだろうから。呪いのかかっている石なんかはとくにね。首切りのときに身につけていたものとか……」

「そういう質問は博物館の関係者に任せますよ」ラーソンは硬い声で答えた。

「あらそう。それから、スコットランド・ヤードからの委任状を確認するまで暗証番号は教えられないわ」

「マスコミの連中が来る前に届きます」

「だといいわね」サマンサはいちごとトーストを取り分け、リックの隣に座った。

彼は一瞬、サマンサのスーツにダイヤモンドを忍ばせたことをうしろめたく思った。内覧会が終了する前に気づいたら、サマンサはひどい癇癪《かんしゃく》を起こすに決まっている。一方で、ダイヤモンドを持っているにもかかわらず、彼女はラーソンを巧みにやり込めた。内覧会が無事に終われば、呪いなんて迷信だと納得してくれるだろう。ダイヤモンドを持っているからといって、不幸になったりはしないと。

5

金曜、午前九時五八分

サマンサとラーソンが庭を抜けて展示用の建物へ向かうころ、ゲート前にはすでにマスコミ関係者の車が列を成していた。〈ヴィクトリア&アルバート博物館〉の関係者も近くのホテルからの移動をすませている。サマンサ率いる警備班は、宝石が到着してから不断の巡回を続けていた。

ラーソンが新しい暗証番号を入力して防火扉を開け、サマンサは部下とともに金属探知機と手荷物検査用の机を用意した。窃盗犯としても一般市民としても、かつては他人に私物をさわられるのが大嫌いなサマンサだったが、会場にはポケットナイフ一本持ち込ませないつもりだった。ナイフ一本でも事は成せるのだ。

博物館関係者は宝石の説明要員として展示室のあちこちに散らばり、残った三人が小さなギフトショップに入った。これまでのところ順調だ。サマンサは無線機を口元に掲げた。

「クレイグソン、異状はない？」

「ありません」スコットランド訛りの声が返ってくる。「監視カメラもセンサーもすべて正常です」

「了解。ハーヴィーにゲートを開けるよう伝えて」

「わたしにも無線機を貸してくれ」ラーソンがサマンサのそばへ来た。

「契約書にあるのはわたしの名前よ」彼女は言い返した。「警備はわたしの部下が担当してるの。無線で命令したいなら、自分の部下を連れてくるのね。それができないなら、博物館の職員を統制したら？　今のあなたは副館長補佐なんだから」

「ミス・ジェリコ、きみが非協力的だと上司に報告したくない」

「暗証番号を教えただけでも感謝してほしいわ。異変があったら教えてあげる。それまで無線機はなし」

ラーソンが唇を引き結んだ。「命令することもできるんだ」

「やってみれば？」サマンサは胸の前で腕を組んだ。ここで法律を持ち出される筋合いはない。この男の言いなりになってたまるものですか。展示室に入れただけでも悪夢だ。またしても警官とかかわり合いになるなんて。

「無線機をくれ」

「お断りよ」

「命令だ」

サマンサは目を細めた。「どこかのチンピラからここが狙われてるって情報を得たのよね？ そして、アーマンド・モンゴメリーを説き伏せてうまく潜り込んだ。でも、ここはわたしの領域で、あなたは休暇を使うからと上司を説得しただけ。察するところ、手柄を立てないと将来が危ないんでしょう？」

ラーソンがあとずさりした。「わたしは――」

「よく聞きなさい」サマンサはラーソンに最後まで言わせなかった。「純粋に悪人を逮捕しに来たのなら、この屋敷に滞在して、わたしのいちごを食べてダイエットコーラを飲むといいわ。だけど、展示会の警備を任されてるのはわたしなの。あなたは手錠とバッジを持ってるだけ」

ふいに温かな腕がサマンサの肩にまわされた。「警部、サム」リックがゆったりした口調で言った。「もっとにこやかな顔をしないと。夕方のニュースで流れるんだから」

リックはふたりに反論する隙を与えず、サマンサを入口へと連れていった。周囲に人がいなくなったとたん、サマンサは彼の腕を振り払った。「関係ない人は引っ込んでて！」

「ふたつ言わせてくれ」リックは落ち着き払った表情で展示室の入口に目をやった。「まず、きみの仕事ぶりはおれの評判にも影響する。だからおれをのけ者にするのはやめてくれ。それからきみと同じくラーソン警部にも意地がある。あんなふうにこき下ろしてはだめだ。彼がここにいる限り、怒らせるのは得策じゃない。きみたちふたりの目的は同じだってことを肝に銘じておくんだ」

サマンサは息を吐き出した。「わかったわよ。でも、謝ったりしないから」

を祈るよ」

「そんなことは期待していない」リックは立ち去ろうとしたサマンサの手を握った。「幸運

「ありがとう」サマンサは肩をすくめて彼の手を握り返した。「運は当てにしないけど」

そのまま手を握っていたいのはやまやまだったが、ラーソンはわたしが実力ではなくコネで仕事を得たと思っている。マスコミ関係者にまで同じ印象を与えたくない。

ラーソンと博物館員のダイアン・マコーリイが入口付近に控えていた。ラーソンも報道陣からの質問に単独では対応できないと悟ったのだろう。サマンサはふたりを先導してマスコミ関係者の前へ出た。目立つのは大嫌いだ。自分の顔が雑誌やテレビに登場すると思うとぞっとする。かつての自分にとって、それは死刑宣告も同じだった。

「おはようございます」サマンサはレポーターの一団に声をかけた。「わたしはサマンサ・ジェリコ。展示会の警備を担当しております。残念ながら警備に関する質問にはお答えできませんが、〈ヴィクトリア&アルバート博物館〉のダイアン・マコーリイ博士をご紹介します。博士は巡回展〈輝きの石〉に当初からかかわっておられます。そうですよね、博士？」

ダイアンが進み出て、展示会の経緯や展示品の選別について話し始めた。ローリー・パークの敷地を会場として提供したリックに謝辞が述べられる。サマンサはそっとうしろへ下がった。

彼女がリックの脇に立つと、いっせいにカメラのフラッシュがたかれた。同棲して八カ月になるというのに、リックとサマンサの組み合わせはいまだにいいネタになるようだ。とて

つもない価値を持つ宝石よりも読者の興味をそそるらしい。

「いい考えがあるわ」サマンサはリックの腕をつついた。

「スコットランドで釣りをするのかい？」

「〝ナイトシェイド・ダイヤモンド〟を博物館に寄付するのよ。そうすれば誰もあれにさわれないし、所有していることにもならないから不幸にならない。とくにわたしたちは安全だわ」

「おれにとっては不幸だ。くだらない迷信を信じて、価値のつけられない遺産を放棄しろと言われるんだから」

「あなたのせいで使用人の誰かが事故に遭っても知らないから」

「コノールの書き遺《のこ》したことが本当なら、おれたちはダイヤモンドを目にしたあと、見えないところへしまった。つまり幸運が訪れるはずだ」

「サイクスが事故に遭ったらそう言ってやるのね。あれは二〇〇〇年も壁のなかに閉じ込められていたのよ。邪悪な力が増しているかもしれないじゃないの」

ダイアンが説明を終え、入口へ移動し始めた。マスコミ関係者がカメラや手荷物を警備員に渡し、ひとりずつ金属探知機をくぐる。時間の関係で形式的な検査にならざるを得ないが、厳格な警備態勢について記事でふれてもらえれば検査をする価値はある。

カメラマンのひとりがサマンサを振り返ってシャッターを切り、にっこりした。男がカメラを手荷物検査係に渡す。サマンサははっと身をこわばらせた。あれはまさか！

「どうかしたのか?」リックが彼女の腕にふれた。「なんだか——」

「写真を撮られるのが苦手なのは知ってるでしょう?」サマンサは身震いした。「そのうち慣れるわ」

ダイヤモンドをしまったら幸運が訪れるなんて嘘だ。やはり二〇〇〇年の眠りで呪いの力が増したに違いない。ラーソンの情報も本物だった。この展示会を狙っているやつがいる。よりによってそれがプライス・シェパードとは!

ブライスはどんな手を使って内覧会に紛れ込んだのだろう? もちろん方法がないわけではない。実際、わたしがブライスだったら同じ手を使うだろう。マスコミ関係者のふりをして堂々と会場の写真を撮り、全体のレイアウトを把握して警備の弱点を探るのだ。サマンサは深呼吸をして、朝、鏡の前で練習したとおり、プロらしい表情を保とうとした。まわりに対してだけでなく、リックに不審に思われないためにも。まずはわたし自身が状況を把握しなくては。

くたばれ、ブライス・シェパード!

「会場内を見てくるわ」サマンサはリックに告げた。「展示物にさわる人がいないかどうか、目を光らせておかないと」

リックがうなずいた。「きみの見せ場だ。おれは傷心のラーソン警部を励ましてくるよ」

「やりすぎないでね」サマンサは調子を合わせた。

リックのそばを離れて入口へ近づく。ちょうど最後の見学者が展示室に入るところだった。

サマンサは警備員たちにねぎらいの言葉をかけて金属探知機を迂回し、展示室に入った。

目当ての男はすぐに見つかった。サファイアの研磨工程を解説しているショーケースの上に上体をかがめている。サマンサは咳払いをした。

「びっくりしただろう？」ブライスは宝石から目も上げず、魅力的なアイルランド訛りで言った。「見ろよ。これぞ本物の輝きだ」

「いったいここでなにをしてるの？」サマンサは声を荒らげた。

ブライスが顔を上げると、ブラウンの目にブロンドの髪が垂れかかった。「かわいこちゃん、久々に会った友人にその態度はないだろう？」

「そんな呼び方をしないで」

「じゃあサミーって呼ぶかい？　きっとそれも気に入らないだろうけど」

サマンサは肩越しにリックの様子をうかがいたくなるのを必死でこらえた。「そのカメラには本当にフィルムが入ってるの？」プロ仕様のカメラに目をやる。「それともただのいやがらせ？」

「おれだって四六時中おまえのことを考えてるわけじゃない。上質の宝石に目を奪われるときもある。それにこれはデジタルカメラなんだ。そのほうがいらない部分を処理しやすいからね。たとえばあの金持ちとか……」

「いいから消えて。さもないと面倒なことになるわよ」

ブライスが舌打ちした。「そっちがその気なら、こっちにも考えがある」

「わたしのことを話したら自分の首を絞めるはめになるわ」

「別に違法行為を暴露したりはしない。ただ、あの金持ちにおれたちの熱い過去を話すのもおもしろいんじゃないかと思ってね」

こいつ！「叩きのめされるのが関の山よ」サマンサは相手との距離を詰めた。二年経ってもブライスの魅力は健在だ。職業も変わっていないのだろう。わたしの築いた警備網を突破する者がいるとしたら、彼はまさしくそのひとりだ。「わたしたちは円満に別れたじゃない。今さらがっかりさせるようなまねをしないで」

「足を洗うっていうのは本気だったんだな。残念だよ。だが、おまえが警備を担当しているからって遠慮はしない。むしろ、また一緒にダンスするのが楽しみだよ。今回は服を着たままらしいけど」

個人的な話題に持っていこうとするブライスの意図をくむつもりはなかった。たしかにこれは個人的な問題だが、彼がほのめかしているたぐいの意味ではない。「わたしのほうがあなたよりも一枚上手よ」サマンサは率直に言った。「今度顔を見せたら爪を立ててやるから覚悟しなさい。もちろん服は着たままでね」

「サマンサ、おれは――」

「宝石がほしいのなら次の展示会場まで待つのね。さもなきゃ、あきらめなさい。警告は一度しかしないわ」

ブライスが昔と同じ魅力的な笑みを浮かべた。二年前、彼はサマンサに楽しいひとときを与えてくれた。当時の彼女にとっては最高の数週間だった。「頭に入れておくよ。さあ、あんまり長く話しているといちゃついているみたいに見える。それでいいならかまわないが。今日は白い大きなバンで来たんだ。なかはゆったりしてるよ」

相変わらず自信過剰な男だ。かつてサマンサが惹かれたのはそういう部分だった。今も少しそそられているのは否めない。「じゃあね、ブライス」彼女はきびすを返して歩き出した。

「せいぜい頑張るんだな、サマンサ」

少なくとも、彼は〝またな〟と言わなかった。言葉にしなくてもそのつもりなのは間違いないけど。ブライスはわたしとの再会を狙って今日を選んだのだ。真っ向から挑戦状を叩きつけてきた。

問題は彼が行動を起こすタイミングだ。それから、展示会を狙っているのがかつての恋人であることを、リックに打ち明けるかどうか……。


リックはラーソンと並んで模造ダイヤモンドの展示の前にいた。ラーソンは自分の才能が正当に評価されないと愚痴っていたが、リックはほとんど聞いていなかった。

リックの視線は、一〇メートルほど先にいるサマンサと見知らぬ男に注がれていた。会話の内容はわからなくても、表情や身ぶりを読み取ることはできる。男は整った顔立ちをしていて、リックよりも五歳ほど若いようだった。サマンサのほうに身を乗り出し、にっこりしながら首をかしげている。

いつもながらサマンサの表情を読むのはそれほど簡単ではなかった。ただ、リラックスしているふうには見えない。さらに、ふたりはかなり接近して立っていた。男はジャケットのポケットにマスコミ関係者のバッジをつけており、首からカメラを下げている。つまり不正に潜り込んだわけではない。会場の外でサマンサの写真を撮ったのもあの男だった。

ようやくふたりが離れた。サマンサが人の少ないほうへ移動して、無線機を口元へ持っていく。男は次の展示ケースの前へ移動した。リックは周囲を見渡した。会場にいるレポーターの半数は、宝石よりもリック自身に興味があるらしい。同業者ならサマンサと話していた男の名前を知っているだろうと思ったが、そんなことを尋ねようものなら格好のネタにされるだろう。〝ジェリコに秘密の恋人出現か？　アディソン、嫉妬に身を焦がす〟とか。

選択肢はひとつしかなかった。わき上がる不安をこのままにしておくつもりはない。嫉妬でも執着でもなんでもいいが、サマンサを守りたい。

「ちょっと失礼して、ほかの見学者に挨拶してくる」リックはラーソンに向かって言った。

「わかりました、ミスター・アディソン」

会場の中央へ足を踏み出したとたん、リックはカメラとマイクに取り囲まれた。こんな騒ぎはばかげている。彼は息を吸い、落ち着き払った笑みを浮かべた。

「おはよう。差しつかえなければ、今日のスターは宝石に譲らせてもらえないか？　わたしはきみたちと同様、ただの見学者なんだ」

「ミスター・アディソン、これから一カ月のあいだローリー・パークに一般市民が出入りするわけですが、なにか特別な警備をされるのですか？」

「警備関係はミス・ジェリコに任せている。彼女はプロだから。質問ならミス・ジェリコにしてくれ」

「でも、警備について話し合われないのですか？」

「ミス・ジェリコと話をされますか？」

「もちろん話すよ」リックは展示ケースの前を移動しながら答えた。「しかし、警備に関する質問は彼女に任せたいんだ。失礼、残りの展示物を見たいので」

「しかし――」

「失礼する」リックは口を開きかけたレポーターをにらみつけた。

レポーターはすぐに引き下がった。「わかりました」

リックはルビーの展示ケースをまわり込んで、エメラルドを見ているブロンドの男の脇に立った。「すばらしいでしょう？」

男は驚く様子もなく答えた。「まったくです」かすかな訛りが聞き取れる。

リックは右手を差し出した。「リチャード・アディソンです」

「もちろん存じ上げていますよ」

男は名乗らなかった。こういう態度には心当たりがある。サマンサもしばらくは頑として姓を口にしなかった。「新聞ですか？　それとも雑誌記者かな？」リックはカメラを指さした。

『グラスゴー・デイリー』です。政治面を担当していますが、写真を使ってもらえなくてもこれは一見の価値がある」

リックは目を細めた。相手が隠し事をしているのは明らかだ。どうも気に入らない。もちろん誤解かもしれず、この男は本当に新聞のカメラマンなのかもしれない。「サマンサとはどういう知り合いですか？」リックは尋ねた。直感が外れることはめったにないし、今日はとくにいやな予感がした。

「ミス・ジェリコのことですね。きれいな人だ」

リックは心のなかで一〇まで数えた。初対面のときのサマンサを髣髴《ほうふつ》とさせる受け答えだ。調子を合わせるふりをしようか、それとも追及するか？「まったくです」リックはゆっくりと同意した。「表へ出ませんか？あなただけに特別に屋敷の写真を撮らせてさしあげましょう」

「なにか誤解をしていませんか？わたしには――」

「リック！」サマンサがやってきて、リックの腕に腕を絡めた。「ちょっといいかしら？」

「もちろんだ」リックは最後に男を一瞥して、サマンサに導かれるままにギフトショップを通り抜け、砂利敷きの駐車場へ出た。

「どういうつもり？」

「それをききたいのはこっちだ」

「わたしが話しかけた男を片っ端から尋問するの？そんなの異常よ」

「あいつは誰だ？」

「わたしの話を聞いてた？　あなたは――」

リックは彼女の腕をつかんで引き寄せた。「あいつは泥棒だ。そのくらいわかる。きみたちが知り合いだってこともね。それでやつの正体は？　ごまかしたりするなよ」

「落ち着いて」サマンサが腕を引き抜こうとした。拘束されると彼女がパニックに陥るのを知っていたので、リックは素直に手を離した。「そうよ、彼は泥棒だわ。みんなの前で発表すればよかった？　わたしに五分くらい対処する時間をくれてもいいんじゃない？　あなたったら雄牛みたいに突進したりして。誰も殴り倒さなかったことに感謝しろと言うんでしょう」

「いいか――」

「なによ」サマンサはぴしゃりと言い返した。「展示会はいつからあなたの見せ場になったわけ？　今回の仕事はわたしが実力で勝ち取ったものだって言ってくれたわよね？　なにか起きたとたんにしゃしゃり出てくるつもりなら、話し合わなきゃならないわ」

リックは息を吐き出した。サマンサの言うとおりだ。反論の余地はない。おれは彼女に対処する時間も与えず、口を挟もうとした。サマンサは無線機に向かって話していたのだから、アイルランド人の男に注意しろとクレイグソンに指示した可能性は大いにある。

「すまない」リックは砂利に目を落として言った。

サマンサは長いあいだ黙っていた。「わかってくれたらいいの。彼から目を離さないようにする。もう戻ってくるなと警告したわ。向こうだって目をつけられているのは承知してるから、下手な行動は起こさないでしょう」リックの胸を軽く叩く。「今度、本物のハンバーガーをおごってよね」

リックはこの八カ月で大きく変わった。サマンサを知る前、彼は誰にも頭を下げたことがなかった。決して引き下がらなかったし、自分の非を認めることもなかった。しかし、サマンサと彼は同類だ。どちらかが譲らなければ殺し合いになってしまう。だからリックは引き下がった。「わかった」

思わず引き込まれそうになる笑みを浮かべ、サマンサがリックの頰にキスをした。「会場に戻るわね。もう怒っちゃだめよ。わたしに任せて」

リックはまだ息を荒らげたまま、ギフトショップに戻っていくサマンサを見つめた。突然、ふたつのことが脳裏をよぎった。ひとつは彼女のポケットにダイヤモンドが入っていることだ。呪いを甘く見るべきではなかったかもしれない。そしてもうひとつは、サマンサがあのアイルランド人の男の名前を言わなかったことだった。

6

金曜、午後四時三二分

サマンサは監視室の椅子の背に体重を預け、りんごを丸かじりしながらチェックリストをめくった。「馬に乗れる警備員を追加？　いいわね。最初の一週間だけでも効果がありそう」

クレイグソンは彼女の意見を自分のリストに書き加えた。「湖畔からテレビ局のクルーを追い払ったときに思いついたんです。巡回の要《かなめ》は機動性ですから。このままでは観光客が寝室に現れたっておかしくない」

サマンサは苦笑した。「それは困るわ」

「質問してもいいですか？」クレイグソンは背後の机にバインダーを放った。

「もちろんよ」

「わたしの経歴は……人とちょっと違うでしょう？　なぜわたしを警備主任に指名してくださったんですか？」

「ストーニーの推薦だから。あなたは二年服役して、本気で足を洗うと宣言したんでしょょう？　そして結婚式のビデオ撮影係の職を得た。決意の固さがうかがえるわ」

「ええ。危険な生き方には中毒性がありますが、鉄格子に遮られることなく青空が見たかったんです。チャンスをくださってありがとうございます」

「クレイグソン、わたしの経歴だってあなたと似たようなものなの」

屋外を映している監視カメラのモニターがサマンサの注意を引いた。新しい厩舎に向かって、ツイストと名づけたグレーの馬を駆るリックが映っている。彼は午後のあいだずっとサマンサを避けていた。彼女の自衛本能もリックを避けろと告げていたが、いつまでもそうしているわけにはいかない。リックとの関係には戸惑うことばかりだ。結婚するしないではなく、彼の言動にいちいち動揺する自分に閉口してしまう。

「ハーストに乗馬のできる警備員がいないかどうか問い合わせてみましょうか？」クレイグソンがサマンサの視線をたどってモニターを見た。「夜勤の警備員が来たら、あなたもさっさと帰ってね。ちゃんと眠らなきゃだめよ。できるだけのことはしたんだから」

「わかりました。それじゃあ、また明日の朝」

サマンサはかじりかけのりんごをごみ箱に捨て、階段を上がって屋敷の裏へ出た。彼女が厩舎へ近づいていくと、ちょうどリックが乗馬用の手袋を払いながら外へ出てきた。彼はサマンサを見て足を止め、顎を引き締めて他人を拒絶するような表情を浮かべた。

「おかえりなさい」サマンサはひるまずに声をかけた。

「ただいま」

「乗馬はどうだった？」

「楽しかったよ。きみもいつか試してみるべきだ」リックはそう言いながら、屋敷へ向けて長い脚を踏み出した。

「そうね」

彼が立ち止まる。「いつ？」

サマンサも立ち止まった。「また例の口論を始める気？」

リックは彼女をじろりと見た。「〝例の〟ってなんだい？」

「気に入らないことがあるたびに、なにかを無理強いしようとするのはやめて」

「ばかばかしい。なんのことかわからないね」

リックはわざとけんかを仕掛けている。ここ一カ月ほどは口論していないし、明日はわたしにとって大切な日だというのに。サマンサは挑発を無視して彼の脇を通り抜け、厩舎に向かった。

「なにをするつもりだ？」リックが硬い声で尋ねた。

「馬に乗るのよ。今度、言いがかりをつけられたときのためにね」

「サマンサ――」

彼女は振り返りもせずに厩舎へ足を踏み入れた。「ブリッグズ」ツイストにブラシをかけている厩舎係に声をかける。

「ああ、ミス・サマンサ。ボスはさっき帰ったところです」

「おれはまだいるぞ」リックが厩舎に入ってきた。

「どの馬でもいいから鞍《くら》をつけてくれない？」サマンサは恐怖を顔に出すまいとした。馬なんて大きな犬みたいなものだ。車に乗れるなら、馬にも乗れるはずよ。

「その必要はない」リックが声を低めた。

「だめよ。馬のことでとやかく言われるのはもうたくさん」

「わかったよ。ブリッグズ、モリーに鞍をつけてくれ。それからリヴィングストンにも」

サマンサはリックに背を向けたまま言い放った。「あなたと一緒には乗らないわ！」

リックとしては第三者のいるところで言い争いはしたくなかったが、今や周囲は第三者だらけだ。しかも、屋敷に戻ればラーソン警部がいる。

リックはサマンサの背後に歩み寄り、耳元でささやいた。「おれも一緒に行くよ。きみが落馬したら、病院へ連れていかなきゃならないからね」

「まったく、なんて腹の立つ――」

突然、リックは彼女のジャケットのポケットに手を突っ込んだ。サマンサが振り向いてその手を払う。

「さわらないで！」サマンサは反射的にポケットに手を入れた。ベルベットの袋に包まれたずっしりした物体が指先にふれる。「よくもこんな！」彼女は小さな袋を引っ張り出した。

「それは――」

サマンサはリックを押しのけて厩舎を出ると、湖に向かって袋を投げた。袋は岸から数メートル離れた湖面にぽちゃりと着水し、沈んでいった。「これで一六〇〇万ドルの遺産は湖の底ね！」どうりでリックとぎくしゃくするわけだ。二年も音沙汰のなかったブライスが現れるのにも合点がいく。

リックがサマンサの目の前で小さな袋を揺らした。「一六〇〇万ドルの遺産はこっちだよ。きみが投げたのは、おれからのちょっとしたプレゼントだった」

サマンサは肩越しにリックを振り返った。「でも、その呪われたダイヤモンドをわたしのポケットに入れていたんでしょう？」そうでなければ、単純にわたしが呪われているのだ。

ダークグレーの瞳が彼女を見つめている。「そうだ。さっきすり替えた。乗馬の最中に首の骨を折ってほしくないから」

サマンサは長いあいだリックを見つめていた。「そのダイヤモンドをどこかへやって」ようやくそうつぶやいて、ジャケットを脱ぎつつ湖へ向かう。

「サマンサ？」

彼女は片足で跳ねながらブーツを脱いだ。「ちょっと失礼するわ。乗馬の前に泳ぐことにしたの」

ダイヤモンドの呪いからは逃れたいが、リックがダイヤモンドを持っているのもいやな気分だし、過ぎたことを怒っても始まらない。それにリックはプレゼントをくれた。わたしはばかではないかもしれないけど、間違いなく鈍い。サマンサは携帯電話をブーツに投げ入れた。

リックもゆったりしたシャツを脱いで黒のTシャツ姿になり、乗馬用のブーツを脱ぎ捨てた。「おれが悪いんだから、自分で取ってくるよ」

サマンサは背筋を伸ばした。「たしかにそうすれば頭も冷やせるかもね」氷のような水に足をつけるリックを見守る。

「ちくしょう、本当に冷たいな!」彼は足の裏で湖底を探った。

「〝ナイトシェイド・ダイヤモンド〟をしまっておかなきゃ。あなたが首の骨を折ったり、白鳥に食べられたりしたら困るもの」

「白鳥じゃなくてナマズかもしれない」

サマンサは腰まで水につかって震えているリックから、乗馬用ブーツの脇に置かれたベルベットの袋に目を移し、携帯電話を取り出した。「サイクス? 湖畔まで来てくれる? 毛布を持って」

「直ちに」

湖の底をさらう大金持ちの姿を見逃す手はない。心配なのはナマズがプレゼントをのみ込んでしまわないかどうかだ。大きく息を吸ったところで、怒りと笑いが同時に込み上げてきた。あのリックが湖の泥を爪先でさらっているなんて。断りもなく人のポケットに呪いのダイヤモンドを入れたのだから、白鳥だらけの湖で泳ぐはめになっても同情してやる必要はない。

「まだ見つからないの？」

リックは人さし指と中指をそろえてサマンサに敬礼し、息を吸い込んで水中に潜った。さっき投げ捨てた袋になにが入っているのかサマンサには見当もつかないが、彼は絶対に見つけ出す気でいるらしい。

「ミス・サマンサ？」

サマンサはサイクスを振り返って毛布を受け取った。「あれを持って帰ってくれる？」ダイヤモンドの入ったベルベットの袋を指さした。ちょうどリックが水面に顔を出す。「銀食器の棚にしまって、鍵をかけておいて。あとでリックがちゃんとするから」草地にしゃがんで袋を取り上げるサイクスを、サマンサは眉をひそめて見守った。「なかを見ちゃだめよ」

リックが水音をたてて再び水中に姿を消す。

サイクスが立ち去ると、サマンサは湖に視線を戻した。リックが原因とはいえ、プレゼントを投げたのはわたしだ。彼女は地面に腰を下ろしてブーツを脱いだ。それにわたしは失せ物回収のプロじゃないの。

リックが水面に顔を出し、右手を高く掲げて立ち上がった。手に握られているのはサマンサが投げた袋だ。「やった！」彼はそう言って岸に戻ってきた。

サマンサは笑ってブーツを履き直した。「さすがなんでも得意なのね」

「そうだろう？」

リックは皮肉に気づいていないようだ。濡れて乱れた黒髪や、肌に張りついたTシャツを眺めるうち、サマンサもささいなことはどうでもよくなってきた。彼女はリックに近づいて毛布を肩にかけてやった。「びしょ濡れね」

「あんなことをするんじゃなかったよ」リックがサマンサの手を取って引き寄せた。

彼女は身を引いた。「部屋へ戻って着替えてきたら？」

「名案だ。手伝ってくれるかい？」

サマンサはリックを見た。「だめよ、乗馬をするんだもの」

「サム、おれはずぶ濡れなんだよ」

「セックスで機嫌を取ろうと思ってるでしょう？」

リックはサマンサの顎に指をかけて上を向かせ、そっとキスをした。「下心はあった。だけど今はむしろ、きみがおれの機嫌を取るべきだと思うね」

「どうして？　わたしはなにもしてないわ。そりゃあ、プレゼントを湖に投げたけど、それはあなたがわたしを怒らせたからでしょう」

「午前中の男は誰だ？　わざと名前を明かさなかっただろう？」

「いいかげんにして」サマンサは厩舎のほうへ歩き出した。「ブラックプール開発事業の担当者の名前はなんていうの？　あなたに非協力的だったんだから、わたしが電話をかけて怒鳴りつけてやるわ」

リックはサマンサのあとを追いながら、自分が脱ぎ散らかした服を拾った。「それとこれとは話が違う。わかっているくせに」

「どこが違うの？　どっちも仕事関係の人間じゃない。あなたはわたしの関係者の襟首をつかんで会場から放り出そうとしたのよ」

「そんなことはしていない。あいつの名前が知りたいだけだ」

「なんのために？　彼が泥棒だから？　それともわたしが話しかけたから？」

「両方だ」リックが歯を食いしばった。

「そもそもあなたが〝ナイトシェイド・ダイヤモンド〟をわたしのポケットに入れたりしなければ、あの人が現れることもなかったと思わない？　持ち主に不幸を呼ぶ呪われたダイヤモンドを！」サマンサは彼に詰め寄った。「やり方が汚いわよ。あなたが呪いを信じてなくても、わたしが気味悪がってるのは知ってたでしょう？　それを承知で自分が正しいことを証明しようとするなんて。でも、あなたが間違ってた。あれは呪われてるわ」

　リックは厩舎に入ったところでサマンサを捕まえ、壁に押しつけて唇を合わせた。彼女は自分と同じく弁が立つ。黙らせるには誘惑するのがいちばんいい。幸い、サマンサは誘惑されるのが好きだ。

　毛布が床に落ちる。サマンサが肩にしがみついてきた。リックの体が濡れているのも気にならないらしい。独立心の強い女性が自分にしなだれかかっている。そう思うとリックは興奮を覚えた。彼女と一緒にいるときにわき上がる深い満足感と純粋な喜びは到底言葉にならない。サマンサが笑うと、おれは幸せな気分になる。

　厩舎に監視カメラが設置されているのを承知のうえで、リックは彼女の腕を愛撫し、手にベルベットの袋を握らせた。当初の計画ではプレッシャーを感じさせないよう、ひとりでいるときに見つけてもらうつもりだった。

サマンサが自ら湖へ入ろうとしたところを見ると、プレゼントを受け取る気がないわけではないのだ。リックは一歩下がって華奢な紐を緩め、袋を開けた。

彼がサマンサの手の上で袋を逆さにすると、小さな金の三角形のペンダント・ヘッドがついたネックレスがこぼれ落ちた。それぞれの頂点でダイヤモンドがきらめきを放つ。

「まあ、リック！」サマンサが息をのんだ。「きれいだわ！」

リックは注意深く留め金を外して彼女の首にかけた。「パリで買ったんだ。どうにもタイミングが――」

サマンサが彼の唇に指を当てた。「タイミングは最悪だった。でも、ありがとう」指の代わりに唇をあてがう。

「どういたしまして。部下に監視カメラの電源を切るように言ったらどうだい？」

サマンサがくすくす笑った。「馬の見ているところでセックスするつもりはないわ」

「動物の王国では自然なことだ。馬は気にしないよ」

「わたしは気にするの。ブリッグズもね。それに乗馬をしなきゃ」

「おれの前で意地を張る必要はないんだ」

サマンサは眉をひそめた。「あなたのことは関係ないわ。乗馬が怖いんだろうって言われるのは腹が立つけど」

「おれに乗ればいい」リックはそうつぶやいて彼女のブラウスのボタンを外し、胸元に手を滑り込ませた。

「ずうずうしい人」サマンサが物憂げに笑った。

「ミス・サマンサ、ボス、準備ができました」ブリッグズがモリーの手綱を手に姿を現した。リヴィングストンはすでに待機している。

「ありがとう。乗り方を教えてくれる？」

リックはサマンサの肩に腕をまわし、耳たぶを唇でかすめた。「おれは今、馬に乗れない状態なんだ」

「自業自得よ」

リックはしぶしぶスキーで雪に突っ込む場面を思い浮かべ、次に――不謹慎ではあるけれど――ビキニを着たイギリス女王の姿を想像した。絶大な効果はなかったものの、なんとか鞍にまたがれそうだった。

ブリッグズがあぶみに足をかける方法を実演していた。「続きはおれがやるよ」リックは言った。

厩舎係は訳知り顔でにっこりとうなずき、馬具の収納庫へ戻った。サマンサがリックの濡れそぼったシャツの裾を引っ張った。

「本気？」

「もちろん。さあ、片足をおれの手にかけて、もう一方の足を振り上げてごらん」

「わかったわ。湖につかったら頭が正常に戻ったみたいね」サマンサの意味ありげな視線を浴びて、リックはわずかに残った尊厳を保つために再び女王のビキニ姿を思い浮かべた。「だけど、もう一度水につかってきたほうがいいんじゃない？」

「夕食のあとでね」できるだけ平静な声を出す。「そのネックレス以外はなにも身につけていないきみが見たい」

サマンサが鞍にまたがると、リックがあぶみに彼女の爪先を入れた。「わたしの気をそらそうとしているの？　それとも個人的に楽しんでるだけ？」

「気をそらすって、なにから？」

「革紐一本で巨大な動物に命を預けている状況から」

「モリーはいちばん気の優しい馬なんだ」そもそも乗馬経験がないサマンサのために購入した馬なのだから。モリーの馬勒《ばろく》に結んだ綱を握ったまま、リックはリヴィングストンにまたがった。「だいいち、きみはモリーよりずっと荒っぽい連中と渡り合ってきたじゃないか」

サマンサは居心地が悪そうに身じろぎしてリックに視線を向けた。「これって口論の続きなの？」

そのとおり。「どうかな。なぜそんなことをきくんだい？」

「この状態じゃ、わたしが圧倒的に不利だわ」

サマンサの生い立ちを考えれば、他人に弱みを見せることを嫌うのは当然だ。それがけんか相手となればなおさらだった。「どんな状況であってもおれを信頼していいことくらい、もうわかっていいころだ」

　サマンサがしぶしぶうなずいた。「そうね」

「よし」リックは舌打ちの音を出して、リヴィングストンを厩舎の入口へ歩かせた。間口が広いので騎乗したまま通り抜けられる。モリーはおとなしくうしろに従った。サマンサは両手で鞍角につかまり、ぶつぶつとなにかつぶやいている。リックが聞き取れた範囲では、首の骨を折るために馬に乗るなんてばかげていると言っていた。

　慎重なサマンサのことだから、首の骨を折る心配はないだろう。少なくともモリーが原因でけがをするとは思えない。サマンサが隠そうとしている過去のほうがよっぽど危険だ。つき合いが長くなるにつれ、おれは彼女なしの人生など考えられなくなっている。

「大丈夫かい？」リックは振り返った。

「まだ落馬してないわ」サマンサが硬い声で答える。「ポニーから始めたほうがよかったんじゃない？」

　不安そうな口調とは裏腹に、彼女の乗馬姿勢は悪くない。リックは思い切ってリヴィングストンを駆けさせた。サマンサの様子に注意しながら、湖畔に沿って馬を進める。

「リック、止めて！」彼女が片手で手綱を握り、パニック状態になって叫んだ。

「あの男の名前は？」

「なに？」

「午前中の男さ！　あいつの名は？」

「ふざけないで。止めてよ！」

「危険なことはない。自分でコントロールできないから怖いと思うだけだ。きみがなにかに巻き込まれたのに打ち明けてくれないと、おれもそういう気持ちになる」

　サマンサはポケットから携帯電話を取り出してリックに投げつけた。馬にまたがっていても狙いは正確だった。携帯電話がリックの脳天を直撃する。彼は悪態をついて馬を止めた。

「ひどいじゃないか！　こんな――」

　サマンサがあぶみから足を引き抜き、転げ落ちるようにして地面に降りた。かがみ込んで携帯電話を拾うなり、屋敷のほうへ歩き始める。リックはこめかみをさすって馬から降り、サマンサのあとを追った。

　うしろからサマンサにタックルして、抵抗される前に両手首を押さえ込み、体重差にものを言わせて地面に押しつけた。サマンサは足を突っ張って、彼の体の下から抜け出そうとした。リックがその脚を抱え込む間もなく、ふたりの体は土手を転がり始めた。

「くそっ！」ふたりはもつれ合ったまま水しぶきとともに湖へ落ちた。

　リックはサマンサを放して立ち上がった。彼女も岸へ這い上がろうとする。

「汚いぞ」リックは肩で息をしながら言った。

「どっちが！」サマンサが頭を振って髪の水気を飛ばす。体の動きに合わせて、ジャケットと靴がぽがぽと音をたてた。「こんなことは二度としないで！」

「おれは間違っていない。きみの人生はもう、きみひとりのものじゃないんだ」

「わかってるわよ。でも、あの男は脅したくらいであきらめたりしない。あなたが縄張りを誇示しても無駄なの！」

「わかったよ」リックは重い足取りで水から出た。「好きにすればいい。おれはきみの助けになりたい。でも、きみがおれを締め出すならそれに従うよ。公的にも、私的にも、法的にも、政治的にも、この問題には関与はしない。きみが決めてくれ。きみに任せる」

リックはリヴィングストンの手綱を持ち、二頭の馬を従えて厩舎に戻り始めた。沈黙が落ちる。またやってしまった。億単位の取引なら汗もかかずにまとめられるのに、サマンサが相手だと、どうしていつもかっとなってしまうのだろう？

「シェパードよ」背後からサマンサの声がした。「ブライス・シェパードっていうの」

やった！　リックは歩みを緩めた。「腕はいいのか？」

「かなりいいけど、わたしなら対処できる」

「教えてくれてありがとう」

リックにはもうひとつ知りたいことがあった。ブライス・シェパードが彼女に声をかけたのは、下心あってのことだろうか？　ふたりはどの程度親しいのだろう？　しかし、今はサマンサを信頼するしかない。そうしなければ、とても正気ではいられなかった。

7

金曜、午後一一時二〇分

サマンサはまぶたを閉じて感覚に身をゆだねた。リックの唇が首のうしろにあてがわれる。大きな手が腰から背筋に沿って肩まで這い上がり、そのまま両腕を滑って彼女の指に絡みついた。彼が膝でサマンサの脚のあいだを割って背後から押し入ってきたので、彼女は鋭く息をのんだ。

目を閉じたまま、リックのリズムに合わせて体をくねらせ、彼の存在を全身で受け止める。乳房はひんやりとしたシーツに押しつけられ、腹部の下に枕がふたつ挟まれていた。リックはサマンサの脚を自分の脚で開かせ、奥深くまで侵入しては引き抜く動作を繰り返した。

サマンサはうめき声を上げて絶頂に達し、彼の下で身をよじった。そんな女らしい声を出すのは愛を交わしているときだけだ。リックは彼女に覆いかぶさって切れ切れに笑い、急に身を引いた。

サマンサのまぶたがぱっと開く。「だめ！」

「仰向《あおむ》けになって」リックが息を切らして彼女の左肩を引っ張った。有無を言わせぬ動作だ。サマンサは言われたとおり仰向けになって彼の顔を見上げた。リックが指で金のネックレスをなぞる。チェーンを胸の谷間に寄せてから、上体をかがめて両方の胸の頂を舌でなぞった。

「きみによく似合っているよ」リックが言った。

「あなたもわたしによく似合っているわ。来て」サマンサは枕を床に落とし、彼の体にしがみついて引き寄せた。ふたりはひとつになって情熱的なダンスを再開した。

今度はサマンサも目をつぶらなかった。リックが彼女の姿を愛《め》でるのと同じく、サマンサも彼を眺めるのが好きだった。もうこの世にいない人も含めて、彼女にとってリックは世界一の理解者だった。

「愛しているよ」リックはサマンサに熱烈なキスをした。

彼がマットレスに片肘をついて自由なほうの手でサマンサの乳房をもてあそんだので、彼女の体に再び火がついた。ふたりの動きに合わせてネックレスのペンダント・ヘッドが跳ねる。

「愛している。愛しているんだ」リックが繰り返す。

愛を交わしている最中に発した言葉は当てにならないのが世の常だが、リックはいかなる状況においてもその場しのぎの言葉を口にしない。それでいて、答えを期待しているわけでもなさそうだ。心に浮かんだことを口走ってるだけなのかしら？　サマンサには判断がつかなかった。それでも彼の愛情は感じる。何百回も伝えてもらった。リックの愛の言葉を聞くたび、サマンサは全身に温かくはじけるような気持ちが広がるのを感じた。

「サム、もう一度だ」リックが体重を移動させる。

「もう一度？」サマンサは声を上げて笑った。「要求がすぎるんじゃない？」

リックはペースを上げると同時に薔薇色のつぼみを刺激した。「一緒にいくんだ」うめきながら言い、濃厚なキスをする。

サマンサはすぐにクライマックスに達した。息を吸い込み、彼の肩に爪を立てる。リックも体を波打たせた。そう、これよ！　わたしは彼を高揚させられる。けんかをしていようが、法律的に異なる立場にいようが、ふたりの相性はぴったりだ。

息がつけるようになると、リックはサマンサの隣に仰向けになって寝転び、無言のまま彼女を引き寄せた。サマンサは彼の胸に寄りかかるように横になった。かすかに笑みを浮かべて愛しい人の心音に耳を澄ます。リックが彼女の髪をもてあそびながら、物言いたげな顔つきをした。サマンサと同様、余計な話題を寝室へ持ち込みたくないのだろう。しかし、すべての問題は寝室の外にある。

「ウォルターから連絡は？」ついにリックが切り出した。「昔、きみが話してくれたとおりなら、シェパードってやつは誰かに雇われているんだろう？　黒幕が判明すれば対処しやすい」

サマンサはため息をついた。「まだよ。わたしがイギリスへ来て以来、ふたりの絵画泥棒が逮捕されて、故買屋が殺された。ストーニーは情報提供してくれるイギリス人を見つけるのに苦労してるの」

「きみがいなかったら、イギリス人の死体がもう一体増えていたんだ。おれの死体がね。ウォルターには同情するけど」

サマンサは彼にすり寄った。「文句を言ってるわけじゃないわ。事実を述べただけ」

「そう言ってくれると気が楽だ」

「どういたしまして」サマンサが瞳を閉じた。すっかり満ち足りて眠たそうだ。リックの好きな表情だった。

「明日、ロンドンで開かれる会議はキャンセルしたから」リックは唐突に言った。

サマンサは目を開けた。「なぜ?」答えは聞かなくてもわかっている。

「ここにいて、展示会のオープニングを見ようと思っている」

「二階の窓から?　どのくらいの観光客があなた目当てに屋敷のまわりをうろうろすると思ってるの?」

「展示会で働いているおれの恋人を見ようとする人数と同じくらいかな?」

「冗談はやめて。あなたに比べたらわたしなんかただのおまけだわ。しかもご指摘どおり、わたしは働いているもの——監視室でね。問題が起こらない限り、人前には姿を見せない。そして誰かさんがあのダイヤモンドをポケットに入れたりしなければ、問題は起きないわ」

「それでもおれはこの屋敷にいる」リックは頑固に言い張った。

「一カ月ずっと？　月曜は大事な夕食会じゃなかった？」

「そうだ。夕食会はロンドンじゃなくてここで開くようサラに手配してもらった。いずれにせよ、ローリー・パークのほうが見栄えもするし。それにきみも出席できる」

「やっぱりあのダイヤモンドは厄介のもとよ」

リックがくすくす笑った。「おれはそうは思わない。きみと夕食会に参加できるんだから。呪いは信じる人だけに悪運を及ぼすのかもしれないよ」

「わたしを腹心の部下たちに引き合わせるのが幸運だなんて、本気で思ってるの？」

「彼らのおかげで今期の収支は上々だったから、労をねぎらいたいだけだ。きみはこのネックレスを身につけるといい」リックが新しいネックレスを指ではじく。

「すてき。これは〝みだらなトライアングル〟と名づけることにするわ」

リックは大きな声で笑った。「好きに呼べばいい。きみがつけると輝きが増すよ」

「それはわたしのせいじゃなくて、炭素が想像を超える圧力と熱にさらされた結果よ」

「現実的だね」

サマンサが首を伸ばしてリックの顎にキスをした。「愛してるわ」彼女はそうつぶやいた。リックがいちばんほしかった言葉だ。

「おれも愛している」

サマンサは、ブライス・シェパードがおとなしくしているよう願った。一時は友人であり、恋人であったかもしれないが、ブライスに対する感情はリックに対するそれとは比べ物にならない。いざとなったら、手かげんはしないつもりだった。

リックは監視室の壁際に置かれたスツールに座っていた。四組の目が、モニターの右隅に表示された赤いデジタル時計に注がれている。八時五九分三〇秒。クレイグソンがカウントダウンを開始した。緊張が高まる。

リックはサマンサをちらりと見た。昨夜のセクシーでくつろいだ雰囲気はなく、プロらしく厳しい顔つきをしている。今日は彼にとっても意味のある日だ。一流の展示会を無料で一般公開するのだから。サマンサもこの仕事のおかげでスポットライトを浴びることができた。企画展が成功すれば、防犯コンサルティング会社の評判も上がる。

「三……二……一、オープン！」クレイグソンが言った。

サマンサは無線機の通話ボタンを押した。「ハーヴィー、ゲートを開けて」

「了解」ハーヴィーが答える。「こりゃすげえ。『スター・ウォーズ』の新作に並ぶ行列みたいだ」

「タイトルは『クローンの攻撃』ならぬ『見学者の攻撃』がいいわ」サマンサがつぶやく。

「サブタイトルは〝ダークサイドへの道〟よ」

リックたちは笑った。

「見学者あっての展示会だってことを忘れちゃいけませんよ」クレイグソンが言う。

「あら、もちろんよ。馬に乗った警備員たちは湖のこちら側に待機させておいてね。不審人物を屋敷に入れたくないから」

「了解」

リックは立ち上がってサマンサのこめかみにキスをした。「本当にカメラ越しに見学するだけでいいのかい？」

「外に出たら取り囲まれちゃうもの」

リックとしても物見高い人々はごめんだった。「屋根にのぼるのはどうかな？」

サマンサが唇を引き結んだ。監視室にとどまらなくても問題がないかどうか、あらゆる角度から検討しているのだ。その表情はとてもセクシーだった。

「オーケー」サマンサがクレイグソンの肩を叩いた。「なにかあったら無線で知らせて」

ふたりきりになるとすぐ、リックはサマンサの手を握った。いつでも彼女にふれていたかった。サマンサとつき合い出した当初は、拘束と抱擁の違いを理解させるのに苦労した。今日は彼女が仕事中なので、彼もすぐに手を離した。なにごともバランスが大事だ。サマンサと同じく、リックもふたりの距離感について学んでいるところだった。それまでの恋愛のルールは彼女をひと目見た瞬間に崩れ去った。そして新しいルールは、これまで以上に臨機応変な対応を要求される。

「いつもはこんなに緊張しないのに」階段を上がりながら、サマンサが低い声で白状した。

「〝ナイトシェイド・ダイヤモンド〟は金庫に入っているんだから、今日のきみはとびきりついているはずだよ」

サマンサがリックを横目で見た。「相変わらず呪いのことでわたしをばかにしてるんでしょう？」

彼は片手を胸に当てた。「おれが？　これまで出会ったなかでも最高の知恵と勇気を持つ女性が、値段のつけられないほどのブルー・ダイヤモンドを前に絶叫して逃げ出すのを楽しみにしているとでも？」

「ええ、そう思うわ」

ふたりは階段を上がって屋根裏に入った。屋根へのぼるはしごは屋根裏の奥まったところにある。「以前、呪いや不幸をもたらす品を盗んだことはあるかい？」

「一度だけ」

それは興味深い。リックは先にはしごをのぼり、施錠を外して肩で天窓を押し開けた。

「そのときのことを教えてくれるかい？」

リックのあとから細い通路を進んでいたサマンサが目を細めた。朝の青白い光が彼女の鳶色の髪をブロンズに染め、グリーンの瞳にエメラルドの輝きを与えている。リックはため息をついた。なんて美しいんだろう！

「そのヤマからまだ四年しか経ってないの」海が見えれば屋上バルコニーと言ってもいい通路を進みながら、サマンサが答えた。リックの祖先がデヴォンシアの中央に建てた屋敷にこんな通路を設けたのは、広大な領地を眺めるためだろう。

「つまり、その話をするとおれを共犯者にする恐れがあると？」

サマンサがうなずいた。「時効まであと三年あるわ。わたしが捕まったときのために、あなたは多くを知らないほうがいいのよ」

「おれが思うに、きみが逮捕される事態になれば、おれはどこから見ても共犯者になり得るだけの違法行為をするはずだ」

「暗い気分にさせないでちょうだい」

「そんなつもりはない。むしろ〝乗りかかった船〟とか〝一蓮托生《いちれんたくしょう》〟とか、そういうことが言いたいんだよ」

「解説してくれてありがとう」サマンサがにっこりした。「盗んだのは水晶でできたマヤ時代の頭蓋骨だった。あのときは肝を冷やしたわ。切ったはずの警報は鳴り出すし、ポンパノビーチの真ん中で逃走用の車のエンジンがいかれて、〈デイリークイーン〉に停めてあったフォルクスワーゲン・ビートルを盗んだのよ。本当に最悪」

「でも、きみはさっそうと対処したんだろう?」

「いつもどおりね」屋根の向こうに、ゲートをくぐって駐車場に流れ込む車の列が見えた。

「やれやれ、クリスマスの翌日の〈ウォルマート〉みたいだな」

「あなたがそんなセールに行くとも思えないけど」

「ニュースくらい見るよ」怖い物知らずのサマンサが手すりから大きく身を乗り出した。

「わたしたちのギャラリーを開いたら、駐車場を広げるか、時間によって入場制限をするしかないわね」

「そういうことはあとで考えよう。今を楽しめばいい。この展示会は大成功だ」

サマンサがさっきよりもリラックスした笑みを浮かべた。「その意見には賛成よ。〈ヴィクトリア&アルバート博物館〉は大喜びね。ギフトショップにもお客が殺到すればなおさらだわ」

「博物館といえば、ラーソン警部は？」

「ルビーの展示ケースの横に説明要員として待機してる。マコーリイ博士はラーソンの正体に気づいたみたい。見学者から質問されたときのために、カンニングペーパーを用意してたから」

「少なくともラーソン警部にたいしたことはできないだろう」

「無害な警官なんていないのよ」サマンサが言い返す。その目は増え続ける来場者を見つめていた。「たしかに役に立つとは思えないけど、それでも厄介の種には違いないわ」

「きみのミスター・シェパードが再び現れたら、の話だろう？」

「わたしのじゃない。それに、この瞬間にも泥棒が見学者に交じっているかもしれないのよ。わたしはただ、ラーソンがいきなり発砲したり、騒ぎを起こしたりして、警備の隙を作らないといいなと思ってるだけ」

「優秀な警官もいただろう？」

サマンサは肩をすくめた。「どこかにはいるらしいわね。わたしは六歳から違法行為に手を染めてきたけど、手錠をかけられたのは一回だけ。しかも、わたしのミスじゃなかった」

「きみの言いたいことはわかったよ。でも、警官が会場にいるとアピールすれば犯罪防止になる。そもそも宝石は盗むんじゃなくて鑑賞するためにあるんだから」

サマンサが笑みを浮かべてリックのほうを向いた。「あなたは頭がいいのね。警備会社を起こしたら成功するんじゃない？」

リックは彼女にそっとキスをした。「ありがとう。考えておくよ」

ふたりは階下へ下りた。「そうしたらわたし、秘書になってあげてもいいわ。すごいミニスカートであなたの机に座って……奉仕するの」

リックは足を止め、階段を下りるサマンサの黒いパンツに包まれたヒップを眺めた。サマンサが振り返って意味ありげな視線を投げかけたので、リックは急いで彼女に追いついた。

壁際にサマンサを追い込む。「おれをからかうとどうなるかは教えたはずだけど？」

「誰がからかってるの？」サマンサは彼の髪に指を差し入れて引き寄せ、濃厚なキスをした。

かなり長いあいだ、リックはキスに没頭していた。ふたりのあいだで情熱的なせめぎ合いが続く。意見が対立するのも無理はない。おれたちは多くの点で似た者同士だ。それに加えてサマンサは、他人が自分の領域に踏み込んでくるのを嫌う。たった八カ月では垣根を取り払えない。

サマンサがリックの胸元にゆっくりと手を滑らせ、彼を押し返した。「さあ、もうじゅうぶん楽しんだわ。仕事に戻らなくちゃ」

「こんなのじゃ物足りないよ」リックは再びサマンサの唇を捕らえた。「だけど、許してあげよう。おれは書斎にいるから、必要があれば呼んでくれ」

「警備に関しては万全よ」サマンサは彼に素早くキスをすると、地下に向かって階段を下りていった。

彼女の言うとおりなのかもしれない。それでも、リックは監視室から失敬してきた無線機の電源を入れた。サマンサを信頼することと、状況を楽観視することとは違う。彼女の実力は知っている。だが、ことサマンサ・エリザベス・ジェリコの安全に関しては、神経質にならずにいろというほうが無理だった。

8

土曜、午後五時一二分

　サマンサが展示室のドアに手を伸ばしかけたとき、薄暗がりからヘンリー・ラーソンが姿を現した。「建物内に残っている人はわたしたちがすべて外に出した」彼は警備員を顎で示した。

「それはどうも。でも、最終確認は自分でしたいの。ベネット、一緒に来てくれる？」

　大柄な警備員がうなずいてサマンサのあとに従う。ラーソンはいらだたしげな顔をしたが、サマンサは気にかけなかった。ラーソンは宝石を狙っているのがプライスであることを知らない。そして、サマンサ以上にプライスの手のうちを知る者はいないのだ。

「わたしも行こう」ラーソンがそう言ってベネットの前に出た。「用心するに越したことはない」

　まったく！　自分に目をつける警官に対してはいつもなら勘がいいと称賛するところだが、展示会の警報システムを構築し、警備を請け負っているのはサマンサなのだから、ラーソンの懸念は見当違いもいいところだ。たとえ本当になにかを盗むつもりでいたとしても、こんな男に捕まるほど落ちぶれてはいない……。

「誰でも宝石を盗む可能性があると思ってるわけ？」サマンサは答えを期待するわけではなく、間を持たせるために質問をして、壁のパネルを開け、頭上のライトをつけた。

「誰しも欲はあるからね」ラーソンが答える。「ここにある宝石はどれもかなりの値打ち物だ」

「それで、疑わしい人はいた？」サマンサは展示ケースをのぞいて、宝石が定位置にあることと、センサーの小さなグリーンのランプが点灯していることを確認してまわった。

「不審な人物はいたよ。わたしが目を光らせていたから問題が起きなかったんだ」ラーソンは咳払いをした。「いつもこんなに混むのか？」

「週末はひどいでしょうね。だけど、昨日と今日は特別よ」サマンサはうわの空で答え、展示ケースの裏の掛け金からガムを取り除いた。汚いが、この程度の悪さならかわいいものだ。わたしなら今、ポケットに入っているものだけで、もっと悪質なことができる。

サマンサはふとジャケットのポケットに手を突っ込んだ。不審なものは入っていない。昨日の出来事のあとでは、さすがのリックも〝ナイトシェイド・ダイヤモンド〟を忍ばせたりはしないだろう。しかし、自分の運勢にかかわってくるだけに、きちんと確かめておきたかった。呪いを信じていないリックは、今後もわたしをからかうに違いない。タイヤが吹っ飛んで、携帯電話が粉々になり、取引に失敗したというのに、呪いなど迷信だと思っているのだから。なにか決定的な証拠を突きつけたほうがいいのかもしれない。

だけど、そんな残酷なまねができるかしら？　サマンサは眉をひそめて次の展示ケースに移った。そもそも、そういう質問をすること自体がすでに負けている証拠だ。リックはやってのけたのに。サマンサは早くから他人に弱みを握らせないことの大切さを学んでいた。弱みを握ったと思わせるのすらだめだ。弱さは失敗の元凶。そして失敗は監獄送りか、悪くすれば死を意味する。

「センサーの状態はコンピュータで確認できるんじゃないのか？」ラーソンが尋ねた。

「できるわ」

「それならなぜ、ちっぽけなライトが点灯しているかどうかをいちいち確かめる必要がある？　そんな暇があったら、表を巡回したほうがいいんじゃないか？」

サマンサはラーソンを一瞥した。「わたしは用心深くて心配症なの。あなたはそうじゃないの？」

「もちろん警戒はする。ただ、自分が導入した警備システムなんだから、もっと信頼してもいいんじゃないかと思ったんだ。それができないなら、そんなシステムは導入するだけ無駄だ」

サマンサはうんざりして腰に手を当て、強い調子で言葉を返した。「無線機を渡さないからつっかかってるの？」

ふたりのやり取りを聞いていたベネットが思わず鼻を鳴らし、それをごまかすために咳払いをした。

「それとこれとは関係ない」ラーソンが言い返す。「わたしは一日じゅうここにいて、客に目を光らせていた。一方、きみは立派な椅子に座って、すべてを部下に任せている。ミス・ジェリコ、わたしは自分の仕事をした。それもきちんと」

スコットランド・ヤードの警部のくせに、警備システムの裏をかく方法がいくらでもあることを知らないらしい。サマンサは機械の脆弱《ぜいじゃく》さを知っているからこそ、モニターやドアをひとつずつ確認しているのだ。常に数百人がひしめく会場で、すべてに目を光らせるのは不可能だ。自分やクレイグソンのようなプロが、ズームや録画機能のある監視カメラを使っていても見逃すことはある。すべてを直《じか》に点検せずに一日を終えるなどできなかった。

一〇分後、サマンサは展示室に異状がないことを認めた。物陰にひそんでいる者はいないし、ブライス・シェパードの気配もない。サマンサは無線機を口元に当てた。「クレイグソン、夜間警備モードに切り替えて」

「了解」

壁に埋め込まれたパネルの四番目と五番目のライトが赤く点滅してグリーンに変わる。これで、泥棒が展示ケースに息を吹きかけただけで警報が鳴るはずだ。サマンサは会場を見渡してライトを消した。

「行きましょう」彼女はラーソンとベネットを出口へと促した。

「わたしが信頼できるとわかっただろう?」ラーソンが得意げに言った。「どんな高価な器材もふたつの目にはかなわない」

「おめでたい人ね」サマンサはドアを閉め、施錠した。「クレイグソン、暗証番号を更新して」

「更新完了」

やっと初日が終わった。「ありがとう」無線機に向かって言う。「よくやった《グッド・ジョブ》って言ってくれる？」

「ベリー・グッド・ジョブ、サマンサ！」

サマンサはベネットに向かってうなずくと、屋敷へ戻り始めた。あと二七日だ。

ふいにラーソンが彼女の腕をつかんだ。「さっきの侮辱は聞き捨てならない」ラーソンがまくし立てる。「わたしはプロで――」

「手を離してよ！」サマンサは激怒した。

彼女の表情を見て、ラーソンはその日もっとも賢明な行動を取った。素直に手を離したのだ。サマンサは息を整えた。ラーソンをぶちのめしてやりたかった。少なくともひっぱたいてやるつもりだったのに、あっさりと引き下がられてはそれもできない。

「申し訳ない。だが、さっきも言ったようにわたしはプロだ。反発し合うのではなく協力すればきっと――」

「今夜はリックとふたりだけで食事をするの」サマンサはラーソンの言葉を遮った。「また明日ね」

アメリカ人全般もしくはサマンサ個人について不平を漏らしているラーソンを残し、彼女は屋敷へ戻った。まったく！　イギリス人のお上品な物言いにはときどき無性に腹が立つ。それが無能な男の口から出たとなるとなおさらだ。警官相手では、思うように言い返すこともできない。

リックの書斎に足を踏み入れたところで、携帯電話が鳴った。サマンサはリックに小さく手を振ってから、きびすを返して隣接する自分の書斎へ入った。「ストーニー！」声を聞かなくても着信音で電話の相手はわかっていた。

「挨拶はいい。初日はどうだった？」

サマンサはにんまりした。「なにも盗まれなかったわ。あなたのことだから、根こそぎやられたと言ったほうが喜ぶんだろうけど」

「それはきみがお宝を失敬した場合に限るよ」

「まあ、優しいのね」サマンサはジョージ王朝様式のマホガニー材の机に体重を預けた。「プライスについてなにかわかった？」

「まったく手がかりなしだ」

「残念。誰も口を割らないの？　それとも情報そのものがないの？」

「情報そのものがない」

電話の向こうで沈黙が落ちた。いつだって話題豊富なストーニーが……不吉だわ。「いいから言って」サマンサは促した。

「おれが話した故買屋は、〈ヴィクトリア&アルバート博物館〉の巡回展と聞いてよだれを垂らさんばかりだった。ブライスがその気になるのも無理はない。あの巡回展の品ならなんでもいいから買い取りたいというやつが山ほどいる」

それは心強い情報だ。「あの人だって、買い手の目星もつけずにわたしに挑戦するほど愚かじゃないわ」

「そうはいっても、きみは警備屋に鞍替えしたんだ。もう現役の第一線にいるわけじゃない」

サマンサは顔をしかめた。「でも、ただの門番でもないわ」

「ふむ。やつは単独で動いているのかもしれないな」

「それじゃあ尻尾がつかめないわね。退屈しのぎのつもりかしら？　それともわたしを打ち負かしたいとか？」

「あいにく、おれは水晶玉を持っていないんでね。あいつについてはきみのほうが詳しいだろう？」

サマンサは大きく息を吐いた。「わからない。ブライスには手を出すなと警告したんだけど、余計なところでリックがしゃしゃり出てきたのよ。昔のブライスはわたしが注意するたび、あまのじゃくなふるまいをしたものだわ。少しは成長してるといいけど」

戸口に人の気配を感じて、サマンサは顔を上げた。廊下を歩み去るリックのうしろ姿が目に入る。まったく！　彼女は急いで立ち上がった。

「行かなきゃ」

「おい――」

サマンサは電話を切って机の上に投げ、一目散に部屋を飛び出した。「リック！」

寝室のドアには鍵がかかっていた。これぐらいであきらめると思っているのだろうか？

「ずいぶん子供っぽい態度ね！」サマンサはオーク材のドアを乱暴に叩いた。

いやな予感を振り払いながら、ポケットからペーパークリップを取り出す。ストーニーとの会話を聞かれたのは間違いない。それにしても、いつものリックなら隠し事をしていると知ったら詰め寄ってくるはずなのに。

サマンサには、リックの反応を集めてカタログが作れそうなほどの隠し事があった。彼女はペーパークリップの先端をひねって伸ばすと、鍵穴に差し込み、たちまち施錠を解除してノブをまわした。

ドアを開け、なかに入ったところで足を止める。

「ドアを閉めてくれ」リックが命令した。

サマンサはドアを閉めた。カタログに新しい反応を加えられそうだ。「なにをしてるの？」

「なにをしているように見える？」

「服を脱いでいるように見えるわ」

リックが靴下を脱いで背筋を伸ばした。「たぶんそのとおりだ」

「なぜ？」

「シャワーを浴びるから」なにも身につけていないリックはこの世のなによりもセクシーだった。

サマンサは眉をひそめた。「ストーニーとの会話を聞いたんでしょう？」

「ああ、ウォルターはブライス・シェパードの雇い主についてなんの手がかりも得られなかったみたいだな」

「そうよ。ブライスは単独犯かもしれない」

「そういうことなら、展示会が終わるまでやつから目を離さないようにしないと」

「あっちの計画がわからない以上、そうせざるを得ないでしょうね」

リックはしばらくサマンサを見つめてうなずいた。「わかった。じゃあ、これで」

「だめよ」

リックはバスルームに向かいかけて立ち止まった。「なんだって？」

「わたしがブライスの過去をよく知ってることもばれちゃったんでしょう？　問題のないふりをしないで」

「続きはバスルームで話そうか。肌寒くなってきた」リックは振り向きもせずにバスルームへ消えた。

サマンサはしばらくその場に立ち尽くしていた。普段のリックは隠し事をかぎつけると取り乱す。ブライスがわたしと言葉を交わしたときも、殴りかからんばかりだった。

愛想を尽かされたのだったらどうしよう？　サマンサの胸が冷たくなった。いつかリックに嫌われるのではないかと恐れてきた。泥棒としての過去だけでなく、わたしという人間そのものにうんざりしてしまうのではないかと……。彼に対してはできるだけ嘘をつかないよう努めてきた。実際、他人にここまで心を開いたのは初めてだ。いい勝負なのはストーニーくらい。

バスルームからシャワーの音が聞こえてきた。リックは本当にシャワーを浴びるつもりらしい。サマンサは歯を食いしばり、ざわざわした気持ちを抱えてバスルームから漏れてきた蒸気をじっと見つめた。どこかの屋敷からレンブラントを盗むのは簡単なのに、リックとの関係を維持するのは難しい。自分にとってかけがえのないものだからだ。

一方のリックは、半分開いているバスルームのドアをちらりと見てシャワールームに入った。一か八《ばち》かのビジネスの世界を一二年間も渡り歩いてきたのでなければ、これほど上手に怒りを隠せなかっただろう。

リックはサマンサと一生をともにしたかった。だが、それは彼が願うだけではどうしようもない。だからこそ、さっき知ったばかりの秘密をどうするかについてはサマンサに決めさせなければならなかった。追及もせずにシャワーに飛び込むのはひどく難しかった。

そのとき、シャワールームのドアが勢いよく開き、一糸まとわぬ姿のサマンサが入ってきた。彼女から歩み寄ってくれた！

「プライスとわたしは一カ月間ほどつき合っていたの」サマンサが言った。「二年くらい前よ」

リックはふたりの出会いや不仲の理由、そして別れを切り出したのがどちらなのかを聞き出したかった。しかし、そうする代わりに石鹸《せっけん》を胸に塗りたくって、大きな声で言った。

「おれには関係ないね」

サマンサは口を引き結んだ。「あなたが怒っているのか、本当に興味がないのかわからない」彼女は視線を落とした。「あら、興味はあるみたいね」

愛する女性と裸でシャワールームにいるとなれば、制御できない部分がある。「どんな反応を期待していたんだ？」リックは尋ねた。「欲望の話じゃないけれど」

「こんなのはフェアじゃないわ」サマンサはしばらくして口を開いた。「歯医者に行くと、待合室の雑誌という雑誌にあなたとジュリア・プールの写真が載ってるのよ。でも、わたしは歯石を取ってもらっている最中にヒステリーを起こしたりしない」

「ジュリアとおれの写真は古いものばかりだが、おれがきみとブライス・シェパードを見たのはつい昨日だ」

「別に展示ケースの上で、裸でもつれ合ってたわけじゃないわ」

「かつてはそういうときもあったんだろう？　展示ケースの上とは言わないが」あったのだとしても断固聞きたくない。

「そうよ。あなたとミス・ゴールデングローブ賞だってそうでしょう？」

リックは歯を食いしばった。「おれとジュリアの仲に嫉妬していたとは知らなかった」

「嫉妬なんてしてないわ。だからといって、わたしが彼女を好きになる必要もないけど」

リックはこの発言にひねくれた喜びを感じた。石鹸のついた手でサマンサの乳房を撫でる。

「おれだってシェパードのことは気に入らない。だけど、きみの書斎でうろたえたりしなかった」

「そうね、それは認めるわ。でも、昨日はけんか腰だったじゃない」サマンサは賢い犬を褒めるように彼の高まりを撫でた。「それから、わたしの〝静かの海〟にイギリス国旗を打ち立てたいだけのセックスはお断りよ」

「なんてことを言うんだ！」

「そうそう、ラーソンには、今夜はわたしたちだけで食事をするって言っておいたから。あいつがあんまり間の抜けたことを言うから腹が立って」リックは、シャワールームから出ていくサマンサの忍び笑いを聞いた気がした。

彼女にお仕置きをするつもりだったのに。リックは勢いをなくした部分を見下ろした。

「すまないな」小声で言う。「たぶん、あとで埋め合わせができると思う」

急いでシャワーをすませて寝室に戻ったが、すでにサマンサの姿はなく、夕食の前に愛を交わすもくろみはあっけなく消えた。リックはぶつぶつ言いながらスウェットシャツとジーンズに着替えた。クレイグソンの勤務は終わっただろうから、今はビル・ハリントンが詰めているはずだ。サマンサとクレイグソンには戦友にも似た仲間意識がある。それに比べ、ハリントンは仕事だと割り切っているので、説得に応じてくれるに違いない。

リックは地下に下りると歩調を緩め、監視室のドアへ近づいた。ハリントンは明らかにひとりではなかった。しかもサマンサの声ではなさそうだ。リックはくぐもった話し声にしばらく耳を傾けていたが、やがて結論を下した。ラーソン警部だ。

リックは暗証番号を打ち込んでドアを開けた。

「やあ、ハリントン」リックは気軽に声をかけ、ハリントンの脇に立つラーソンに目を向けて片方の眉をつり上げた。「展示室になにか問題でも?」

「いいえ、異状はありません」

「それなら、博物館副館長の補佐がこんな時間になにを?」

「警備の方法について意見交換していたんです」ラーソンが短く答えた。「失礼します」彼は硬い表情でうなずいて部屋をあとにした。

「問題があるのか?」

「いいえ」ハリントンはドアが閉まるのを見届けた。「ミスター・アディソン、ミス・サマンサにも伝えていただきたいのですが、ミスター・ラーソンは〈ヴィクトリア&アルバート博物館〉のスタッフではありません。スコットランド・ヤードの警部です」

「どうして知っているんだ?」

「本人がそう言いました。バッジをひけらかして予備の無線機をよこせと言われました」

「無線機を渡したのか?」

「そうしないと、わたしの過去をほじくり返すと脅されたんです。その、若いときにいくつか――」

「心配するな」サマンサはまたしてもやんちゃな迷子の子犬を雇ったらしい。「だが、教えてほしいことがあるんだ」

「なんでしょう」

リックは椅子を引き寄せ、背もたれを手前にしてまたぐように座った。「展示室の警報装置が作動したら、サマンサにはどう連絡が行く？」

「警報そのものが聞こえるんじゃないでしょうか」ハリントンは鼻を鳴らした。「ミス・サマンサがおっしゃるには、無音の警報というのは犯人が逃げるときに捕獲するのを目的にしているそうです。しかし今回は展示室に忍び込む前に捕らえたいので、犯人に危機感を抱かせるよう大音量に設定しています」

そこまでたどり着く泥棒がいるとすれば、さぞかし肝を冷やすだろう。実際はいないだろうが。けれどもサマンサなら、センサーに引っかからずに展示室に侵入し、宝石を根こそぎ盗んで逃走できるに違いない。「なるほど」リックはあいだを置いて続けた。「警報が鳴ると、警備システムはどんなふうに作動するんだ？」

「それはですね」ハリントンがコンピュータに向き直った。「展示室のセンサーが反応すると、自動的に警察に通報されます。建物外部の投光器が点灯し、警備員とミス・サマンサの携帯に警報が入ります」彼はにやりとした。「ミス・サマンサの着信音はヒッチコックの『サイコ』のテーマなんですよ」

いかにも彼女らしい。「おれの携帯もリストに加えてもらえるかな？」

「ですが、ミス・サマンサは——」

「中身はともかく、展示室はおれのものだ」

「一理ありますね。番号を教えてください。リストに加えます」

リックは番号を伝えた。ハリントンがコンピュータを操作し、番号を登録してくれた。クレイグソンに頼んでも同じことをしてくれるだろうが、あとでサマンサに報告するに違いない。そうなったら、サマンサから信頼についての大演説を聞かされるはめになる。リックとしては、演説も弁解も避けたかった。信頼がどうこうではなく、単にサマンサの身が心配なのだと白状させられるに決まっている。だいいち、警報が鳴って彼女が昔の男と対決するのであれば、リックもそばにいて助けになりたかった。その過程でプライス・シェパードをぶちのめせるなら大歓迎だ。

「ほら、楽勝ですよ」ハリントンがエンターキーを押した。

「ありがとう、感謝するよ。この件は内緒にしておいてくれ」

「お役に立てて光栄です。ラーソンに無線機を渡したことは報告しなければなりません」

「もちろんだ」

なんの変化もないモニターをしばらく見つめてから、リックはハリントンの肩を叩き、監視室を出た。ドアが閉まると、携帯電話を取り出して国際電話をかけた。

「社長」二度の呼び出し音のあと、テキサス訛りの物憂げな声が答えた。

「やあ、トム」リックは言った。「パームビーチの天気はどうだ?」

「暖かいと蒸し暑いの中間あたりですよ。デヴォンシアはどうですか？」

「涼しいと肌寒いの中間だよ」

トム・ドナーは〈ドナー・ローズ・アンド・クリチェンソン法律事務所〉の主席弁護士で、リックが昔からいちばんの信頼を寄せる弁護士であり、友人だった。ここ数年、人を信頼するのがいっそう難しくなっている。

「そっちが土曜の午後なのはわかっているが、少し調べてほしいことがあるんだ」

「おっと、ジェリコのやつ、今度はなにをやったんです？」

「おれがなにか頼むたびにサマンサ絡みだと思うのはなぜだ？」

ドナーの不服そうな顔が目に浮かぶようだった。「違うんですか？」

リックは携帯電話に向かって顔をしかめた。「ブライス・シェパードというアイルランド人について、なんでもいいから情報がほしい。年は二五から三〇歳くらい。調査は国内に絞らないでくれ。頻繁に旅行をしている」かつてのサマンサと同業者なら、必然的にそうなるだろう。

「わかりました。どこから調べ始めたらいいですか？　実業家なのか、医療関係か、それとも銀行——」

「公安機関を当たってくれ。インターポール、連邦捜査局《FBI》、スコットランド・ヤードにある不法侵入や窃盗の指名手配者リストなどだ」

沈黙が落ちる。

「トム？」

「やっぱり！　ジェリコのやつがなにかやらかしたんですね？」

「なにも。彼女はこの件にかかわらせたくない。さあ、頼んだぞ」

「わかりましたよ。ＦＢＩの知り合いに探りを入れてみます。〈メトロポリタン美術館〉の件で貸しがありますから」

「サマンサのおかげだ」リックは指摘した。「それから、トム」

「なんでしょう？」

「今回の話は、おれたちのあいだにとどめておいてくれ」

「承知しました。なにかわかったら電話します」

「なるべく早く頼むよ」

　リックはゆっくりと携帯電話をたたみ、ベルトに戻した。サマンサなら、おれの過去の恋人に対して愛想よくふるまうくらいできるだろう。だが、おれはそこまで大人にはなれない。それに、サマンサはブライス・シェパードを嫌っていないように思える。つまり、おれはそいつを好きになれないということだ。絶対に。

9

日曜、午前二時四七分

深い眠りから一気に覚醒《かくせい》したサマンサは、ベッドの上でがばりと上体を起こした。ナイトスタンドの下に置かれた電話が暗闇にやかましい音を響かせている。「もう！」サマンサはリックの体を乗り越えて受話器に手を伸ばした。

ところがリックが先に受話器をつかみ、彼女に背中を向けて通話ボタンを押した。「もしもし？」起き上がったリックの耳に寝乱れた黒髪が垂れかかった。彼は受話器を耳に当てたままサマンサをにらんだ。「ハリントンからきみにだ」

「だから電話はわたしのほうに置いておきたかったのに」サマンサはぶつぶつ言いながら時計に目を走らせた。「ハリントン、どうしたの？」

「北側の投光器が二分間で二度も反応したんです。センサーは地表から一五センチ離れていますし、二〇キロ以上の物体にしか反応しないはずですから、ねずみや雷鳥ではないと思います」

「鹿《しか》とか大きな兎《うさぎ》かもしれないわ。誰か調べに行かせた？」

「ウィルQとダニーを行かせました。一応ご報告をと……あっ、今また反応がありました。モニターでは鹿などの大型動物は確認できません」

「わかった」サマンサはくしゃくしゃになった上掛けを蹴りのけた。「ウィルQとダニーに五分で現場に行くと伝えて」

彼女はリックに受話器を返して広々としたベッドから抜け出し、ナイトスタンドの下に常備しているTシャツとジーンズと靴に手を伸ばした。昔の習慣が役立つ場合もある。

「ハリントンはなぜ無線を使わないんだ？」リックもベッドから飛び出した。

「ラーソンが無線機を持ってるからよ。あいつより先に状況を把握したいの」

「おれも行く」リックは二時間前に脱ぎ捨てた衣服を拾い集めた。

「リック、わたしは――」

「一緒に行く」リックは頑《かたく》なに言い張った。

「わかったわ」

一分後、サマンサは無線機をつかみ、音量を絞って寝室のドアへ向かった。「行くわよ」

「オーケー」

サマンサはアドレナリンが体内を駆けめぐるのを感じた。不法侵入をするときの高揚感には及ばないし、結局はなんの異状もないのかもしれない。しかし、まっとうな生活にちょっとした刺激が加わるのは大歓迎だ。

「さすがのあなたも午前二時では調子が出ないみたいね」

「そんなことはないよ」リックは低い声で言い返し、ドアへ近寄った。「足がもつれただけだ。懐中電灯《トーチ》は？」

彼がイギリス人らしい言いまわしを使うのは気が立っている証拠だ。「懐中電灯《フラッシュライト》なら持ったわ」

サマンサは音がしないようにドアを開け、中央の階段へ向かった。キッチンを抜けて庭へ出る。展示用の厩舎の北は母屋からもっとも離れた場所に位置しており、ロビンフッドの時代からある楡やオークの森と面していた。サマンサは笑みをこらえながら、庭に張りめぐらした投光器用のセンサーをよけて先を急いだ。今は正義の側にいるとはいえ、センサーに引っかかってライトを浴びるのはみっともない。

リックはビジネスマンとは思えない身のこなしで遅れずについてきた。これまで相棒を持ったことはないが、彼なら優秀なパートナーになりそうだ。もちろんリックがビジネス界での成功と倫理感を捨てて、犯罪者として生きる道を選んでくれればの話だが。

庭の端まで来たとき、建物の向こうで投光器が点灯した。木々に光が当たり、くるぶしまである草地に陰を落とす。サマンサは無線機を掲げた。「ダニー、ウィルQ、わたしは庭の出口にいるわ」

「われわれは木立のなかです。今までのところ異状はありません」

「わかった。ハリントン、投光器を全部つけて」彼女はうしろをちらりと見た。「リック、目をそらしたほうがいいわよ」

「どうして――」

投光器がいっせいに点灯した。リックが悪態をつく。サマンサは駐車場のほうへ視線をそらしていた。暗闇のなかに、建物が浮かび上がった。『未知との遭遇』の母艦のようだ。光のなかで動くものはなにひとつなかった。

「ハリントン？」サマンサは光と闇の境界線を注視して言った。

「モニター上に異状はありません」

「こっちもよ。捜索範囲を狭めましょう」

暗闇や草陰に目を配りながら、サマンサと警備員は三方向から建物の北側に接近した。兎一羽も見逃すはずがないのに、なにも見当たらない。なにかがおかしかった。

サマンサとリックはギフトショップの出口の前でダニーたちと合流した。投光器の光をまともに浴びていると無防備に感じられたが、投光器を消せば視界がきかなくなるから我慢するしかなかった。

「日焼けしそうだ」リックが静かに言った。

「風で枝がセンサーにふれたんじゃないですか？」ウィルQがもう一度周囲を見渡す。

「そんなことにならないよう設定してあるわ」サマンサは無線機を口元に当てた。「ハリントン、反応があったのはどのセンサー？」

「建物の北西の角です」

サマンサはそちらに目を向けて眉をひそめた。「その部分の投光器を消してみて」

一瞬ののちに投光器が消え、表面が鈍いオレンジ色に変わった。

「あれはなんだ？」リックがサマンサの横をすり抜けてセンサーに近づく。

「猫用のおもちゃだわ！」釣り糸の先につけられたおもちゃの小鳥がセンサーの先にぶら下げられていた。ちょっとでも風が吹けばセンサーにふれる仕掛けだ。二〇キロよりはるかに軽いが、あれだけ近ければセンサーが反応するのも無理はない。「リック、わたしを持ち上げてくれる？」

サマンサはリックの肩をつかんで彼の手に足をかけた。リックが彼女を持ち上げる。サマンサは釣り糸を引き抜いた。小鳥の黄色い胸元には赤いハートが描いてあった。

「シェパードか？」リックが硬い表情で尋ねる。

「ええ」

「投光器を作動させずに、どうやってここまで接近したんだろう？」

「彼は腕がいいの」悔しいことに。「ハリントン、建物内部の最新状況をモニターで確かめて」

「今、確認し終えたところです。展示室内に異状はありません」

サマンサは小声で悪態をつきながらダニーとウィルＱに向き直った。「すべての出入口を点検して。木立のあいだもね。今夜は投光器をつけっぱなしにしておくわ」

「展示室には入らないのかい？」ふたりの警備員が立ち去ったところで、リックがそっと尋ねた。

「ブライスは展示室には侵入していない。これは挨拶代わりよ。まだあきらめていないってことをわたしに伝えるための」

「きみに察知されずに潜入できるってことも？」

「それもあるわ」

リックの肩越しに、こちらへやってくるヘンリー・ラーソンが見えた。「なぜわたしに連絡が来ない？」

「異状がないからよ」ラーソンは強引に手に入れた無線機を振りまわして怒鳴った。

ラーソンがサマンサの肩をつかむ。サマンサはぴしゃりと言い返して屋敷へ戻ろうとした。

「異状がないようには見えないがね。きみのところの警備員がやたらと歩きまわったら、現場が荒らされるじゃないか！サマンサはラーソンの腕を振り払い、相手の胸におもちゃの小鳥を押しつけた。「これでも調べれば？　ただの悪ふざけよ」

屋敷へ戻る途中、リックはサマンサと手をつなごうとせず、押し黙ってうしろをついてきた。彼の視線が背中に突き刺さる。しかしサマンサの意識は、不機嫌そうな長身の男性を通り越して、展示室の屋根に向けられていた。傾斜のついた屋根板を踏み締める音に。

階段を上がって寝室に入るまで、リックは無言のままだった。よくない兆候だ。ふたりきりになったとたん、爆発するに決まっている。全裸になってみようかしら？　現にリックが服を脱いだとき、わたしはわれを忘れてしまった。ただ、今回は彼がなにに腹を立てているのか見当もつかない。

背後で寝室のドアが閉まった。サマンサはあくびをするふりをしてベッドの端に腰かけ、靴を脱いだ。

「あのおもちゃをぶら下げたのがシェパードだという確信はあるのか？」

「間違いないわ」

サマンサは緊急用のジーンズとTシャツを脱いで折りたたみ、ナイトスタンドの下に押し込んだ。やわらかくてひんやりしたシーツに潜り込む。

リックはベッドの脇に立ったままだった。「じゃあ、シェパードは宝石から壁一枚隔てたところにいたんだな」

「ハイテク器材を満載した壁だけどね」

「なぜラーソン警部にシェパードの名を教えなかった？　スコットランド・ヤードの警部に、ただの悪ふざけだと言ったのはなぜだ？」

「だって事実だもの」サマンサは自分の寝る側へ体をずらしてシーツの下で丸くなった。

「ブライスは自分が来たのをわたしに知らせたかったのよ。だからわたしは投光器をつけっぱなしにした。ピカソの絵を賭《か》けてもいいけど、わたしたちが現場にいたとき、ブライスは屋根の上にいたはずよ。投光器はそんな彼へのささやかなプレゼント」

「なんだって？」

サマンサは顔をしかめてリックを見上げた。「なんだってって、なにが？　ブライスはたしかに屋外のモーションセンサーをかいくぐった。でも、警報装置を作動させずに屋根から展示室に侵入するのは不可能だわ。つまり彼は、最初からそこまでするつもりがなかったか、途中であきらめたかのどちらかね。そうでなきゃ、センサーを作動させたりしない。あの人は単に、わたしをベッドから引っ張り出して――」

「腕のいい泥棒がわざとセンサーを作動させたうえ、まだ敷地内にいるというのか？　そいつがなにも盗まないという確信があったとしても、対処しなくていいと勝手に決めつけるのはいかがなものかな？　泥棒を捕まえに来たスコットランド・ヤードの警部を煙《けむ》に巻いて、やつの所在を内緒にしたのも含めて、やりすぎじゃないか？」リックの眉間のしわが深くなった。「おれはそう思うけれどね」

サマンサは目をぱちくりさせた。彼女は泥棒として育てられたが、善悪の区別はついていると思っていた。サマンサの理解するところでは、ブライスは単に挨拶に来ただけだ。屋敷へ侵入されたことを警察に通報しようとは考えもしなかった。

リックは長いことサマンサを見つめていた。「返事はなしか？」そうつぶやいてきびすを返し、ドアへ向かう。

「どこへ行くの？」

「ラーソン警部を捜して、いまいましい泥棒を屋根から引きずり下ろす」

サマンサは素早くベッドを横切り、リックとドアのあいだに滑り込んだ。「だめよ」

「おれを止められると思っているのか？」

ショーツしか身につけていないサマンサとは対照的にリックは服を着ていて、体も大きいし怒っている。しかし、どんなときも不安を顔に出してはならないと、サマンサは父に教えられてきた。「今ごろ捜しても遅いわ」サマンサは答えをはぐらかそうとした。

「いずれにせよおれは調べるし、ラーソン警部に伝える」

「だめ！」サマンサは頑としてその場を動かなかった。

リックはこぶしを握り締めたものの、彼女には手を出さなかった。

「なぜだ？　おれとしては、イギリスじゅうの警官を呼び集めたいくらいだよ」

「プライスはわたしを試してるの。おもちゃの小鳥ごときで警察が出てきたら噂になるわ」

「具体的にどんな噂だい？　先制攻撃をしたとか？」

「警備態勢に自信がないから警察に通報したと言われるのよ」

「サマンサ――」

「だめ、これはわたしの責任よ。わたしが元窃盗犯でなかったら警察に通報していた。でも、わたしは窃盗犯だった。警察はもちろん、元同業者に対しても実力を証明しなきゃならないの。わかる？」

「わかるよ」

「よかった」

「わかるとも」リックははっきりした口調で繰り返した。「だが、そろそろ過去のことで自分を苦しめるのはやめてもいいんじゃないか？」

リックがドアを突き破る心配はもうしなくてよさそうだった。「続きはベッドでいい？寒いのよ」

リックはサマンサのむき出しの乳房に視線を落とした。すばらしい眺めだ。「ああ、いいよ」そう言わなければこの場が収まらないとわかっていたので、しぶしぶ同意した。

サマンサがベッドに飛び込んで、上掛けを首まで引っ張り上げた。「さあ、ここへ来て」彼女はリックがシャツを脱ぎ出してから再び口を開いた。「でも、さっきの発言はナンセンスだわ」

「過去のことで自分を苦しめると言ったことかい？」

「そうよ。過去は消せない。わたしたちが出会ったのもそのおかげだもの」

「だけど、おれたちがつき合っているのはそのせいじゃない」彼は靴とスラックスを脱いでサマンサの脇に滑り込んだ。

「いいえ、そのせいよ。わたしの危険な魅力にまいったんでしょう？」サマンサが眉根を寄せた。「わたしは今もお尋ね者。あなたと出会う前の七年間に、何回盗みを働いたと思う？警察はわたしを指名手配してる」

「わかっているよ。だからこそ、おれが――」

「それとこれとは別問題よ」リックは自分がいる限り、誰にも手出しはさせないと言いたいのだろう。警察に圧力をかけようと思えばネタはいくらでもあるだろうし、サマンサのためなら彼は喜んでそうするはずだ。

「ほかになにがある？　昔のよしみで元恋人をかばうのか？」

「ばかなことを言わないで。わたしはあなたと一緒にいるのよ。かつての知り合いはこう思うでしょうね。わたしがあなたとの関係を隠れ蓑《みの》にして盗みを続けてる。そうでなければ、身の丈に合わない生活をしてるって。いずれにせよ、彼らはわたしたちを攻撃してくる。それをはねのける実力があると証明できなければ、攻撃は今後も続くの。わかった？」

リックは肘をついてサマンサの顔をのぞき込んだ。「そういう知り合いはどのくらいいるんだい？」

サマンサは口を引き結んだ。「ここ一〇年間のめぼしい窃盗事件の件数を合わせたくらいかな」

リックは驚きを顔に出さないよう気をつけた。「そのなかで、きみが手を下したヤマはどのくらいある？　それを引いた数が知り合いの数だろう？」

「ニュースになったうちでは八パーセントくらい。大きなヤマだと一五パーセント。すごく難しいヤマなら六〇パーセントってとこね」

サマンサは淡々と言った。彼女の犯行を目撃し、抜群の腕を誇ると知っているにもかかわらず、リックはその数字に驚き、そして怖くなった。秘密を知っている人間がほかにもいるからではない。それぞれの事件で、少なくともひとり以上がサマンサを追っていることになるからだ。

「防犯コンサルティング会社を立ち上げるとき、気乗りしない様子だったのはそういうわけか？　きみが担当した案件は襲われる可能性が高いから？」

「それもあるわ」

「ほかの理由は？」リックは探るように言った。どうりで過去の話題を避けたがるわけだ。

「前の仕事がもたらしてくれた興奮が圧倒的だったから。なにかを守るだけじゃつまらないと思ったの」

「きみはアドレナリン中毒なのか？」

「そうよ。とんでもない女をつかんだと思っているでしょう？」

サマンサはあっけらかんとした口調で言ったが、リックと目を合わそうとはしなかった。

「おれにわかるのは……」リックはゆっくり言って、ほつれた髪を彼女の耳にかけてやった。

「きみとおれが似た者同士ということだ。おれたちはなにかを追い求めずにいられない。手段まで同じこともある」

「会社の乗っ取りにグラスカッターや錠前破りを使うわけ？」

「手に入る情報はなんでも利用するよ。その過程で、公平とは言えない手段を取るときもある。わかるだろう？」

「大切なのは、わたしが理想的な恋人ではないってことよ。今回の一件がいい証拠だわ」

「最初の妻が浮気したのは、おれが彼女を喜ばせるよりビジネスに興味があったからだ」

「だけど、パトリシアは変わってるから――」

「ある意味、おれも理想的な恋人とは言えないんだ。サマンサ、愛しているよ。シェパードのことも、パームビーチの家に警報装置を設置したがらなかった理由についても、率直に話してくれればよかったのに」

「わたしと一緒にいる限り、あなたの家は常に標的になるってことを実感してほしかったの。それに耐えられないなら――」

リックはサマンサを引き寄せて唇を押しつけた。「きみがほしい」うめくように言って仰向けになり、彼女を自分の上に引っ張り上げる。

彼はいつもサマンサを求めていた。彼女をあえがせ、絶頂に押し上げている瞬間だけはすべてをコントロールできる気がした。サマンサにふれ、手を握り、なかに入ると、ふたつの世界を自由に行き来する彼女が目の前にいて、その彼女が自分のものであることを確信できる。

サマンサがリックの手をどけてぴったりと体を押しつけてきた。大きなプレッシャーにさらされているふたりにとって、セックスは互いが互いのものであることを確かめ、緊張を吹き飛ばす手段なのだ。彼女がシーツの下に手を滑らせて、リックの敏感な部分を愛撫する。彼はうめいた。セックスが解放をもたらしてくれるのは間違いない。そして、心からの充足感を得られる。

「誰かさんは喜んでるみたい」サマンサが息を吸い、リックの左の耳たぶを噛んだ。

リックは彼女の腰を抱き寄せた。サマンサの手に力がこもる。彼は必死で意識を保とうとした。「これよりうれしいことはひとつしか思いつかない」そう言って、彼女の喉に唇を這わせる。

「なんなの？」

「きみにお返しをすることだ」リックはサマンサの肩をつかんで仰向けにした。彼女は怒張した下腹部から手を離さなかった。リックはサマンサの脇に膝をつき、ショーツをはぎ取って放り投げた。彼女の脚を開かせて片方を自分の体に引き寄せ、敏感な場所に口を近づける。

「体がやわらかくてよかったわ」サマンサが切れ切れに言った。花びらを指でかき分けられ、舌で秘所を刺激されて、びくんと腰を跳ね上げた。

リックが口をつけたまま忍び笑いを漏らした。「まったくだ」

サマンサの手がリックの高まりをリズミカルに握る。「ああ、それってすごく気持ちいい」

彼女は震える声で言った。

リックは敏感な突起を指ではじいた。「これかい？」

サマンサが秘所を痙攣させて甘い声を出す。それを聞いただけで、リックは達してしまいそうだった。彼女の指が巧みに高まりを刺激し続けている。リックは必死に踏みとどまった。

静かな夜に、激しい息遣いと細いうめき声が響いた。

「仰向けになって」サマンサがリックから手を離し、小さな声で命令する。

彼はすぐさま指示に従い、サマンサの腿に手をまわして体を引き下ろすと、なかに押し入った。「サマンサ！」リックはうめいた。サマンサが湿った部分できつく彼を包み込んだ。

彼女は上体を起こしてリックの胸に手を当て、深く激しい上下運動を開始した。つき合い始めて八カ月、そのあいだずっと相手の好みを学習してきたというのに、リックはサマンサを前にするといまだに抑制がきかなかった。体を乗っ取られた気分で彼女に身をゆだねた。

「リック！」サマンサが腰の動きを速め、懇願するように言った。

ふたりは同時に極みに達した。リックは彼女の腿に手をまわし、強く引きつけて自分を解き放った。サマンサは満足げなため息とともにリックの胸に崩れ落ち、脚を伸ばして彼の脚に絡めた。

「おれはこれからもきみの仕事に首を突っ込むと思う」リックは乱れた鳶色の髪に顔をうずめて静かに宣言した。「だが、これがきみのヤマなのはわかっている。今のところ、ラーソン警部には言わないでおくよ。つまるところ、それを調べるのが彼の仕事なんだから」

「ありがとう」サマンサが顔を上げ、リックの肩にキスをした。

リックの胸に抱かれたサマンサの体からしだいに力が抜け、呼吸が落ち着いていった。いつもなら腕のなかで彼女が眠りに落ちるとなんとも言えない厳かな気持ちになるのだが、今夜はむしろほっとした。

一〇分後、リックはゆっくりと体をずらしてサマンサの下から抜け出した。彼女の寝息が安定するまでしばらく様子をうかがう。それから音をたてないように起き上がって服を着ると、無線機を手に部屋から滑り出た。

「ハリントン？」リックは無線機のスイッチを入れて言った。

「ミスター・アディソン？」

「もう一度さっきの現場に戻る。おれが外にいるあいだ、屋根をよく見張っていてくれ」

「承知しました」

サマンサが自分の力でなんとかしたいのはわかるが、ブライス・シェパードを不法侵入で捕らえるチャンスを逃すわけにはいかない。あいつを放置しておくのは危険だ。

10

月曜、午前八時一二分

サマンサは北の棟を抜けてそろそろと階段を下りた。声をかけられたら台無しになるので、通りかかった三人の使用人から身を隠す。食堂の前まで来ると、彼女はドアに体を寄せて耳を澄ました。話し声は聞こえない。サマンサは慎重にノブをまわし、少しずつドアを開けた。

七センチほど開けたところで食卓が見えた。リックがテーブルについていた。スクランブルエッグを食べながら分厚い書類をめくり、ときどきメモを取っている。イギリス人男性は温かくてコレステロールたっぷりの食事が大好きなのだ。

リックのほかに人影はなかったので、サマンサは背筋を伸ばしてドアを開け、うしろ手に閉めて鍵をかけた。「おはよう、イングリッシュ・マフィンちゃん」リックのそばまで行ってかがみ込み、コーヒー味の唇にキスをする。

「おはよう」

「今朝、ラーソンを見かけた？」

「サイクスによると、ラーソン警部は先に朝食をすませたそうだ。敷地内を巡回しているんじゃないかな？」

「それはいいわ。ついでに湖に落ちればいいのよ」

　リックがにやりとした。「きみは犯罪者より警官のほうが苦手なんだな」

「習慣だから」サマンサは食べ物が並べられたサイドボードに歩み寄った。「それで、夕食会には何人くらい来るの？」

「二〇人くらいかな。パートナーを連れてくるかどうかはっきりしない者が数名いるが、それも午後までにはわかるよ。サラが最終的な人数を連絡してくれる手はずになっている。それと明日は休みにしたから、平日の夜に長く引き止めるのは悪いと気をまわす必要はないからね。希望する人には泊まってもらってもいい」

　バターを塗ったクロワッサンといちごを皿に取り分けながら、サマンサは顔をしかめた。よく冷えたダイエットコーラをつかんでテーブルに戻る。「今日もオフィスに行かないつもり？　土曜も休んだでしょう。首相《PM》や議員《MP》と昼食をとるんじゃなかった？」

「まるでイギリス人みたいな口ぶりだな。昼食会は延期してもらう」

「延期っていつに？　展示会が終わる四週間後？　朝から晩まで、四週間ずっと家にいるなんておかしいわよ」

　リックがサマンサを見てかすかに顔をしかめ、携帯電話を取り出した。「サラ、ヘリをよこしてくれないか？　展示会の見学者を驚かせたくないから、ウィルキンズには格納庫のほうに着陸するよう伝えてくれ」しばらく相手の言葉に耳を傾けてからうなずく。「それでいい。頼むよ」

「車じゃないの？」サマンサは何気なく尋ねた。「ダイヤモンドは金庫のなかよね？」

「もう一度言うが、ダイヤモンドはまったく関係がない。ヘリのほうが速いし、格好がいいからそうしたまでだ」

サマンサは声をたてて笑った。〝ヘリをよこせ〟というのはたしかにさまになる。彼女はいちごを口に放り込んだ。「明日が休みなのは気がきいてるわ。もうひとつ、あなたの部下たちはドレスアップしてここまで運転してくるんだから、今日は早めに仕事を切り上げさせてあげてね」

「はい、はい。おれの部下やそのパートナーはきみの気遣いに心から感謝しているだろうね。きみのおかげでだいぶ生きやすくなっているから」

サマンサはうれしくなった。リックがサマンサの防犯コンサルティング会社に大きな影響を与えているのに比べ、自分がリックを支えていると実感する機会はそう多くない。彼はいつも助言を聞き入れてくれるとはいえ、それが実際に役立っているとわかって心が弾んだ。

「わたしがここを仕切ってるんだもの」

「そのとおりだ」

「女王さまとしてついでに言わせてもらうと……」軽快な音をたて、サマンサはコーラのプルタブを開けた。「あのダイヤモンドは人目につかない場所に隠しておいたほうがいいわ」

リックがため息をついた。「〝ナイトシェイド・ダイヤモンド〟にはなんの威力もないよ。きみもわかっているだろう？　ブライス・シェパードが現れたのは、やつが泥棒で、きみが警備を担当しているからだ。おれのタイヤがパンクして吹っ飛んだのは、道路に釘が落ちていたから。ブラックプールの開発事業を逃したのも、ミーティングに遅れたせいだし」

「コノールとエヴァンジェリーンはあれが呪われていると信じてたじゃない」

「彼らが生きていたのは二〇〇年前だよ。きみは……」リックは最後まで言わなかった。

「なに？」サマンサは問い詰めた。「幼稚だって言いたいの？」

「迷信深いと言おうとしたんだ。人生を決めるのは技量と知恵と粘り強さであって、呪いじゃない」リックが卵を食べ終え、椅子から立ち上がった。「それじゃあ、おれは行くよ。へりに乗らないといけない」彼はサマンサの額にキスをした。「仕事を頑張ってくれ。おれの連絡先はわかっているね？　きみから連絡を受けたら、二〇分で戻るから」

サマンサはあきれて目をぐるりとまわした。まったく男っていう生き物は……。とくに金持ちの男は手に負えない。「ねえ！」リックがドアを出かけたところで呼び止める。「帰りは何時ごろになるの？」

「四時には戻れるよう努力するよ。夕食会は六時からだ」

展示会の終了時刻は五時だから、残り一時間で適当なドレスを探し、リックに見つからないようこっそりとあのダイヤモンドを金庫から盗み出さなければならない。あくまで呪いを信じないというなら、実際に身につけてみればいいのだ。結局のところ、リックもわたしに同じことをしたのだから。

九時にゲートが開いた。週末と比べて来場者数は減ったものの、今日が月曜で、ここがデヴォンシアのど真ん中である点を考慮すれば相当な客足だ。どうやらこの展示会は必見の旅行先を紹介するウェブサイトかなにかに掲載されたらしい。それというのも一一時になると、日本人を満載したバス二台とアメリカ人を乗せたバス一台が駐車場に停まったからだった。

馬に乗った警備員たちが湖からテラスへの潜入を試みた観光客を五人保護したという報告を受け、サマンサはそのほとんどがリチャード・アディソンとローリー・パーク目当てなのではないだろうかといぶかった。リックは神経質なほどプライバシーを気にするたちで、これまで屋敷を一般公開したことはない。もちろん、一二月に南棟のギャラリーをオープンすれば状況は変わるだろう。しかし、そうなるころにはそろってパームビーチへ引っ込むつもりでいた。屋敷の警備はクレイグソンに仕切ってもらう予定だ。

「ラーソンが来ます」クレイグソンが肩越しに振り返った。

サマンサは姿勢を正した。気合いを入れなければいけない。部下が警備してくれているとはいえ、白昼夢にふけっている場合ではない。庭に設置した監視カメラが屋敷に入るラーソンのうしろ姿を捉えた。

「森で人影を見たとでも言ってやりましょうか?」クレイグソンが提案する。「そうすれば、一時間くらいは厄介払いできますよ」

「そんな誘惑をするのはやめて」

一分後、暗証番号を入力する音が聞こえた。「無線機のチャンネルは？」ラーソンがドアを押し開けるなり尋ねた。

「おはよう」サマンサは椅子を回転させた。「月曜にしては上々の入りだと思わない？」

「はぐらかさないでくれ。わたしが無線機を持っているから、チャンネルを変えたんだろう？　新しいチャンネルは？」

サマンサは顔をしかめた。「あなた、本気で四週間もここに居座るつもり？」

「有給休暇はあと二週間ある」ラーソンが硬い声で答える。「それを使い果たすか、宝石泥棒を捕まえるまでは粘るつもりだ」

「仕事熱心だこと」サマンサは皮肉っぽく言った。「休暇を使ってまでこんなところに来るなんて」

「信頼できる筋から得た情報なんだ。休暇を使おうが使うまいが、務めを果たすまでだ」

「それはわたしたちも一緒だわ、ねえ？」サマンサはクレイグソンに落胆の表情を見せた。

「チャンネル八です」クレイグソンがスコットランド訛りで答える。

「ありがとう」ラーソンが無線機をセットした。「ほら、そんなに難しくないだろう？　お互い協力しよう」そう言って監視室を出ていった。

「一時になったらチャンネル三に移行して」サマンサは立ち上がった。

「了解。どちらへ行かれるんですか？」

「見まわりをしたいけど、それはまずいでしょうね」彼女の顔はメディアを通じて世間に知れ渡っている。アディソン帝国の中枢にいては余計に目立つはずだ。「屋敷に潜入を試みるやつがいないかどうか確認してくるわ」

「なにかあったら携帯を鳴らします」

「ありがとう」

無線機をベルトに差し、サマンサは部屋を出た。リックはヘンリー・ラーソンの登場を不運のうちに数えなかった。警備員たちは誰がボスであるかを心得ているとはいえ、ラーソンさえいなければ、わたしはもっと柔軟にブライスへの対抗策を練れたはずだ。なにもしていない――これからもできないだろうが――かつての仲間を警官に売るのは気分が悪い。

サマンサは屋敷を突っ切って湖に面した居間に入った。テラス側のドアが開いている。陽気のいい日は窓を開けておくのがサイクスの習慣なのだ。しかし、屋敷のまわりをうろついている連中がいるときは閉めておいたほうがいい。

居間に入りかけたサマンサは歩調を緩めた。「ねえ、ブライス」穏やかな口調を保って呼びかける。「どこかへ忍び込むときは、〈オールド・スパイス〉のアフターシェイブ・ローションを使わないようにしないと」

「〈オールド・スパイス〉じゃない」左手からアイルランド訛りの滑らかな声が答えた。「〈ハロッズ〉の最高級品だ。失礼なやつだな」

リックが収集している初版本を収めた棚の陰からブライスが現れた。「あなた、どうしてまだここにいるの？　展示室に忍び込むのは無理だってわかったでしょう？」

「いつかの夜は投光器をつけっぱなしにしてくれてどうも。おまえの男がもっと長いはしごを持ってたら、一目散に逃げ出すはめになるところだった」

〝おまえの男〟ですって？　つまりわたしが寝入ったあと、リックは現場へ戻ったの？　今度、同じようなことがあったら、絶対にセックスでごまかされるもんですか。「雨が降ればいいと思ってたの。リックの追跡はその代替案よ」

「代替案といえば……」ブライスがサマンサに近づき、彼女の腕に指を這わせた。「なんであの男を選んだ？」

「顔面を殴られたい？」サマンサは彼の手を振り払った。「ご自慢の美貌が台無しよ」

「ということは、おれはいまだにおまえの好みなんだな。光栄だ。おまえだって夏の太陽みたいにきれいだよ」ブライスは首をかしげ、ブラウンの瞳で思わせぶりにサマンサを見つめた。「なあ、ローリー卿の魔法の国には『地底旅行』と『海底二万哩《マイル》』の初版があるんだ。かなりの高値がつく。なくなったところで、数週間は気づかないんじゃないか？」

「そうかもね。でも、気づきしだい、わたしがあなたを追い詰めて取り返してやる」

「それもおもしろそうだ」ブライスは大胆不敵な笑みを浮かべた。現役として盗みの世界に君臨し、スリルを楽しんでいる者特有の笑みだった。

かつてのサマンサも同じような表情をしていた。数カ月前まで……そう、リックに出会って、いつかはお気楽な生き方のつけを払わされるはめになると悟るまでは。つけを払うのはほかでもない自分なのだ。「あなたよりもわたしのほうが追いかけっこを楽しむでしょうね。

間違いなく。さあ、ここから出てって。来月の巡回展を狙いなさい」

「それも考えた。だがおまえと再会した今となっては、巡回展はおまけでしかない。やり直さないか、サマンサ。おれたちは相性がよかったじゃないか。仕事だけの話じゃなく」ブライスは再び距離を詰め、サマンサの頰を指でたどった。「今もイクときはあの声でよがるのか？」

「昔の二倍の大きさでね」サマンサは言い返した。「さあ、出てって。あなたはハンサムかもしれないけど、よりを戻すほどじゃない」

「がっかりだな。おれは二〇分でここまでたどり着いたんだ。おれたちが組めば誰にも気づかれずにこの屋敷をすっからかんにできる。そうしたらカンヌでもミラノでも、おまえの好きなところへ行こう。日がな一日浜辺に寝そべって、観光客のポケットから昼飯代をくすねるんだ」

「わたしが行きたいのはモロッコよ」サマンサは嘘をついた。「今はその気になればいつでも行ける。昼食は彼のおごりでね」

「つまり、これは詐欺だと？　おまえはあの貴族を食い物にしようとしているのか？　そうじゃないかと思ったこともあったが、エティエンヌがパームビーチでしくじって死んだだろう？　あれでわけがわからなくなった」

なぜかつての同業者やライバルたちは、わたしが足を洗ったことを信じようとしないのだろう？　ゲームを抜けると決め、それを実行できる者がいることを理解できないのだろうか？　実の父親でさえ、サマンサの復帰を期待していた。誰も信じてくれなくても、わたしはリックを裏切ったりしないいし、彼を心から愛している。自分でも怖いほどに……。

「いいから消えて」サマンサはもう一度言った。「かつての……友人として見逃してあげるから」

「〝友人〟だって？」ブライスが素早く彼女の唇を奪った。

その気になればブライスを押しのけることもできた。しかし、心のどこかで彼とキスをしてみたいと思っていた。昔、感じた火花を今も感じるかどうか確かめたい。こんなときでもブライスはキスが上手だ。かつてわたしは彼のそばで鳥肌の立つようなスリルを味わった。アドレナリンが噴き出し、胸が高鳴ったものだ。

「ほら見ろ」ブライスがささやく。「考えておいてくれ。また来るよ」彼は自信に満ちた笑みを残してテラスへ出ると、階段を下りて屋敷の角を曲がった。

サマンサは深呼吸してテラス側のドアを閉め、施錠した。屋敷のなかを点検しなければ。一般の見学者はブライスほど潜入の技に長《た》けていないだろうが、今この瞬間にもラッキーな見学者が下着の引き出しをのぞいていないとも限らない。そういえば、ブライスはわたしのショーツを物色したかもしれない。彼女はテラスとその向こうに広がる湖に目をやった。どうして素直に引き下がってくれないのだろう？　なぜこんな……。

そのとき、携帯電話からジェームズ・ボンドのテーマが流れた。リックだ！　サマンサは携帯電話をベルトから引き抜いた。「どうしたの、セクシー・マフィンちゃん？」

「それは降格って意味かい？」低い声が答える。

「降格？」

「今朝はイングリッシュ・マフィンだっただろう？」

落ち着かなくちゃ。「〝セクシー〟のほうが的を射ていると思ったのよ。正当な評価をされたと思えばいいわ」

「それなら喜ばないといけないだろうね。今朝、言い忘れたけど、夕食会にジョン・スティルウェルとトム・ドナーも招待したよ。サイクスにはもう部屋を準備するよう連絡したが、トムが屋敷に来る前に知らせておいたほうがいいと思ったんだ」

「この二日間、あのダイヤモンドを見てもいないのに！　やっぱりずっと人の目にふれないようにしていたから、威力が増しているのよ」

「きみが足を洗っていなかったら、少なくともあれだけはきみに盗まれる心配がないと安堵《あんど》するところだ」

「それ、笑えるわ。で、スパイとボーイスカウトは何時に到着するの？」

「二時くらいかな。ヒースロー空港への到着が二〇分違いだから、迎えのリムジンは一台でいいだろう」

「今ならスコットランドでの釣りに賛成するんだけど」

「その気持ちが長続きするといいけれどね。展示会はどうだい？」

「まだラーソンを殺してはいないわ。それがききたいなら」

「そのとおりだ。あとで会おう」

「わかった。トニー・ブレアにキスをしておいて。なかなか魅力的な人だもの」

「笑えるのはどっちだ。愛しているよ」

「わたしも。気をつけてね」

「きみも」

電話を切ったサマンサは、しばらく椅子に腰かけて頭のなかを空っぽにしようと努めた。それから執事を探した。「サイクス?」

「ここにいます」痩せた執事が食堂から顔をのぞかせた。

「これから数週間は、テラス側のドアを閉めておかなくちゃだめよ。展示会の見学者が敷地内をうろついているから」

「申し訳ありません」サイクスは顔をしかめた。「思いつきませんでした。すぐに――」

「もう閉めたわ」サマンサはためらってから先を続けた。「それとリックから聞いたんだけど、コノールとエヴァンジェリーンの肖像画がギャラリーにあるんでしょう? プレートがついてるのかしら?」

「いいえ、よろしければわたしがご案内します」

「お願い」

サマンサは階段を上がる執事のあとに従った。正式には、ローリー公爵コノール・スペンサー・アディソンと公爵夫人の肖像画と言うべきだが、長ったらしすぎる。忘れないうちにクレイグソンに電話をかけて、屋敷のなかを点検させなければ。部屋数が一一〇もあると容易ではない。

肖像画のギャラリーといっても、実際は北棟と南棟をつなぐ空中回廊だ。片側に大きな窓が並んでおり、もう一方の壁には何百枚もの肖像画が飾られていた。そのほとんどはアディソン一族か、ローリー・パークに滞在した著名人のものだ。サイクスが廊下のなかほどで足を止めた。「こちらがローリー公爵夫妻、コノールさまとエヴァンジェリーンさまです」肖像画を指して淡々と説明する。

「ありがとう。あとはひとりで大丈夫よ」

サイクスは頭を下げて回廊の向こうへ立ち去った。客室の準備状況を点検しに行くのだろう。執事のうしろ姿が見えなくなるのを待って、サマンサは肖像画を見上げた。

ああ、リックの雄々しい容姿はこの人から受け継いだんだわ。明るく自信に満ちたブルーの瞳が、肖像画のなかからこちらを見つめていた。非常に顔立ちの整った背の高い黒髪の男性は、ブルーとグレーの摂政時代の正装に身を包んでいる。その隣で椅子に腰かけているのは蜂蜜色の髪の美しい女性だ。口元にかすかな笑みを浮かべたその姿は、男性よりも一〇歳ほど若そうだった。レースをふんだんに使ったブルーの絹のドレスをまとっている。

男性の左手は女性の右肩に置かれ、女性は男性のほうにやや身を寄せて、彼の背中に手を当てていた。顔つきや態度から他人の気持ちを察するのに長けたサマンサには、ふたりが愛し合っているのがすぐにわかった。

サマンサは視線を肖像画の下方へ向けた。レディ・キャロライン・グリフィン……当時の高名な肖像画家だ。彼女の作品なら数百万ポンドの値がつくだろう。

筆致のすばらしさはもとより、サマンサは描かれている人物の人柄に興味を引かれた。このふたりが〝ナイトシェイド・ダイヤモンド〟を厩舎に隠したのだ。ダイヤモンドは彼らに不運をもたらしたのだろうか？　彼らも呪いの真偽について口論しただろうか？　エヴァンジェリーンなら呪いの威力を証明するために、重要な夕食会で恋人のポケットにダイヤモンドを忍ばせたりするだろうか？

いずれにせよ、ふたりはあれを人目につかない場所に隠した。コノールとエヴァンジェリーンは愛に満ちた結婚生活を送り、三人の子供をもうけたらしい。現在のローリー公爵であるリチャード・アディソンがあるのも彼らのおかげなのだ。

サマンサはエヴァンジェリーンに視線を戻した。「あなたは成し遂げたのね？」そっとつぶやく。「自分が正しいことを証明したんでしょう？」

レディ・ローリーは答えてくれなかった。だが彼女に答えられたりしたら、わたしは最寄りの病院に駆け込まなければならなくなる。知りたいことはわかった。愛し合うふたりはごくまともな人物に見えたし、彼らは〝ナイトシェイド・ダイヤモンド〟の呪いを信じていた。わたしはリックにもそれを信じさせたい。なにより彼の幸福のために。そしてもちろん、わたし自身の幸福のためにも。

11

月曜、午後二時九分

サマンサはモニターで、ゲートを警備しているアーネストがリムジンを通過させるのを確認した。リムジンは駐車場へ続く一般客の車列に加わらずに、屋敷のほうへ曲がった。

「ゲートを閉めて入れないようにするってわけにはいきませんでしたね」クレイグソンがちゃかした。

「あなたなんてもう首よ」サマンサはクレイグソンの肩を叩き、椅子から立ち上がって監視室を出た。

ジョン・スティルウェルは問題ない。リックの部下であるジョンに初めて会ったとき、サマンサは彼を侵入者と誤解して床に押し倒してしまったが、今では誠実で信頼できる人物だとわかっていた。だいいちジョンの働きがあるからこそ、リックと長い時間を一緒に過ごせるのだ。サマンサは自分を特別に独占欲の強いタイプだとは思わなかったし、どちらかといえばその逆だと考えていた。しかし、信頼のおける右腕のおかげでリックが安心して職場を離れられることには感謝している。

一方のドナーは……まあ信頼はできる。リックが彼を友人だと思っているのも承知ずみだ。だがいかんせん、ドナーはあまりにも……高飛車で口が悪く、きまじめで融通がきかない。妻のケイトはすてきな人で、三人の子供たちもかわいいのだが、サマンサとドナーは互いに目を合わせないようにしている。もしかするとふたりとも、わざとつっかかるのを楽しんでいるのかもしれない。

サマンサが広い玄関ホールに足を踏み入れると、ちょうどサイクスが玄関ドアを開けたところだった。「こんにちは、ジョン」サマンサはリックの腹心の部下に声をかけ、歩み寄って右手を差し出した。「カナダはどうだった?」

「それがびっくりするほど暖かかったんですよ。あんなに防寒着を持っていくんじゃなかったな」ジョンが教養を感じさせる都会的なアクセントで答えた。

サイクスが使用人にスーツケースを運ぶよう指示を出す。サマンサは深呼吸をして弁護士のトム・ドナーに向き直った。「ドナー」

ドナーもサマンサに目を向ける。「ジェリコ」

「マイアミからの空の旅はどうだった?」

「順調だった」

「それは残念」サイクスが咳払いをしたので、サマンサはうしろへ下がった。「サイクスが部屋まで案内するわ」彼女は執事に敬礼して監視室へ戻りかけた。

「リックはいつ帰ってくるんだ?」背が高くブロンドの髪をしたドナーが、物憂げな調子のテキサス訛りで問いかけた。

サマンサは歩調を緩めた。「あと二時間ほどしたら。よかったら展示会を見学してくるといいわ」

「それを楽しみにしていたんです」ジョンがにこやかに言った。

「ボディチェックしたり、服を脱がせようとしたりしないだろうな?」

サマンサは舌を鳴らした。「たぶんね」もっと早くそうしようと思いつけばよかった。そんなことができたらさぞ愉快だろう。

地下へと階段を下りながら、サマンサは無線で展示室の入口を警備しているハーヴィーを呼び出した。屋敷に滞在するVIPが見学に向かうかもしれないので、立ち入り禁止区域に入った一般見学者と混同しないよう念を押す。ドナーだけならなにも言わないでおくのも一興だが、警備員たちは彼女とリックと展示会のことを真剣に考えてくれている。いたずらは控えたほうが無難だ。

「金属探知機は通ってもらわなきゃだめだ」ラーソンの声が割り込んできた。「例外はなしだからな」

変更後の周波数を捜し出したらしい。「副館長補佐さん、助言をありがとう」サマンサはやり返した。「無駄な交信は避けてほしいものね」

「こちら北の庭園にいるダニーです」サマンサの最後の言葉にかぶるようにしてダニーが言

った。「屋敷に忍び込もうとした女性をふたり確保しました」

サマンサはため息をついた。「AGかしら?」AGとは〝アディソン・グルーピー〟の略だ。

「そうです」

「展示室まで連れてきて」そのとき、交信に甲高い声が混じった。〝これってサマンサ・ジェリコの声?〟

「静かに。話しているんだから。ボス、了解しました」

リックは警備に悪影響を及ぼしている。しかし彼はそれを自覚しているし、昨日サマンサもその件を持ち出すまいと決めていた。女にもてるのは、嫌味なほど金持ちでハンサムな男性の宿命だ。だが今日、庭にいた女性たちの件は、次にリックと口論になった際のいいネタになりそうだ。

監視室に戻ると、クレイグソンがひとりで笑っていた。「なによ?」

「見てください」

クレイグソンが庭を映しているモニターを指さす。ダニーが少女たちを展示室のほうへ誘導していた。「まったく、まだ一五歳くらいじゃないの?」

「もっと近くで見てくださいよ」

サマンサは身を乗り出した。ダニーが少女たちを先導して生け垣のところを曲がる。片方の少女は〝リック、結婚して〟と書かれたTシャツを着ており、もうひとりの少女のTシャツには〝愛人修行中《MIT》〟と書いてあった。

サマンサは鼻を鳴らして背もたれに寄りかかった。「この映像をプリントアウトしてくれる？」

「もちろんです」

「少なくとも、この娘たちには役割分担があるわけね。いいチームワークだわ」

数分後、クレイグソンが光沢のある写真を差し出した。サマンサはクレイグソンの隣に腰かけて、少女たちが展示室に入る瞬間を見届けた。さらに数分後、ドナーとジョンが展示室に入った。

クレイグソンが伸びをした。「ここはわたしが見ていますから。夕食会のためにドレスアップしてきたらどうです？」

「ありがとう。無線機はオンにしておくわ」サマンサは立ち上がり、もう一度写真を眺めた。

「この少女たちはまだいるかしら？　〝結婚して〟のＴシャツを借りようかな」

「借りたらそれを着て記念撮影してくださいね」

「ラーソンにわたしが席を外したことがばれないようにして。また仕切りたがるから」

サマンサは監視室をあとにして寝室へ向かった。一昨日の夜、ブライスがくだらないおもちゃを仕掛けて以来、よく眠れなかった。けれども、睡眠不足には慣れっこだ。まわりの人に疲れた顔を見抜かれたことは一度もない。それでもシャワーを浴びたらすっきりするだろう。そのあとにはちょっとした仕事が待っている。

〝ナイトシェイド・ダイヤモンド〟を金庫から盗むこと自体はたいして難しくない。問題はそのあとだ。長時間持ち歩きたくなければリックが帰宅するぎりぎりまで待って、呪いが威力を発揮する前に彼のポケットに移さなければならない。

シャワーを浴びたサマンサはワードローブから赤いドレスを取り出した。丈がふくらはぎまである長袖のドレスだ。洗練されていると同時に落ち着いた雰囲気を演出してくれる。なによりリックは赤が好きだった。避けられない夕食会なら、せめて美しく装いたい。ドレスを着る前に、サマンサは袖の内側の肘の下にダクトテープを巻きつけた。

「似合うよ」

驚いて振り向くと、衣装部屋の戸口にリックが寄りかかっていた。「早かったわね。それに気配を消すのが上手だこと」

「ありがとう。空は混雑していないから」リックが両手で飛行機のジェスチャーをした。

「手際がいいのね」

「ここへ来てもう一度そう言ってごらん」

サマンサは顔をしかめた。「いやよ。あなたったらヘリの油臭いもの。シャワーを浴びて、ジェームズ・ボンド風のタキシードを着て、それから話をしましょう」

「おれはジェームズ・ボンドじゃないよ」

「わたしにとってはジェームズ・ボンドだわ」

リックが体を起こしてサマンサに近寄り、彼女の手を取って口元へ掲げた。その瞬間、サマンサはお姫さまになったような心地がした。スイス銀行に秘密の口座を持ち、深刻な法的問題を抱えている女におとぎばなしは似合わない。

「すてき」サマンサはつぶやいた。「でも、先にシャワーを浴びてきて」

シャワーの音を確認したサマンサは、すぐにリックの衣装部屋へ向かった。部屋の奥に彼の金庫がある。火災時に備えて収められているのは、不動産関係の謄本だ。サマンサはドレスの裾をたくし上げて金庫の前に膝をついた。屋敷そのものが厳重に警備されているので、金庫はおまけみたいなものだった。

肩越しに振り返ってから、サマンサは左の手のひらを金属製の扉にぴたりとつけた。タンブラーのすぐ脇だ。そして右手でタンブラーを二度まわしたあと、時計方向にゆっくりと回転させた。壊してもいいなら話は早いのだが、それはできない。左手にかすかな振動が伝わってきた。サマンサはタンブラーを反対方向に回転させ、もう一度時計方向にまわした。三度目にかちりという音を確認してから、ハンドルをまわして金庫を開ける。「朝飯前ね」サマンサは小声でつぶやいた。

リックはこの金庫に当座の現金も保管しているようだ。数千ポンド分の札束をどけ、同じくらいのドル紙幣をよけると、ようやくベルベットの袋が指先をかすめた。誤って別のダイヤモンドを湖に投げ入れたときのことを思い出しながら、サマンサは紐を緩めて袋のなかをのぞき込んだ。

「ハロー、〝ナイトシェイド・ダイヤモンド〟」おかしな呪いをかけられないうちに袋の口を閉じ、現金をもとに戻して金庫を閉める。

サマンサはベルベットの袋を握り締めて衣装部屋を出た。リックがあれほど呪いを否定しなければ……そしてわたしをばかにしなければ、こんなことをしなくてすむのに。わずかではあるがなにも起こらない可能性もある。しかし、そうなったら一生リックにからかわれるだろう。まあ、〝ナイトシェイド・ダイヤモンド〟の呪いを否定するたしかな根拠はできるが……。

シャワーの音が止まった。サマンサは素早くベルベットの袋を袖の内側にくっつけた。リックがタオル一枚の姿でバスルームから出てきたとき、彼女はベッドに腰をかけ、赤いフェラガモのハイヒールのストラップをいじっていた。

「シェパードから連絡は？」リックは衣装部屋へ向かって歩きながら尋ねた。「おもちゃの小鳥のたぐいはないのか？」

「ないわ」サマンサは嘘をついた。ブライスにキスをされたことがばれたら、しかも彼女が抵抗しなかったことを知られたら、とんでもない事態になる。「でも、あなたにお客があったわよ」

リックが衣装部屋から顔をのぞかせた。「おれに？　誰だい？」

サマンサはクレイグソンが印刷してくれた写真を手に衣装部屋へ向かった。ドアの隙間から写真を差し出す。彼は写真を手に取った。

「勘弁してくれ」リックがつぶやく。

サマンサは笑った。「スクラップしておくわ」

「冗談だろう?」リックはそこで言葉を切った。「ちょっと手伝ってくれないか?」サマンサは壁から身を起こしてまるでタキシードを着慣れていないかのような口ぶりだ。サマンサは壁から身を起こして衣装部屋に入った。

タオルはスラックスに変わっているが、シャツのボタンは留めていない。かなりの目の保養だ。リックはハイヒールを履いたサマンサの手を引っ張って抱き寄せた。

「髪をくしゃくしゃにしないで」サマンサはダクトテープが宝石の重さに耐えてくれることを祈った。

「わかったよ。先に着替えをすませる」サマンサの顔を見つめたまま、リックは彼女をまっすぐ立たせせた。「本当にすべて順調なのか?」

「ええ。なぜ?」

「食事会なんて出たくないんだろう?」リックは少し間を置いてから答え、シャツのボタンを留めてネクタイを首にかけた。「でも、今回は親しい者だけの集まりだ。きみも知った顔がほとんどだし、好調だった今期のお祝いをするだけだから」

「大丈夫よ」サマンサはリックが袖を通しやすいようジャケットを掲げた。「なかには警官、外には泥棒、おまけにたくさんの宝石を守らなきゃならないから緊張しているだけ。いろんなことが気になって」

「普通は仕事がふたつ重なっただけでもあたふたするものだよ。今夜は肩の力を抜いてリラックスしてごらん。誰にも飛びかからずに食事をするだけでいい」

「それは約束できないわ」サマンサは笑みを浮かべてやり返した。リックが携帯電話などのこまごました物をタキシードのポケットに移す。「努力はするけど」

リックが彼女の頰にふれてから、上体をかがめてそっとキスをした。「どんなに調子の悪いときでもきみはすてきだ」

「今夜のあなたはラッキーみたい。ただでマウイへ旅行したくない？」

「どんなオプションがついてくるんだい？」

「それはドナーとわたしの席をどのくらい遠ざけるかによるわ」

リックは楽しげに笑い、サマンサの手を取ってドアへ促した。「いつかきみたちふたりを同じ部屋に入れて戦わせてみたいな」

サマンサは彼の左ポケットにこっそりと宝石を落とし、部屋を出るついでに用ずみのダクトテープをゴミ箱に捨てた。たとえドナーと差し向かいに座るはめになったとしても、この夕食会は楽しめそうだ。いったいなにが起きるのだろう？

リックとしては、展示会の最初の週にローリー・パークで夕食会を開くのはいかがなものかと悩んでいたが、彼の好きな赤いドレスを着たサマンサを見て不安が消えた。ここで夕食会を開くことにして正解だった。

めったにアクセサリーをつけないサマンサが、彼の贈ったダイヤモンドのネックレスを身につけている。数カ月前、彼女は盗みの最中に落とす可能性のあるものは一切身につけないと教えてくれた。事情を知らない人が見れば、さぞ清楚《せいそ》な女性に見えるだろう。

「なにをにやにやしてるの？」階段を下りている最中にサマンサが尋ねた。

「このあとのことを考えていたんだ」リックは言い繕った。「おれはついているみたいだからね」

「今ごろ気づいたような口ぶりね。ちょっとハリントンと話してくる。ラーソンを部屋から出さない方法が見つかるかもしれない」

リックはサマンサの手を放した。「それが……その、彼も夕食に招待したんだ」

サマンサが目を細めた。「なんですって？」

「ここに滞在しているんだ。のけ者にはできないよ」

「できるに決まってるわ。あなたのつきもこれまでね。間抜けな警官を食事に招待する人なんかに、幸運がまわってくるはずないもの」

小さくヒールの音を響かせながら玄関ホールを横切るサマンサの姿を、リックは眉をひそめて見送った。サマンサは普段、仕事中にかかとの高い靴を履かないようにしている。しかし、ハイヒールは彼女によく似合っていた。それでこそおれの好きなサマンサだ。小柄で優雅で、どんな場面にもしっくりと溶け込む。それでいて、自分の好みを正確に把握している。さらに怒ったときには、興奮したサイよりも激しい攻撃を繰り出す。

「社長！」トム・ドナーの物憂げな声がしてリックは振り返った。〈輝きの石〉というロゴの入った袋を手にしたドナーが庭のほうから屋敷へ入ってくる。

「トム」リックはドナーの袋を持っていないほうの手を握った。「サマンサの展示会を見てきたんだな」

ドナーは袋に目を落とした。「オリヴィアがパンフレットを買ってきてくれとねだるんです」

「サマンサに言えば、ただでもらえたのに」

「それはだめです。展示会の資金集めのチャリティに協力したいから、ちゃんと金を出して買えと念を押されたんですよ」

「博愛精神が旺盛《おうせい》な娘さんだ」

「一〇歳にしてはね」

リックはにっこりしてドナーの肩を叩いた。「部屋まで一緒に行こう」

「やめておきます」ドナーは自分のポロシャツとジャケットを見下ろして、リックのタキシードに目をやった。「並ぶとわたしが見劣りする」

「タキシードを貸そうか?」

「持ってきました。あれを着て飛行機に乗るのが気に食わなかっただけです」

ふたりの男たちは階段を上がって北棟の客室へ向かった。「プライス・シェパードについてなにかわかったか?」サマンサに話を聞かれる心配のないところまで来てからリックは切り出した。

「ジェリコとよく似た経歴ですね」ドナーが答える。「法的にそういう名前の男は存在しません。やつは何件かの窃盗事件の容疑者になっています。その多くはイタリア、スペイン、そしてここイギリスで起きています。わかったのはそれだけです」

「単独犯なのか?」

ドナーが歩調を緩めた。「その質問にはなにか裏の意味があるんですか?」

少なくともサマンサの名前はシェパードと結びついていない。さもなければトムが先に指摘してくるはずだ。「この展示会を狙っている泥棒に相棒がいるのかどうかが知りたいだけだ。ほかにどう言えば答えてくれるのかな?」

「そうかっかしないでくださいよ。ちょっと疑問に感じただけですから。数カ月前には死んだはずのジェリコの父親がニューヨークに現れて、娘に仕事の話を持ちかけたんです。このシェパードってやつは少なくとも死んではいません」

「トム、さっさと質問に――」

「イギリス国内でブライスの手によるとされている何件かの犯行は単独犯ではなさそうですね。それ以上はわかりません」

「そんなに難しい調査だったのか?」リックは安堵していいものかどうか迷っていた。

「わたしを五時間も飛行機に乗せておきながら、そんなことをおっしゃるんですか? もちろんです。電話でのあなたは脅迫まがいの口ぶりだったでしょう」

「きみはここへ食事をしに来たんだ。本気で脅したりしないよ。さあ、着替えてこい。ほかの客を待つあいだ、テラスでシャンパンでも飲もう」

「バーボンもあるとありがたいんですが」

「用意させるよ」

「助かります」

リックが居間に入ると、ふたりの使用人がリネンのクロスをかけたテラスのテーブルにシャンパンとグラスを用意していた。「ミスター・ドナーにバーボンを用意してもらえるかな」リックは指示を出して、欄干の脇に置かれたテーブルに腰を下ろした。使用人たちが各テーブルの上のランタンに火を灯していく。

使用人たちが去ったあと、サマンサの雇った警備員が馬に乗って通りかかった。警備員はリックに敬礼をして、そのまま厩舎のほうへ去っていった。リックは息を吐いた。はたから見れば、おれの生活は快適そのものに違いない。だが、内情はちょっと違う。

たしかに今ほど幸せを感じたことはない。サマンサと暮らして、おれの価値観は一変した。仕事にかける時間が減り、プライベートを楽しむようになった。自家用ヘリや自家用ジェットを所有し、カリブ海で週末を過ごすこともできる。しかし、以前はしかたないとあきらめていたこと……つまり監視カメラや警報装置、そしてどこへ行ってもフラッシュを浴びせられ、レポーターに追いかけまわされることがどうしようもなく苦痛になりつつあった。

サマンサに出会うまで、泥棒がこれほど多彩な能力を備えているとは思ってもみなかった。サマンサが一流の泥棒であったことを実感する一方で、数は少ないながらも同じくらい腕の立つ連中がいる事実も知った。彼女と競り合い、彼女を傷つけることのできる連中――リックが一生かかっても知り得ない過去を共有している者たちが。そう、ブライス・シェパードのように。

リックは首を振った。今は個人的な不安に浸っているときではない。あと二〇分ほどで、サマンサいわく彼の手下どもが到着する時刻だ。珍しくそれまではなにもすることがなかった。

彼はシャンパンを飲みながら湖に目をやった。餌《えさ》の時間らしく、白鳥が湖畔近くに集まっている。どれも丸々と肥えて幸せそうだ。渡り鳥も交じっていた。ただ飯にありつけることを聞きつけたのだろう。リックはにっこりした。今夜はみんなのお祝いだ。

「こんばんは、ミスター・アディソン」

なにもしなくていい貴重な時間はすぐに終わってしまった。リックは穏やかな表情を繕って振り返った。「これは警部。そういえば、今夜はあなたのことをなんと紹介すればいいのかな?」

「〈ヴィクトリア&アルバート博物館〉のヘンリー・ラーソンで結構です」ラーソンが答えた。「展示会を張り込んでいることを宣伝する必要はありませんから」

「犯行に及びそうな人物について、なにか手がかりはつかめたのかい?」リックは感じのいい顔つきを装い、隣の椅子を示した。これもサマンサのためだ。相手がどんな間抜けでも五分なら我慢できる。

「なにもありません。わたしはあのおもちゃの小鳥が手がかりになると思ったのですが、ミス・ジェリコは子供のいたずらだと考えているようです」

「彼女はそうした方面に勘が働くから」

ラーソンが咳払いをした。「それで思い出しました。率直に申し上げてもよろしいでしょうか？」

「どうぞ」

「博物館がここを巡回展の会場に選んだと聞いたとき、わたしは意外に思いました。つまり――」

リックは背筋を伸ばした。「なんだ？」

「いえ、あなたを非難するつもりはないのです。ただ昨年の暮れに何点か絵画を盗まれたでしょう？」

「あれは内部にいる者の犯行だった」リックは硬い口調で返した。「一〇年も雇っていた男が欲を出したんだ。しかも、盗まれたのはフロリダの屋敷にある絵だよ」

「わかっています。それと、ミス・ジェリコの件もあります」

リックの筋肉が怒りにぴくぴくと震えた。「彼女がなにか？」抑えた声で尋ね返す。

「彼女は悪名高い窃盗犯の娘です。何百万ポンドもの価値がある宝石展の警備を任せるのは、その……軽率ではないかと」

リックは前かがみになり、テーブルに両手をついた。「きみの故郷では、自分が滞在している家の主人を侮辱するのが常識なのか？」

「いいえ、ただ誰でも疑問を――」

「ラーソン警部」リックは相手の発言を遮ってシャンパンを飲んだ。「ここでの滞在は快適かな？」

「ええ、もちろんです。あなたの――」

「それではわたしが、きみの警察官としての経歴を望ましくない方向へ導くこともできると言ったらどうする？」

ラーソンの顔が赤くなった。「その……わたしの仕事は――」

「覚えておくといい」リックは言い訳に耳を貸す気はなかった。「次回から、女主人について発言するときはもっと言葉に気をつけるんだな」

「ですが、彼女の父親が――」

「父親が腕のいい泥棒であるからこそ、サマンサは警備システムを知り尽くしている。その道の専門家と言っていい。それ以上の憶測はご遠慮願おう。今度、彼女の信頼性について疑問を呈したら、ピカデリーで交通違反の取り締まりをするはめになるぞ。わかったな？」

「わかりました」

「よろしい。招待客が到着する前に、監視室をのぞいて異状がないか確認してきたまえ」

ラーソンは椅子から飛び上がった。肌が赤黒く染まり、屈辱と恐怖と怒りの入り混じった表情を浮かべている。ラーソンが立ち去ったあと、椅子から立ち上がったリックの目に、テラスの入口に寄りかかって湖を見つめているサマンサの姿が映った。

リックは彼女にシャンパンのグラスを手渡して、自分のグラスを合わせた。「知り合ってみると……非常に気持ちのいい男だな」

サマンサが鼻を鳴らした。「リック、危うく下着を濡らしちゃうところだったわ。あなたって最高！」

「その言葉を忘れないでくれよ」

12

月曜、午後八時二七分

結局、〝ナイトシェイド・ダイヤモンド〟についてはリックの意見が正しかったのかもしれない。

リックが大きな長テーブルの上座に立ってグラスを掲げると、客がいっせいに立ち上がった。「われらのチームワークに」彼は温かな笑みを浮かべた。「引き続き成功を収められますように」

「われらのチームワークに!」みんなが唱和して酒を飲む。

サマンサはリックの右手に立って、これまでの状況を分析していた。彼女の基準からいうと、リックとラーソンが一触即発の状態に陥ったのは不幸のうちに入らない。招待客を出迎えたときも、リックは相手の名前や役職をど忘れしたりしなかった。ロブスターとステーキは文句なしの味だったし……。料理人のジャン・ピエールの活躍は期待以上だ。

一同が着席する。リックがサマンサの手を握った。「ここで夕食会を開いてよかった」彼は満面に笑みを浮かべた。

リックの瞳に浮かんだ幸せそうな光に、サマンサは決まりが悪くなってもぞもぞと身じろぎした。わたしはこの人のポケットに呪いのダイヤモンドを忍ばせた。今夜の不運はわたし自身なのかもしれない。「夕食会は大成功ね」彼女は気軽な口調を装った。「それで、ピエロや手品はいつ出てくるの?」

「ピエロはいないけれど、生演奏でダンスができるし、びっくりするようなデザートもあるんだ。それから自分で言うのもなんだが、気のきいた手土産も用意した」

大金を転がしているにもかかわらず、リックの部下は気さくな人たちばかりだった。もちろんドナーは除いて。本人も認めているとおり、儲《もう》けている点では共通しているかもしれないが、ドナーは気さくとは言えない。サマンサは大半の客と面識があったので、夜が深まるにつれて緊張が緩み、呪いへの不安も薄れた。「夕食会を開くなんて、とてもいいことをしたわね」

「部下に優しくと言ったのはきみだよ」リックがサマンサの手を強く握る。「それに彼らはそれだけの働きをしてくれた」

「おふたりを見ているだけで虫歯になりそうですよ」サマンサの向かいに座っていたトム・ドナーがぼやいた。

わたしのピンヒールが届く範囲に座る勇気は認めてあげよう、とサマンサは思った。もしかするとドナーは、恋人が主催したパーティーをわたしが台無しにするはずがないと踏んでいるのかもしれない。サマンサがドナーへの対応を決めかねていると、隣に座っていたジョン・スティルウェルが彼女の手にふれた。

「ぼくにも言わせてください」サマンサが自分のほうを向くのを待って、ジョンは先を続けた。「あの展示室は最高だ。見事なライティングを拝見して、社長があなたにギャラリーの設計を任せた理由がわかりました」

この人は女性の褒め方を心得ているらしい。「ありがとう」サマンサはにっこりした。「ライティングについては土壇場で変更したの。頭上から照らすと宝石が反射して見えにくいと思ったから」

「お見事です。〈アシュモリアン美術館〉の連中も見に来るべきだ。あそこの展示は反射のせいで見にくいんです。助言してさしあげたらいかがですか?」

有名美術館のライティングを手がけるという手もあるのかもしれない。「まねしてもらうのは結構だけど、今はなにかと手一杯で」

「ライティングといえば……」リックの会社で国際取引を担当しているジェーン・アスリッジがドナーの隣から発言した。「わたしはそのネックレスの輝きに釘づけです。どちらでお求めになったの?」

サマンサはリックのほうをうかがった。自分で買ったものならば躊躇《ちゅうちょ》せず答えるのだが、この質問はふたりの領域の中間地点にある。うかつな発言はできない。

リックがにっこりした。「パリの〈カルティエ〉だよ。ひと目見て、優雅で珍しいデザインだと思ったんだ。サマンサにぴったりだと」

「本当ですよ」ジェーンが賛成した。「息をのむほどすてきだわ」

「ありがとう」サマンサはペンダント・ヘッドにふれた。

「宝石といえば……」リックが続けた。「サマンサが敷地内の古い壁からあるものを見つけたんだ」

サマンサは再びリックを見た。今度は非難を込めて。〝ナイトシェイド・ダイヤモンド〟と呪いの話でわたしをからかうつもりだろうか？　展示会が開催されているあいだはなにを言っても大丈夫だと思っているのだとすれば、あとで肝をつぶすはめになる。

「なにを見つけたんですか？」ジェーンの声に、ほかの客が身を乗り出した。

「四代前の当主であるコノールが隠したダイヤモンドのネックレスだよ」

「自分で戦利品を隠して忘れていたんじゃないのか、ジェリコ？」ドナーがサマンサだけに聞こえるようにこっそりつぶやいた。

「ばれた？」サマンサはとびきりの笑顔で応酬した。

「そんな話が現実にあるなんて！　詳しく教えてください」

「コノールは宝石と一緒にメモを残したんだ。どうやらその宝石には呪われているという噂があったらしい。だから彼は自分と花嫁に害が及ばないようにした。花嫁とは曾祖母の母であったエヴァンジェリーンだ。とてもロマンティックな話だろう？」

サマンサは緊張を解いた。わたしを笑い物にする気はないらしい。

「その宝石を見つけてしまったわけですね。それで、今後どうするおつもりですか？」

「まだ決めていない。濁りのない美しいブルー・ダイヤモンドだからできれば展示したいが、呪われるのも困るからね」

客がいっせいに笑った。

「ぜひ拝見したいわ」エミリー・ハーツリッジが言った。リックがロンドンの会社を任せている男性の妻だ。「壁に隠されていた呪いのダイヤモンドだなんて、本当にロマンティックですもの」

お気楽なことだ。それにしても、今、呪いに悩まされているのは誰だろう？　もしリックがダイヤモンドを取りに二階へ向かったら、わたしは厄介な立場に追い込まれる。

サマンサがリックに視線を戻すと、リックも彼女を見つめていた。なにを考えているのかは容易に想像がつく。わたしを怒らせてまで、一六〇〇万ドルの希少なダイヤモンドを見せびらかす価値があるかどうか推し量っているのだ。リックにこちらの気持ちが読めないのをいいことに、サマンサは彼の視線を正面から受け止めた。わたしの心をのぞいたら、リックは癇癪を起こすかもしれない。

「食事のあとで時間があればね」やり手のビジネスマンらしく、リックは当たり障りなくその場を収めた。

客の話題がダイヤモンド産業全般に移ったので、サマンサはほっと息を吐いた。ひとつ危機を回避できた。リックが客たちにダイヤモンドを披露する気になる前に、あれを彼のポケットから回収して金庫に戻さないと。

「きみがいやなら、金庫から出したりしない」リックの低い声がした。

「いやじゃないわ」サマンサはとぼけた。「でも、さわるのは勘弁してね。あれはあなたのダイヤモンドだから」

「本当にいやじゃないのかい？」

「リック、わたしを甘やかされた子供みたいに扱わないで。ダイヤモンドを見せびらかしたいなら、そうすればいいのよ」

リックの左頬の筋肉がぴくりと引きつったが、彼は冷静な表情を保った。「きみとけんかしたくない」

「けんかなんてしてないわ」

「それなら舞踏室へ移動したあと、あれを取ってくるよ」

「ご自由に」

「わかった」

サマンサは向かいに座っているドナーに目をやった。一応、話が聞こえないふりをしている。「歯医者を手配しましょうか？」

「いや、もう大丈夫だ」

どちらもけんか相手になってくれないなら、ほかに標的を見つけるまでだ。ひとりで苦しむなんてつまらない。ふと、テーブルのなかほどに座っているヘンリー・ラーソンが目に留まった。その口から〝博物館〟とか〝信頼ある立場〟といった言葉が発せられている。ちょうどいい。「ミスター・ラーソン」サマンサはよく通る声で呼びかけた。「ダイヤモンドの話題が出たところで、巡回展で展示するダイヤモンドを選別するときの工程について教えていただけないかしら？」

一瞬、ラーソンは憎々しげにサマンサをにらみつけた。それでも周囲の声に押されて、カラットやダイヤモンド鉱山の位置などについてとりとめもなく語り出した。この三日間、展示室でまた聞きしたことや、博物館の職員から仕入れた話だろう。いい気味だ。

デザートがすむと、リックは舞踏室に余興を用意していると告げた。客たちがぞろぞろと二階の舞踏室へ移動を始める。サマンサは素早く決断して、階段の下で立ち止まったリックに体を寄せ、彼のポケットを探った。

「ハリントンと話してくるわ」体を離すと同時に、〝ナイトシェイド・ダイヤモンド〟を抜き取る。

「つまり、もう怒ってはいないというわけかな？」リックが彼女の手首をつかんだ。

「激怒してはいないわよ」

「それなら早く戻ってきてくれ。みんなが落ち着いたところで、ダイヤモンドを披露する」

「さっきも言ったけど……」サマンサはかすかに笑い、ダイヤモンドを握り締めた。「わたしはあれにさわらないわよ。ドナーにあげるならいいけど。それならむしろ大賛成」

「トムには言わないでおくよ」

サマンサは監視室へ向かうふりをして、周囲に人がいなくなると地下室へ続くドアの前を通り過ぎ、屋敷の裏手にある使用人用の階段へ向かった。スカートをたくし上げて寝室のある三階へ駆け上がる。リックにダイヤモンドのありかを正直に告げればこんな苦労をせずにすむという心の声を無視して寝室へ駆け込み、うしろ手にドアを閉めた。

衣装部屋に向かいかけたとき、ナイトスタンドのあたりからスタッカートのきいたバイオリンの音色が響いた。展示室に異状が発生したことを意味する着信音だ。サマンサの血が凍りついた。

わたしの場合は、ダイヤモンドを持ったとたんに呪われるわけね。彼女は無線機をつかんでドアに戻りかけた。そのとき、廊下側からドアが開いた。しかも、そこにいたのはリックではなかった。

「ラーソン！　なにをしてるの？」サマンサは顔をしかめつつも相手を押しのけようとした。

「ここはわたしの寝室よ。出ていって」

ところがラーソンは寝室に入ってドアを閉め、鍵をかけた。「きみは感じが悪いね」

「それがどうしたの？　たった今、警報を受信したの。すぐに行かなきゃ。わたしの人間性に関するクレームはあとで拝聴するわ」

「またおもちゃの小鳥だろう」

「お願いだから！」サマンサは無線機を握り締めた。「さっさとそこをどいて！」

「あいつの言うとおり、自信過剰で傲慢な女だ」

ラーソンの足をヒールで踏みつけようとしていたサマンサは動きを止めた。「なんですって?」

「聞こえただろう?」

違う種類の警報が背筋を這い上がって脳天に達する。宝石が危ない。「これが最後通告よ。そこをどいて!」

「もう少しおしゃべりしよう」

「警報が鳴ったの! わかる? 宝石を盗まれてるあいだ、あなたとここでマナーについて議論する気はないわ」盗んでいるのはもちろんブライスだ。

ラーソンが腰から拳銃を引き抜いて傾けた。「言うとおりにしてもらおうか、ミス・ジェリコ」

その瞬間、サマンサのなかでパズルのピースがぴたりとはまった。この人は間抜けな警部などではなく、ブライスの共犯者だ。トラブルが起きたときに容赦なく切り捨てられるスケープゴートでもない。自分の意思で主体的に動いているのだから……それも拳銃を使って。

彼女は無線機の通話ボタンを押した。「本気でわたしを寝室に閉じ込められると思ってるの、ラーソン?」

サマンサの声はエコーがかかり、部屋じゅうに響き渡った。そうだ、ラーソンも無線機を持っているのだ。彼はすかさずサマンサの頭に照準を定めた。「無線機を床に置け」

言われたとおり、サマンサは無線機を床に落とした。「ブライスの相棒ならわたしを撃ったりしないでしょう」そう言いながら壁に近づき、ラーソンの正面から逃れようと試みる。相手がどう思っているのかは知らないが、拳銃を向けられるのは今回が初めてではなかった。取り乱すのは死を意味するとわかっている。そして、わたしは取り乱したりしない。

「それ以上動くな。ブライスはきみを気に入っているらしいが、数百万ポンドの宝石はもっと好きなんだ」

ラーソンの言うとおり、ブライスはお宝が大好きだ。そしてわたしがこの部屋から抜け出せなければ、ブライスに莫大《ばくだい》なお宝を奪われる。サマンサは息を吸い、もう半歩横に移動した。ハイヒールが斜めになるよう足首をひねる。「もう！」小声でののしり、よろけたふりをして壁に手をついた。

そのまま相手の肩をハイヒールで蹴り上げる。拳銃が火を噴き、背後のランプが砕けた。ラーソンが肩を押さえて倒れ込んだ。サマンサはすかさずヒールで急所を蹴りつけてやった。ラーソンがあえぎ声とともに体を丸め、股間《こかん》に手を当てる。

サマンサは拳銃を奪い、ドアの鍵を開けて寝室から飛び出した。

廊下を駆けながら、まだ〝ナイトシェイド・ダイヤモンド〟を左手につかんでいたことを思い出す。しまった！　ドレスにポケットはついていなかったので、サマンサは宝石をブラジャーのあいだに押し込んだ。今夜の不運はこれで打ち止めだといいのに。これ以上は耐えられそうもない。

正面の階段を降りようと角を曲がったとき、階段を上がってきたリックと鉢合わせした。

「きゃっ!」

リックがサマンサの肩をつかむ。「銃声がした。それに無線機からきみの声が! 大丈夫かい?」

「ええ。そこをどいて」

「なんてことだ! ちょっと待ってくれ」リックが慎重に手を伸ばし、彼女の手から拳銃を取り上げた。サマンサは拳銃を持っているのを忘れていた。「なにがあったんだ?」

「ラーソンはぐるだったの。あいつの股間を蹴りつけてやった」サマンサは彼の脇を通り抜けた。「残りはあとで説明するわ」

リックがあとをついてくるのが足音でわかった。ブライスの仕業なら、警報が鳴ったあとで長居はしないだろう。ラーソンのせいで、ブライスをすでに取り逃がしてしまったかもしれない。最初からそういう計画だったのかしら? ぼんくら役のラーソンが邪魔をしているうちに、ブライスは遠くへ逃げるつもりだったの?

「無線機を持ってる?」玄関ホールにたどり着いたサマンサは肩越しに叫んだ。

「持っているからこそ、きみを捜しに行ったんだ」

サマンサは手を伸ばした。リックが彼女に追いついて無線機を渡した。「ハリントン」サマンサは息を切らして呼びかけた。「どうなってるの?」

「わかりません」緊迫した声が返ってくる。「モニターが真っ暗になり、いっせいに警報が鳴り出したんです。コンピュータが展示室の出入口を封鎖しました」

それはいい。ブライスはまだなかにいるというわけだ。「わたしが行くまで封鎖したままにしておいて」

「わかりました。あっ、ちくしょう……火災報知機が作動しました！　くそっ！」

「ドアを見張ってて！」サマンサは無線機に向かって叫び、屋敷から庭に飛び出した。今度、警備の仕事を受けたときはハイヒールなんて絶対に履いたりしない。

リックは遅れずにあとをついてきた。「火災報知機が作動すると、出入口の施錠が解除されるんだったな？」息を切らして尋ねる。

「そうよ。まったく！　それまでに駆けつけるはずだったのに！」サマンサはラーソンをののしった。

庭の端まで来たところで、サマンサはペースを落とした。全警備員が建物を取り囲み、ふたつの出入口を集中的に警戒している。サマンサは一瞬、ブライスに同情した。警備員と対《たい》峙《じ》した経験はあるが、これほどの大人数に包囲されたことはない。同じ状況に陥ったとして逃げられる自信はなかった。

サマンサは眉をひそめて無線機でハリントンを呼び出し、展示室内に自分の声を流すよう指示した。「不法侵入者に告ぐ」サマンサは精一杯の威厳をにじませた。相手の正体がわからないふりをしなければならないのが滑稽に思えた。「この建物は包囲されている。警察にも連絡した。入口の脇にブルーの電話がある。受話器を取りなさい」

沈黙が流れる。

お願いだから受話器を取って。サマンサは心のなかで念じた。万が一侵入者があった場合にも、相手を殺さずにすむよう設置した電話だ。ドアを遠隔操作にしたのも、武装した警備員が突入するのを防ぐ意味もあった。ブライスがそれらの救済措置を受け入れないのであれば……。まあ、わたしが彼の立場でも受け入れないだろう。

わたしなら通気口や屋根の継ぎ目など、どこでもいいから潜り込める空間を探す。受話器を取るのは白旗を掲げることだ。わたしは手錠をかけられる瞬間まで、そんなまねはしない。おかしなことに、サマンサは警備する側にいながら、警備員よりも展示室のなかにいるブライスに共感していた。

リックが肩にふれてきたので、彼女は飛び上がった。「なに？」

「やりにくいならおれが代わる」

「わたしの心を読んだつもり？」サマンサは低い声で言い、彼の手を振り払った。「あの男はわたしの縄張りを荒らそうとしたのよ。同情なんてしてない。頭にきてるの。次にどう動くか想像してただけよ。わかった？」

「わかったよ」

そのとき、無線機がかちりと鳴った。「愛しいサマンサ」ブライスの低く滑らかな声が聞こえた。「どうしておれの電話番号がわかったんだい？　教えたつもりはないんだけどな」

その瞬間サマンサは、ブライスがまだなかにいるのを知って失望している自分に気づいた。

あれほどの腕なら逃げるチャンスはあったはずだ。「ブライス、出入口の施錠は解除されてるわ」無線機を持っている者全員に会話を聞かれていることを意識しながら言葉を選ぶ。

「じゃあ、なかへ入ってこいよ。おしゃべりしようぜ」

「絶対にだめだ」彼女の脇でリックがうなる。「警察の到着を待て」

サマンサはリックをにらんだ。「これはわたしのヤマなのよ。忘れないで」そう言い返して、再び無線機を口に当てた。「あなたのお友達はわたしを撃とうとした。展示室へは入らないわ」

「そんなはずじゃなかった。ちょっと脅すだけにしておけと言ったのに。やつはおれが仕事をしているあいだ、おまえを引き止めておく役だった」

「そこから出てきなさい」サマンサは説得した。「警察が踏み込んだら、せっかくの展示室が台無しになるわ」

返事はない。

「なにをやっているんだろう?」リックがサマンサとの距離を詰めた。彼女が展示室に入ろうとしたら、止めるつもりなのだ。

「ブライスはいつまでも電話機の脇でじっとしてたりしない。武装した警察が到着するまで時間があるわ。時間を無駄にする気はないのよ」

リックがサマンサを見つめていた。彼女も同じ状況に置かれた経験があるのだろうかと考えているのだろう。「やつは逃げ道を見つけるかな?」

「どんな道具を持っているかによるわ。しっかりしたハンマーか、かなてこがあれば屋根に出られる。今さら音をたてないように気を使う必要はないから」

リックが古い厩舎の傾斜のある屋根に視線を向けた。リックが質問をする前に、ドナーが屋敷のほうから駆けてきた。サマンサは庭を振り返った。夕食会の客たちがこちらを見て盛んに言葉を交わしている。最高だわ。とんでもなく最高。

「なにがあったんですか？」ドナーが尋ねた。

「宝石泥棒だ」リックが簡潔に答えた。

「ジェリコですか？　それともシェパード？」

サマンサは片方の眉をつり上げ、頭をすっきりさせるために首を振った。「ブライスのことを話したのね？」

「調査を依頼しただけだ」リックが答える。「それについてはあとで話そう。ラーソンがきみを撃とうとした件も」

サマンサは夕食会の客たちから展示室に視線を戻した。警察が来るのを待っていたら、ブライスは宝石とともに逃げてしまうかもしれない。そんなことになったらサマンサのところに警備の依頼は二度と来なくなるだろうし、リックもこういったイベントに携われなくなる。彼は社会貢献できるのを喜んでいたのに。

サマンサはしゃがんでハイヒールを脱いだ。リックがその様子を見つめている。「展示室に入るつもりじゃないだろうな？」

「ここで口論する？」サマンサは無線機の音量を下げ、監視室との交信チャンネルに戻した。

「もちろんだ。あとから話し合おうとしても、きみは死んでいるかもしれない」

「ブライスはわたしを傷つけたりしない」

「やつの仲間はきみを傷つけそうになったじゃないか」

実際のところ、サマンサもさほど自信があるわけではなかった。だが、ブライスのことならここにいる誰よりも理解している。だからこそ、彼が今にも逃げようとしているのがわかるのだ。もう展示室のなかにはいないかもしれない。「これはわたしの仕事なの」

「違う。警備態勢を整えるのはきみの仕事だけれど、侵入者を逮捕するのはきみの仕事じゃない」

まだわかっていないらしい。「あなたがなんと言おうと、わたしは行くわ。あなたに止めることはできない」

「できるよ」

サマンサは爪先立ちになってリックの厳しい視線を受け止めた。「やってみる？」

リックが歯を食いしばった。なんでも自分で仕切ってきた男性にとって、他人に決定権をゆだねるのは耐えがたいに違いない。しかし、わたしの意志を曲げようとしたらどうなるか、ここではっきりさせておく必要がある。「気をつけるんだ」ついにリックが言った。「いやな気配を察知したら、おれも踏み込むからな。そして、やつを撃つ。それで殺人罪に問われてもかまわない」

13

月曜、午後九時三九分

怒りと不安がないまぜになった表情のリックに目をやってから、サマンサは大きく息を吸って展示室のドアを開けた。

リックとの仲を危うくしてまで危険に飛び込む理由を自己分析する時間がほしかった。いよいよ彼もアドレナリン中毒の女に愛想を尽かすんじゃないかしら？　だめよ、悩むのはあとにしないと。リックとの関係に気を取られていたら、命を落とすはめになる。

展示室内に入ったサマンサは、シルエットで立ち位置を悟られないよう壁際に寄った。ドアが自動で閉まる。室内は非常用の赤いライトで照らされていた。最下部の梁に取りつけられた火災用スプリンクラーが、展示ケースや壁や床に水を撒《ま》き散らしている。

昔なら、犯行現場がどうなろうと気にもならなかった。現場がめちゃくちゃになったおかげで助かったこともある。しかし、今は展示室内の惨状に腹が立った。

壁に沿って進んだほうがいいと本能的に判断したサマンサは、物音をたてないように展示室の奥へと進み、ぼんやりした赤い光に目を凝らした。ダイヤモンドの展示ケースが空っぽだ。その次に高価な宝石の展示ケースも三分の一が空になっている。これが強奪された者の気持ちだとしたら、好きになれそうもなかった。ここに展示されているのは、正確に言うとわたしのものですらないのに。

「どうして隠れてるんだ?」ブライスの声がした。「おれと話がしたいんじゃなかったのか? あきらめてムショへ入れって言いに来たんだろう?」

「早まったことをするな、と言いに来たのよ」サマンサは相手の位置を特定しようとした。「さもないとどうなるか、警告するために来たの」相手の足が見えないかと床にしゃがみ込んだが、だめだった。「こうなったのはわたしのせいじゃないわ」

突然、肩を強く押され、サマンサは床に突き飛ばされた。「もちろんおまえのせいだよ」ブライスが耳元でささやいた。彼の手がサマンサの喉元を這う。「そもそも、おまえがいたからここに来たんだ」

サマンサは必死で取り乱すまいとした。パニックに陥るのはあとでもできる。今は頭を使わなくては。「痛いじゃない!」ブライスにのしかかられている状態で、彼女はなんとか呼吸を整えようと努めた。「太ったんじゃないの?」

「これは筋肉だよ」ブライスが体重を移動させる。「ゆっくり立つんだ。妙なまねをしたら、手かげんしないからな。そのきれいな顔を傷つけたくない」

相手のペースに巻き込まれてはいけない。サマンサはブライスの手を借りて立ち上がった。

ヘンリー・ラーソンと違って、ブライスに不意打ちは通用しない。

サマンサが立ち上がると、ブライスは彼女から手を離して一歩下がった。「本当にきれいだ」濡れたドレスに包まれたサマンサの胸元に視線を這わせる。「レンブラントの作品が飾ってある場所を調べるために、どこかのパーティーに潜り込んだときを思い出すな。仕事をしているときのおまえは最高だよ」

「一度、組んだだけでしょう」サマンサは言い返した。「長年の相棒みたいな口をきかないでくれる？」

「おれたちはボニーとクライドだ。仕事中はともかく、仕事をしていないときはね」ブライスが片方の口角を上げた。スプリンクラーのおかげで、文字どおり水も滴るいい男だ。

「なぜこんなところでぐずぐずしてるの？」サマンサは突然、不審に思った。アドレナリンの分泌量が上がる。今にも警官が踏み込んでくるかもしれないのに、この男はなぜ逃げないのだろう？

ブライスが自首するところなど想像もつかない。ということは、なにかを企んでいるのだ。わたしをここへ足止めして、警察の到着を待つ理由があるはずだわ。

「もう一度チャンスをやろう。おれと来いよ」ブライスがサマンサの頬に張りついた髪を払った。「数百万ポンドの宝石があるんだ。おまえがいれば少しは楽に脱出できるだろう」

「まだわからないの？　あなたとはどこへも行かない。両手を上げて、あのドアから外へ出るなら話は別だけど」

「本気か？」

「そうよ、ばかなことはやめて。警官に殺されるわよ」

ブライスの笑みが大きくなった。「それでも挑戦するのがおれだ」

そう言うと、突然サマンサを突き飛ばした。彼女は濡れた床で足を滑らせ、バランスを取ろうと展示ケースに手をついた。ブライスはその隙に隣の展示ケースの上に立ってスプリンクラーの配管をつかみ、梁へよじのぼった。

スプリンクラーから噴き出す水のカーテン越しに、サマンサの目は梁から垂れ下がっている布らしきものを捉えた。警官の上着だ。そういうことだったのね！　警官が現れたら、濡れたシャツを脱いで警官の制服に着替え、屋根から外へ出て……正義の味方のふりをするつもりなのだ。あのブルーのショルダーバッグに宝石を忍ばせて。

「そうはさせないわよ！」サマンサは壁に駆け寄ってスプリンクラーの配管に足をかけると、手近な梁を目指して配管をよじのぼった。ドレス姿では動きにくいが、こんなところで脱ぐわけにもいかない。

「サマンサ、一緒に逃げる気がないならついてくるな」ブライスは警告して上着をつかみ、梁をまたいだ。

「お先にどうぞ」サマンサは裸足のまま梁の上を走って隣の梁へ移動し、ブライスのすぐ下まで来た。体格ではかなわなくても、スピードと柔軟性でなら勝てる。実力は互角だ。

ブライスは濡れたTシャツを脱いで警官の制服を着た。肩には地元警察のワッペンまでついている。薄暗いなかでは、ズボンの細かなデザインの違いなどわからなかった。いい計画だ。そしてリスクも高い。それもサマンサ好みだった。

彼女は隣の梁へ飛び移った。スカートがふわりと膨らむ。「ああ、今の場面を下から見たかったな」ブライスはそう言いながら最後のボタンを留め、梁の上で立ち上がった。「長居できないのが残念だよ。行くところがあるんだ」

「その予定はキャンセルしてもらうことになるわ」手を伸ばすと、サマンサの指先がブライスのズボンの裾にふれた。彼女は布地をつかんで思い切り引っ張った。

「なにをする！」ブライスがバランスを崩して足を滑らせた。落下しかけたものの、なんとか梁に指をかける。

サマンサとブライスの目線が並んだ。彼の瞳は怒りに燃え、タイタニック号を座礁させた氷河をも溶かしてしまいそうだ。「宝石は渡さないって言ったでしょう？」

ブライスが反動をつけ、サマンサの腿に自分の脚を巻きつけた。サマンサは落ちる覚悟を決めた。膝を曲げ、短い爪を一段上の梁に食い込ませ、一瞬だけ体を支えたのちに手を離す。

彼女は勢いに任せてブライスの膝をつかんだ。ブライスの握力が突然の加重に耐えられるはずはなかった。サマンサは床にぶつかった衝撃で彼から手を離したものの、まくれ上がったドレスの裾を直してすぐさま立ち上がった。

「このくそあま！」ブライスがサマンサのドレスの前をつかんで押しやる。

濡れた絹糸が切れ、美しいドレスの切れ端とともにブラジャーの下に挟んであったベルベットの袋がブライスの手に渡った。「返してよ！」サマンサは息を切らして叫んだ。喉元に手をやり、リックのくれたネックレスが無事なのを確かめる。

ブライスが再びサマンサを押し戻した。「これはなんだ？」裂けた布地を捨て、ベルベットの袋を逆さにする。「こいつはすげえ！　おまえもひと仕事すませてたのか」

「違うわ、それはリックの一族に伝わるものよ。返して」そんなことをしても無駄だと知りつつ、サマンサは飛びかかった。ブライスが身をかわして背を向けた。

「サマンサ、こいつはとんでもないお宝だ。ずる賢い子猫め。おれに隠し事をするなんて」

面倒な事態になった。リックに対する忠誠心を説明されても、ブライスは理解できないだろう。わたしが取り返そうとすればするほど、彼は宝石に執着するはずだ。「それを奪うのにどれほど苦労したかわかってる？」サマンサはダイヤモンドを盗んだふりをした。物が散乱した水浸しの床に足を取られながらも、ブライスに近づく。「せっかくの戦利品をあなたと分ける気はないわ」

「おれもだよ」ブライスがまわし蹴りを繰り出した。サマンサはかわしたものの、倒れてきた展示ケースと一緒にひっくり返ってしまった。

彼女が物をかき分けて立ち上がったとき、ブライスはすでにかなり高いところまで上がっていた。サマンサも悪態をついてあとを追う。展示室内のスピーカーがかちりと音をたてた。

「警察だ。この建物は包囲されている。ミス・ジェリコを解放し、両手を上げて外へ出てこい」

おやおや、わたしは人質になったわけね。ブライスはいちばん上の梁までたどり着くと、あらかじめ開けておいた穴を通って屋根の上へ抜けた。サマンサは屋根にぶつからないよう身をかがめながら進み、ブライスのあとを追って穴をくぐった。これは戦いだ。〝ナイトシェイド・ダイヤモンド〟を奪われるつもりはない。なんとしても。

「ミスター・アディソン、ここはわれわれに任せてください」警部補のセインフィールドが大声で言い、肩にかけた無線機のボタンを押して部下に警戒を促した。

指示されないと警戒しないような者は、職業の選択を間違えている。セインフィールドは無能ではないが、リックには彼が金持ちの前で手柄を立てたがっているふうに見えた。

リックは腿に握りこぶしをこすりつけた。展示室に入ったサマンサからはなんの連絡もない。ブライス・シェパードとどんな話をしているのだとしても、リックは気に入らなかった。サマンサが怒りを爆発させようが、ふたりの将来を盾に脅迫してこようが、やはり行かせるべきではなかった。もし彼女になにかあったら……。

そのとき、投光器の光のなかに片脚を引きずって歩く人影が浮かび上がった。ラーソンだ。

「ここの責任者は誰だ？」ラーソンが尋ねた。タキシードの左肩が破れ、血に染まっている。しかし、歩き方がおかしいのは股間をかばうためだ。サマンサはあいつの急所を蹴ったと言っていた。怒っているときの彼女は手かげんしない。

「わたしだ。警部補のマイケル・セインフィールド。そちらは？」

ラーソンがポケットに手を突っ込んでバッジを取り出した。「スコットランド・ヤードの警部のヘンリー・ラーソンだ」

リックはジャケットのポケットに手をふれた。ラーソンの拳銃が入っている。今、それを取り出せば、リックもラーソンも蜂の巣になるだろう。それでも試したい気持ちはあり、その誘惑は強烈だった。「警部補、ラーソンは強盗の一味だ。わたしにはそう判断するに足る理由がある」リックは大声で言った。

「いったいなぜそんなことをおっしゃるんです?」セインフィールドが尋ねた。

おれ以外の人間がこんな発言をしたら、逮捕されてもおかしくない。スコットランド・ヤードの警部を非難するのは危険な行為だ。「この男はミス・ジェリコを撃とうと――」

「わたしが説明しよう」ラーソンが口を挟んだ。

「サマンサ・ジェリコは強盗の一味で、わたしを殺そうとした」彼は負傷した腕をつかんだ。

「とどめを刺されなかったのが不思議だよ」

リックは鼻を鳴らし、激しい怒りを皮肉で覆い隠そうとした。「おまえはサマンサを撃とうとして彼女に蹴られたんだ。仲間がいてよかったと思え。そっちに気を取られていなかったら、おれがこの手でおまえを追い詰めてとどめを刺してやったところだ」

「ミスター・アディソン!」

「いいかげんなことを言うな」ラーソンが言い返してポケットを叩いた。「わたしは拳銃も持っていないのに」

「よくもそんな――」

突然、投光器の半分が点滅して消灯した。サマンサとつき合っていたおかげで、リックには犯人が配線をショートさせたのだとわかった。だから彼女は以前、投光器の配線を半分に分けたいと主張していたのだ。

「この問題はあとまわしにしましょう」セインフィールドが無線機の通話ボタンを押した。「もうじゅうぶん待った。ゴーディ、おまえのチームから突入しろ」

「了解!」

サマンサがなかにいるのに武装した警官を突入させるのか? 彼女を守らなければという強い思いが突撃を阻止しろと叫んでいたが、なにをしても状況は悪化する一方だとリックには思えた。サマンサがいつもどおりの強引で非協力的な態度を取ったら、警官に撃たれるかもしれない。もちろんすでにシェパードに殺されている可能性もあった。だからこそ、リックは拳銃を持っていたかった。

数人の警官が入口のほうに移動するのを見ながら、リックはサマンサの身になって考えてみた。警官に包囲された建物のなかにいる一流の泥棒になりきるのだ。投光器が消えたということは、シェパードはまだ展示室のなかにいる。少なくとも、建物のすぐ近くにいるはずだ。逃走のためにこの暗闇を作り出したに違いないのだから。

リックは一時的に展示室から目を離し、周囲を見まわした。草地の上には警官や警備員がざっと五〇人はいる。シェパードは混乱と薄暗がりに脱出のチャンスを見いだして、すでに展示室の外に出たのかもしれない。サマンサは何度か屋根を気にしていたし、おもちゃの小鳥の騒動があった夜もシェパードは屋根に隠れていると言っていた。

リックが目を上げると同時に、赤いドレスを着た人影が地上三メートルほどの高さから落ちてきて地面に転がり、起き上がった。サマンサだ！

「リック！」

「ここだ！」リックはセインフィールドを押しのけてサマンサのもとへ行こうとした。

「あいつは警官の上着を着てるわ。ズボンは濡れてて、ブルーのショルダーバッグを持ってるはず！」

「そこを動かないでください。ミス・ジェリコ」セインフィールドが命令口調で言った。

「あなたもです、ミスター・アディソン。状況がよくわかりませんが、指揮官はわたしです」

警官のひとりがリックを羽交い締めにした。「わかりましたか？」低い声で言って、境界線の外へ連れ出そうとする。「これは警察の仕事です」

誰であろうとおれとサマンサと引き離すことはできない。リックは警官のみぞおちに肘打ちを食らわすと同時に足払いをかけ、相手を地面に倒した。リックが展示室に向き直ってサマンサのほうへ向かいかけたところで、倒された警官が嘲った。

「すっかりサマンサにまいってるらしいな」

リックははじかれたように振り向いたが、警官に扮《ふん》したシェパードはすでに庭の方向へ走り出していた。「そうはさせるか」リックはつぶやいて追いかけ始めた。

「トム、その男を止めろ！」

シェパードは引き締まった体つきをしているものの、リックも負けていなかった。庭の端まで追い詰めたところで、シェパードの脚めがけてタックルする。夕食会に招いた仕事関係者の前で、主催者と泥棒の取っ組み合いが始まった。

警官がやってきてふたりを引き離す前に、リックはシェパードに強烈なパンチを浴びせた。警官に組み伏せられそうになったリックの肩をサマンサがつかむ。「この人は味方よ！　あっちがブライス・シェパード。警官じゃないわ。よく見なさいよ！」

セインフィールドが進み出て、シェパードの顔を展示室のライトのほうに向けた。しばらくして警部補は言った。「部下の顔なら見ればわかる。おまえはわたしの部下ではない。こいつに手錠をかけろ」

「わたしがやる」ラーソン警部が人だかりの中央に歩み出た。「ここ数週間、この男を追っていたんだ」

「腹の立つ男ね、いいかげんにしなさいよ」サマンサがぴしゃりと言った。「こいつらふたりはぐるよ」

「証拠もないのにくだらないことを言うな。名誉棄損で訴えるぞ」ラーソンが冷たい声で答える。「ここではわたしが先任だ。それに、これはわたしが担当している事件なんだ」

「黙れ！」突然、シェパードが口を開いた。「おれの女を撃ったな、ラーソン。ルール違反だ。こいつはおれの仲間だよ。手錠をかけてくれ」

周囲に秩序が戻ってきた。リックはタキシードのジャケットを脱いでサマンサの肩にかけた。「裸も同然じゃないか」そう言いながら、ジャケットのボタンをふたつ留める。

「これが仕事だもの」

「けがは？」

「あざはあるけど、穴は増えてないわ」

「おれたちは話し合わなければならない」

「あとでね」サマンサがリックのそばを離れてシェパードに歩み寄った。「だから逃げられないって言ったじゃない」彼女は悲しそうな笑みを浮かべた。

「まだムショに入れられたわけじゃない。それに、あの警官のことをしゃべれば減刑してもらえる」

サマンサがシェパードの腰に両手を当て、伸び上がってキスをした。「今後はわたしのものに手を出さないでね」

「約束はできない」人を殺さないよう必死で自分を抑えているリックのほうへと、シェパードが視線をさまよわせた。「彼女を捕まえていられるのか？」

「任せてくれ」

「そうするしかないな。うまくやれよ」

シェパードとラーソンが駐車場に停められたパトカーのほうへ引き立てられていく。リックは一緒に行こうとしたサマンサの手を握った。「今こそ話し合おう」

「お客たちがいるでしょう」

「これだけパトカーがいれば、しばらく退屈しないだろう。あいつにキスをしたな」怒り、嫉妬、不安……リックの胸にはなんとも言いようのないどろどろした感情が渦巻いていた。

「そうする必要があったの」サマンサが濡れた髪を払った。

「必要だって？」リックは落ち着いた声を保とうとした。「それはまたどうしてだ？」

サマンサがリックの手になにかを落とした。「あの人がこれを持ってたから。わたしはあなたのポケットにダイヤモンドを忍ばせたけど、なにも起こらなかったから金庫に戻そうとしたの。そうしたらいきなりひどいことになって、ブライスにこれを奪われた。だから取り戻す必要があったのよ」

「おれのポケットにダイヤモンドを――」

サマンサがにっこりした。ひどい格好で、いかにも疲れた様子だ。「このダイヤモンドを持っているんだから、あの人が逃げられないのはわかってた。呪われてるんだから」

恋人に呪いをかけようとしたことを謝るつもりはないようだ。リックは顔をしかめ、彼女の肩をつかんで引き寄せると激しくキスをした。サマンサは賭けに出た。そのほうがおもしろいと思ったからだ。サマンサいわく、おれに呪いはきかないらしい。実際はどうだったのだろう？　夕食会は成功だったが、サマンサと口論になった。それから彼女が撃たれそうになった。おれは自分で思っていたほど呪いを免れられるわけではないみたいだ。

「きみがお楽しみを独り占めするんじゃないかと思ったんだ」サマンサの唇に向かってうそ

ぶくと、リックは再びキスをした。サマンサを自分の体のなかに取り込んでしまいたかった。冒険好きな彼女を危険から守ってあげたい。

「あなただって警官を殴ったじゃない」サマンサがくすくす笑った。「すっとしたくせに」

「悪者退治は終わったかい？」数メートル先からトム・ドナーの物憂げな声がした。彼は黙ってサマンサに赤いハイヒールを差し出した。

リックは自分が夕食会の主催者であることを忘れかけていた。「あと少しだ」サマンサの額に自分の額を近づけた。「踊ろうか？」

「そのダイヤモンドをしまってくれたらね。ヒールを折りたくないもの」サマンサがハイヒールを掲げる。

声に出しては認めなかったものの、リックには〝ナイトシェイド・ダイヤモンド〟に対するサマンサと四代前の祖先の意見が正しいように思えてきた。このダイヤモンドは呪われている。ラーソンはサマンサを疑っているふりをしておれたちふたりをだました。それからサマンサが撃たれそうになった。さらに、最愛の人がかつての恋人で仲間でもある男のいる展示室に乗り込む場面を、おれは指をくわえて見ているしかなかった。武装した警官に取り囲まれるところも。「わかった」

「約束よ」

「約束しよう」

エピローグ

木曜、午前一一時四七分

配線点検用パネルを開けたサマンサは、腰をひねりながら展示ケースの下に潜り込んだ。ドライバーを口にくわえ、切れたワイヤを辛抱強くつないでいく。それが終わると配線をコネクタに固定し、回路パネルにねじで留めた。

「サマンサ？」

「ここよ」合図の意味を込めて片脚をぶらぶらさせる。「もう少し待って」

すべてを固定し終わると、サマンサは身をくねらせて展示ケースの下から這い出した。リックがジーンズのポケットに両手を突っ込み、キャンバス地のバッグを肩にかけて、展示ケースの脇から彼女を見下ろしていた。「修理の進捗《しんちょく》状況は？」そう言って片手を差し出す。

「順調よ」サマンサはパンツの埃を払い、リックの手を取って立ち上がった。「土曜にはオープンできると思うわ」

「アーマンド・モンゴメリーが復帰するそうじゃないか」

サマンサはにっこりした。「そうなの」〈ヴィクトリア&アルバート博物館〉は彼女に失態の責任を負わせはしなかった。ヘンリー・ラーソンがブライスの手引きをしたのは明白だったからだ。ブライスたちの介入のおかげで、今後、宝石を盗もうとする輩が退屈しないよう警備態勢をさらに強化できた。

リックが爪先でサマンサの足を軽くつついた。いたずらっ子のようなしぐさだ。こういう愛情表現に慣れていないサマンサは、くすぐったい気分になった。ああ、この男性《ひと》はわたしのものなのだ。「テラスで昼食でもどうかなと思って」リックが言った。

「いいわね」サマンサはスクリュードライバーを置いた。

「でも、その前に……」リックが周囲を行き交う作業員を見まわした。「ちょっと人払いをしてくれないか？」

「リック」サマンサはしかめっ面をした。「この人たちは――」

「きみの部下で、これはきみのヤマだ」彼が続ける。「わかっているよ。だけど、少しのあいだだけ」

ふたりきりになると、リックは彼女の手を取って引き寄せた。サマンサは彼の黒髪に指を絡めてキスをした。監視カメラは稼働しているが、クレイグソンが見ているからといっておいしいキスをあきらめる手はない。

リックがゆっくりと顔を上げた。「シェパードのことで落ち込んでいないのかい？」

サマンサは肩をすくめた。「あの人がどうしてこんなことをしたのかわからないわ。わたしがあらゆる対策を講じてるのはわかってたはずなのに」

「きみは挑戦が好きだろう？」リックが指を絡めてきた。「あいつもスリルには抗えなかったんじゃないかな」

「そうなんでしょうね」

リックが近くの監視カメラを見上げた。「しばらくあのカメラの電源を切ることはできるかな？」

「ここであなたとセックスする気はないわよ」それはプロとしてあるまじき行為だ。スリリングであるのは間違いないけれど……。

「そんなつもりはないよ」

「わかったわ」サマンサは息を吐き、はしごに引っかけてあった無線機を取り上げた。「クレイグソン、ちょっと遠慮してくれる？」

「あんまりはめを外さないでくださいよ」クレイグソンが応答した。監視カメラの赤い光が消える。

「切ったわ。それで？」

リックはもう一度サマンサに唇を押し当て、歯のあいだから舌を差し入れてキスをした。それからキャンバス地のバッグを開いて、見覚えのあるマホガニー材の箱を取り出した。

「さて、これをなんとかしよう」

サマンサはおそるおそる箱を受け取った。開けてみると、コノール・アディソンのメモに添えて新しい手紙が入っていた。二通の手紙の下に、〝ナイトシェイド・ダイヤモンド〟が入ったベルベットの袋が収められている。

「読んでみてくれ」リックが促す。サマンサが手紙を取り出すと、彼は箱を受け取った。

「〝この箱を見つけた人へ〟」サマンサはリックを見上げた。「〝きみは恐らく呪いなど信じないだろう。わたしもそうだった。だが、今は違う。一度ダイヤモンドをその手に取ったら、すぐに箱に戻してくれ。これはアディソン家に二〇〇年の安泰をもたらしてきた。そしてきみが見つける瞬間まで、新たな繁栄をもたらしてくれるはずだ。ダイヤモンドを眠りにつかせれば、きみも幸運に恵まれるだろう。ローリー公爵〟」

「それでわかるかな？」

サマンサは手紙をたたんで箱のなかに戻した。「本当に呪いを信じるの？」

「ああ。それに先週からの騒ぎを思うと、これ以上おれたちの将来を危険にさらしたくない」リックは箱を閉じて布にくるみ、壁のほうへ歩いていった。

サマンサは、彼がはしごをのぼり、組み石を外して〝ナイトシェイド・ダイヤモンド〟をもとの場所へ戻す様子を見守った。「一六〇〇万ドルのダイヤモンドが、頭のすぐ上に無防備に収まってると知ったら、展示会に来る人たちはなんて言うかしら？」サマンサの声に笑いがにじんだ。

「彼らが知ることはないよ」リックは床に下りると、はしごをもとの位置に戻した。

「じゃあ、これはふたりだけの秘密ね？」

「おれたちだけのね」

サマンサは息を吐き、彼の手を取って身を寄せた。「わたしとしては、あのダイヤモンドをパトリシアに贈ってもいいんだけど」

「別れた妻に呪いのダイヤモンドなんて送れない」

「わかった」サマンサはにっこりした。空いた手でリックの顔を引き寄せてキスをする。

「愛してるわ。信じてくれてありがとう」

「おれも愛している。普通の女性はダイヤモンドを放棄して喜んだりしないよ」

日に日に大事になっているこの暮らしを台無しにするダイヤモンドなど、持っていても意味がない。自分のなかで存在感を増し続ける男性に悪運を与えるダイヤモンドなんかいらない。「わたしは普通じゃないから」

「気づいていたけれどね」リックは彼女を見つめながら、キャンバス地のバッグを開いて小さめの箱を取り出した。「これをきみに」そう言って差し出す。

サマンサは心臓が止まりそうになった。もしかして……もしこれが……。彼女は息を吸い込んだ。順番にしないと。まずはベルベットの箱の中身を確かめることだ。目をつぶりそうになるのをこらえながら、サマンサはふたを開けた。三角形のダイヤモンドがウインクするかのようにきらきらと輝いている。

「ネックレスとおそろいなんだ」リックが言った。「きみはピアスをつけないから、イヤリングにしたんだよ」

彼は誇らしげに告げた。サマンサも気を失わなかった自分を褒めたくなった。伸び上がって再びリックにキスをする。「ありがとう。すごくすてきだわ」

「どういたしまして。これで釣り旅行につき合ってもらえるかな？」

サマンサはキスを中断し、声を上げて笑った。「喜んで、わたしのセクシー・マフィンちゃん」

訳者あとがき

一六九カラットもあるブルー・ダイヤモンドがあなたの手元に転がり込んだら、いったいどんな気分になるでしょう？　本作品に登場する〝ナイトシェイド・ダイヤモンド〟のモデルは、スミソニアン博物館に展示されている〝ホープ・ダイヤモンド〟と思われます。映画『タイタニック』で、主人公ローズが海に投げ捨てるネックレスのモデルにもなったダイヤモンド〟はその三倍以上。一般にダイヤモンドは無色であるほど価値が高いとされていますが、ブルー・ダイヤモンドはその美しさと希少性から、無色のものよりも珍重されています。そして、本書と現実世界のダイヤモンドをつなぐのは色だけではありません。そう、呪いです。もっとも、所有者に不幸をもたらすという〝ホープ・ダイヤモンド〟の呪いはかなり脚色されているようですが……。

本作品は、ナイトシェイド・ダイヤモンドを手にしたふた組の恋人たちの物語で構成されています。前半の舞台は一九世紀初頭のイングランドで、華やかな社交界を背景に、絵画をこよなく愛するコノールと現実的で勝ち気なギリーが、呪いのダイヤモンドによってかなり強引な出会いを演出されます。ひと目でギリーに興味を引かれ、直感を信じて彼女にアプローチするコノールに対し、母親から偏った男性観を植えつけられたギリーは警戒心をむき出しにして抵抗します。そんな彼女は皮肉にも、呪いのダイヤがもたらす数々の不運によって、安定と虚《むな》しさが表裏一体であることに気づくのです。

後半は打って変わって現代のイギリスが舞台。コノールの子孫である実業家のリックと、名うての女泥棒から防犯コンサルティング会社の社長へと転身を果たしたサマンサが登場します。大規模な宝石展の警備を請け負ったサマンサは、コノールとギリーが隠した呪いの宝石を発見。気味悪がってもとの場所に戻そうとするサマンサに対し、リックは呪いなど迷信だと笑い飛ばします。しかしスコットランド・ヤードの警官や、サマンサのかつての恋人が登場し、宝石展は大ピンチに。サマンサとリックの出会いについては既刊の『恋に危険は』に詳しく書かれています。

ヒーローとヒロインがいずれも容姿端麗で、華やかな世界に身を置いているという設定はヒストリカルロマンスならでは。しかし呪いに対するスタンスはそれぞれ違っていて、親近感がわきます。果たして自分は誰のタイプだろうと分析してみたのですが、なにせ一六九カラットのブルー・ダイヤモンドですから、手にした瞬間に人格が変わってしまいそうです。みなさんなら、言い伝えを信じてダイヤモンドを眠りにつかせることができるでしょうか？

二〇一〇年九月

ライムブックス

ダイヤモンドは恋《こい》をささやく

著　者　スーザン・イーノック
訳　者　岡本《おかもと》三余《みよ》

2010年10月20日　初版第一刷発行

発行人　成瀬雅人
発行所　株式会社原書房
〒160-0022東京都新宿区新宿1-25-13
電話・代表03-3354-0685　http://www.harashobo.co.jp
振替・00150-6-151594
ブックデザイン　川島進（スタジオ・ギブ）
印刷所　中央精版印刷株式会社

落丁・乱丁本はお取り替えいたします。
定価は、カバーに表示してあります。
 ISBN978-4-562-04395-8　Printed in Japan